OS PRIMOS

Karen M. McManus

Os Primos

Tradução
Carolina Simmer

7ª edição

Galera

RIO DE JANEIRO

2024

CIP-BRASIL. CATALOGAÇÃO NA PUBLICAÇÃO
SINDICATO NACIONAL DOS EDITORES DE LIVROS, RJ

M429p
7. ed

McManus, Karen M.
   Os primos / Karen M. McManus ; tradução Carolina Simmer. – 7. ed. - Rio de Janeiro : Galera Record, 2024.

Tradução de: The cousins

ISBN 978-65-5587-253-8

1. Romance americano. I. Simmer, Carolina. II. Título.

21-71450

CDD: 813
CDU: 82-31(73)

Leandra Felix da Cruz Candido – Bibliotecária – CRB-7/6135

Título original:
The Cousins

Copyright © 2019 by Karen M. McManus

Todos os direitos reservados.
Proibida a reprodução, no todo ou em parte, através de quaisquer meios.
Os direitos morais da autora foram assegurados.

Texto revisado segundo o novo Acordo Ortográfico da Língua Portuguesa.

Direitos exclusivos de publicação em língua portuguesa
somente para o Brasil adquiridos pela
EDITORA RECORD LTDA.
Rua Argentina, 171 – Rio de Janeiro, RJ – 20921-380 – Tel.: (21) 2585-2000,
que se reserva a propriedade literária desta tradução.

Impresso no Brasil

ISBN 978-65-5587-253-8

Seja um leitor preferencial Record
Cadastre-se no site www.record.com.br
e receba informações sobre nossos
lançamentos e nossas promoções.

Atendimento e venda direta ao leitor
sac@record.com.br

Para Lynne.

Árvore genealógica da família Story

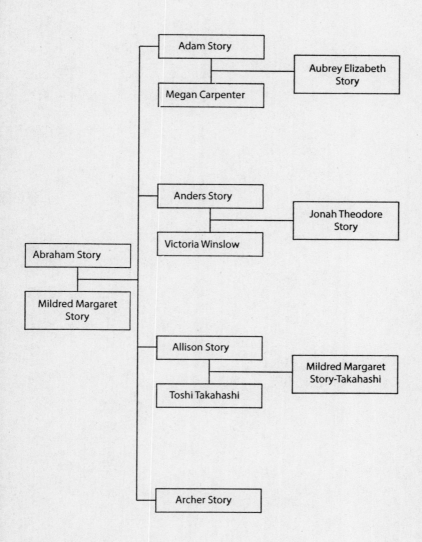

1

Milly

Estou atrasada para o jantar de novo, mas desta vez a culpa não é minha. Tem um macho palestrinha no meu caminho.

— Mildred? Que nome de avó. E não é nem de uma avó *descolada*.

Do jeito como ele fala, está se achando muito esperto. Como se, em dezessete anos, ninguém tivesse percebido que meu nome não é um clássico da moda. Preciso que um banqueiro de investimentos da Wall Street com cabelo penteado para trás e um anel no mindinho me ofereça essa crítica social.

Tomo o resto da minha água com gás.

— Na verdade, o nome foi mesmo em homenagem à minha avó — digo.

São seis da tarde de uma noite chuvosa de abril, e estou em uma churrascaria em Midtown, me esforçando ao máximo para passar despercebida entre a clientela do happy hour. É uma brincadeira que faço com minhas amigas de vez em quando: nós vamos a restaurantes que têm bar, para não corrermos o risco de pedirem nossa identidade na entrada. Usamos vestidos mais simples e pesamos a mão na maquiagem. Pedimos água com gás com uma fatia de limão ("em um copo pequeno, por favor, não estou com tanta sede") e tomamos quase tudo em um único gole. Então esperamos para ver se alguém se oferece para pagar um drinque para nós.

Sempre aparece algum cara.

O Anel no Mindinho sorri. Seus dentes são quase fluorescentes sob a luz fraca. Ele deve levar sua rotina de branqueamento muito a sério.

— Gostei. É um contraste interessante com uma moça tão bonita. — Ele chega mais perto, e sou atingida por uma lufada de perfume tão forte que vai me deixar com dor de cabeça. — Seus traços são muito interessantes. De onde você é?

Argh. Essa foi levemente melhor do que quando me perguntam "O que você é?", mas continua sendo péssima.

— Nova York — respondo com firmeza. — E você?

— Eu estava falando da sua origem — explica ele, e já chega. Cansei.

— Nova York — repito, e levanto do banco.

Ainda bem que ele só veio falar comigo quando já estava quase na hora de eu ir embora. Beber antes do jantar não foi uma das minhas ideias mais brilhantes. Chamo a atenção da minha amiga Chloe, que está do outro lado do salão, e aceno para me despedir, mas, antes que eu consiga sair dali, o Anel no Mindinho aponta para o meu copo.

— Posso pagar outra rodada disso aí pra você?

— Não, obrigada. Vou encontrar uma pessoa.

Ele se afasta, franzindo o cenho. Franzindo *muito* o cenho, como se estivesse forçando seu botox. Também há rugas ao redor de suas bochechas e perto dos olhos. Esse cara é velho demais para dar em cima de mim, mesmo se eu fosse a universitária que às vezes finjo ser.

— Então pra que me fez perder tempo? — resmunga ele, seu olhar já focado no que acontece atrás de mim.

Chloe gosta da brincadeira do happy hour porque, segundo ela, garotos da nossa idade são imaturos. E são mesmo. Mas, de vez em quando, acho que seria melhor permanecermos na ignorância sobre o quanto eles podem piorar.

Tiro o limão do meu copo e o aperto. Não miro exatamente nos olhos dele, mas fico um pouco decepcionada quando o suco só acerta sua gola.

— Desculpa — digo com doçura, jogando o limão de volta ao copo, que coloco no bar. — Normalmente, eu não faria isso. Mas está tão escuro aqui dentro. Quando você veio falar comigo, achei que fosse meu pai.

Até parece. Meu pai é muito mais bonito. Além disso, ele não é um nojento. O Anel no Mindinho fica boquiaberto, mas passo direto por ele e saio porta afora antes de ouvir uma resposta.

Só preciso atravessar a rua para chegar ao restaurante. A recepcionista sorri para mim quando entro.

— Posso ajudar?

— Vim encontrar uma pessoa. Allison?

O olhar da recepcionista baixa para o livro diante dela, e uma pequena ruga surge entre seus olhos.

— Não estou achando...

— Story-Takahashi? — sugiro.

Meus pais têm um divórcio estranhamente amigável, e a principal prova disso é que minha mãe continua usando os dois sobrenomes. "Bom, continua sendo o *seu* sobrenome", disse ela há quatro anos, quando o divórcio foi finalizado. "E já me acostumei."

O vinco entre os olhos da recepcionista se torna mais fundo.

— Também não encontrei.

— Então só Story? Tipo "história" em inglês?

As sobrancelhas dela voltaram ao normal.

— Ah, sim! Aqui está. Venha comigo.

Ela pega dois cardápios e passa por mesas cobertas com toalhas brancas até chegarmos a uma cabine no canto. A parede ao lado é ocupada por um espelho, e a mulher sentada em um dos bancos beberica uma taça de vinho branco enquanto verifica discretamente sua aparência, ajeitando os fios rebeldes que só ela enxerga em seu coque escuro.

Desabo sobre o outro banco enquanto a recepcionista coloca os enormes cardápios vermelhos à nossa frente.

— Então é só Story hoje? — pergunto.

Minha mãe espera a recepcionista ir embora.

— Eu não estava com paciência de ficar soletrando meu sobrenome.

Ela suspira, e levanto uma sobrancelha. Minha mãe geralmente faz questão de implicar com qualquer um que não consiga soletrar ou pronunciar o sobrenome japonês do meu pai.

— Por quê? — pergunto, apesar de saber que ela não vai me explicar. Eu antes ainda teria que passar por muitas camadas de críticas.

Minha mãe baixa a taça, fazendo uma dúzia de pulseiras de ouro balançar em seu pulso. Ela é vice-presidente de relações públicas de uma joalheria, e usar os lançamentos da temporada é uma das vantagens do emprego. Ela me analisa de cima a baixo, notando a maquiagem mais pesada do que o normal e o vestido azul-marinho.

— De onde você veio tão arrumada?

Do bar do outro lado da rua.

— Fui a um evento da galeria com Chloe — minto.

A mãe de Chloe é dona de uma galeria em Uptown, e nossos amigos passam muito tempo lá. Em teoria.

Minha mãe volta a pegar a taça. Ela toma um gole, olha para o espelho, ajeita o cabelo. Ele é ondulado e castanho quando está solto, mas, como ela gosta de me lembrar, a gravidez mudou sua textura, passando de sedoso para seco. Tenho certeza de que nunca serei perdoada por isso.

— Achei que fosse estudar para as suas últimas provas.

— Eu estudei. Antes.

As juntas dos dedos dela embranquecem em torno da taça, e espero o sermão. *Milly, você não pode terminar o terceiro ano com oito de média. Você está beirando a mediocridade. Seu pai e eu investimos demais para uma oportunidade como essa ser jogada no lixo.*

Se eu tivesse um pingo de talento musical, formaria uma banda chamada Beirando a Mediocridade em homenagem à advertência favorita da minha mãe. Faz três anos que escuto versões variadas desse discurso. A Academia Prescott produz alunos para as melhores universidades do país, como se fosse uma fábrica de sangue azul, e minha mãe não se conforma com o fato de eu ser uma das piores alunas da minha turma.

Mas o sermão não vem. Em vez disso, ela estica a mão livre e dá tapinhas na minha. Toda enrijecida, como se fosse uma marionete controlada por alguém que não sabe o que está fazendo.

— Bom, você está muito bonita.

No mesmo segundo, entro na defensiva. Já achei estranho quando minha mãe me convidou para jantar, mas ela *nunca* me elogia. Ou toca em mim. De repente, parece que estou sendo preparada para receber uma notícia que não quero escutar.

— Você está doente? — pergunto. — Meu pai está doente?

Ela pisca e afasta a mão.

— O quê? Não! Por que perguntou isso?

— Então por que...? — Paro de falar quando um garçom sorridente surge ao lado da mesa, servindo água de um jarro prateado em nossos copos.

— Tudo bem com as senhoras hoje? Querem ouvir os especiais da casa?

Analiso minha mãe por cima dos cardápios enquanto o garçom recita os pratos. Ela está visivelmente nervosa, ainda agarrando a taça de vinho quase vazia com todas as forças, mas percebo que me enganei ao pensar que a notícia seria ruim. Seus olhos azul-escuros estão brilhantes, e os cantos da sua boca *quase* se curvam para cima. Ela está animada com alguma coisa, não apreensiva. Tento imaginar o que poderia deixá-la feliz além de eu magicamente tirar dez em todas as provas e virar oradora da minha formatura na Academia Prescott.

Dinheiro. Só pode ser isso. A vida da minha mãe gira em torno de dinheiro — ou, para ser mais específica, em torno de não ter dinheiro suficiente. Meus pais têm *bons* empregos. Apesar de ter casado de novo, meu pai sempre foi generoso com a pensão. Sua nova esposa, Surya, é o completo oposto de uma madrasta malvada. Ela nunca reclamou dos cheques polpudos que minha mãe recebe dele todos os meses.

Mas *bom* não é o suficiente quando você está tentando acompanhar o ritmo de Manhattan. E não é como minha mãe foi criada.

Uma promoção no trabalho, concluo. Deve ser. O que é uma notícia maravilhosa, tirando que ela vai me lembrar de que isso foi fruto do seu esforço, e, ah, aliás, por que você não se esforça para nada?

— Quero uma salada Caesar com frango. Sem anchovas, molho à parte — diz minha mãe, entregando o cardápio para o garçom sem olhar para ele. — E outra taça do Langlois-Chateau, por favor.

— Muito bem. E a jovem?

— Filé de costela malpassado e uma batata assada gigante — digo. Não sei o que está por vir, mas pelo menos quero ganhar uma refeição decente.

Quando o garçom vai embora, minha mãe termina a taça de vinho, e bebo minha água. Já estou com a bexiga cheia da água com gás do bar. Estou prestes a pedir licença para ir ao banheiro quando ela diz:

— Recebi uma carta muito interessante hoje.

É agora.

— Ah? — Fico esperando. Quando ela não continua, pergunto: — Do quê?

— De *quem* — corrige ela automaticamente. Seus dedos circulam a base da taça enquanto os lábios se curvam um pouco mais. — Da sua avó.

Eu pisco.

— Da Baba?

Nem imagino por que isso seria motivo para tanto estardalhaço. Tudo bem, não é sempre que minha avó entra em contato com minha mãe, mas acontece. Baba tem mania de mandar tudo que lê para as pessoas que ela acha que poderiam se interessar pelo assunto, e continua fazendo isso com minha mãe depois do divórcio.

— Não. Da sua outra avó.

— O quê? — Agora fiquei confusa de verdade. — Você recebeu uma carta da... Mildred?

Não tenho um apelido carinhoso para a mãe da minha mãe. Ela não é vovó, nem vó, nem vóvis, nem *nada* para mim, porque nunca a conheci.

— Recebi.

O garçom volta com o vinho da minha mãe, e ela toma um gole demorado, agradecido. Fico em silêncio, incapaz de entender o que acabei de ouvir. Minha avó materna foi uma figura iminente da minha infância, porém mais como uma personagem de contos de fadas do que uma pessoa de verdade. A viúva rica de Abraham Story, cujo tataravô, ou coisa assim, veio para os Estados Unidos no primeiro navio de imigrantes. Meus ancestrais são mais interessantes do que qualquer livro de história: a família ganhou uma fortuna caçando baleias, perdeu boa parte em títulos de estradas de ferro e, por fim, gastou tudo que sobrou comprando propriedades em uma ilhazinha ridícula na costa de Massachusetts.

A ilha Gull Cove era um refúgio pouco conhecido para artistas e hippies antes de Abraham Story transformá-la no que é hoje: um lugar onde pessoas ricas e um pouco famosas gastam quantias ridículas de dinheiro fingindo se integrar com a natureza.

Minha mãe e seus três irmãos cresceram em uma mansão enorme na orla, chamada Casa da Gatária, andando a cavalo e frequentando festas black-tie como se fossem a princesa e os príncipes da ilha. Na cornija da lareira do nosso apartamento, há uma foto da minha mãe aos dezoito anos, saindo de uma limusine a caminho do Baile de Gala do Verão que seus pais organizavam todo ano no resort da família. Seu cabelo está preso no alto da cabeça. Ela está usando um vestido longo branco e um colar maravilhoso, com pingente de diamante lapidado em gota. Ele foi presente de Mildred quando minha mãe completou dezessete anos, e eu achava que o receberia no mesmo aniversário.

Não foi o que aconteceu, apesar de a minha mãe nunca usá-lo. Meu avô morreu quando ela estava no último ano do ensino médio. Dois anos depois, Mildred deserdou todos os filhos. Eles foram removidos da vida da mãe tanto no sentido financeiro quanto pessoal, sem qualquer explicação além de uma carta com uma única frase, enviada duas semanas antes do Natal pelo advogado dela, um homem chamado Donald Camden, que conhecia minha mãe e seus irmãos desde que tinham nascido.

Vocês sabem o que fizeram.

Minha mãe sempre insistiu que não fazia ideia do que Mildred estava falando. "Nós quatro fomos... egoístas, acho", explicava ela para mim. "Estávamos todos na faculdade na época, começando a vida. Mamãe se sentia sozinha sem papai, vivia nos implorando para visitá-la. Mas não queríamos ir." Ela chama os pais assim, *mamãe* e *papai*, como se fosse a heroína de um romance da era vitoriana. "Nenhum de nós voltou para o Dia de Ação de Graças naquele ano. Tínhamos outros planos. Mamãe ficou furiosa, mas..." Nesse momento, uma expressão pensativa, distante, sempre aparecia no rosto dela. "Foi uma bobagem. Nada imperdoável."

Se Abraham Story não tivesse instituído fundos fiduciários para a educação dos filhos, eles não teriam terminado a faculdade. Porém, depois da formatura, os quatro tiveram que se virar sozinhos. No começo, viviam tentando retomar o contato com Mildred. Enchiam o saco de Donald Camden, cuja única resposta eram e-mails ocasionais reafirmando a decisão da cliente. Eles mandaram convites para seus casamentos, avisaram quando os filhos nasceram. Até se alternaram em aparecer em Gull Cove, onde minha avó ainda mora, mas ela se recusava a encontrar ou falar com os filhos. Eu costumava imaginar que, um dia, ela apareceria do nada no nosso apartamento, banhada em diamantes e em um casaco de pele, e anunciaria que tinha vindo me buscar, sua xará. Então me levaria para uma loja de brinquedos e me deixaria comprar tudo que eu quisesse, antes de me dar um saco de dinheiro para entregar aos meus pais.

Tenho quase certeza de que minha mãe tinha a mesma fantasia. Por que outro motivo alguém faria a maldade de dar um nome como Mildred para uma menina do século XXI? Mas minha avó, com a ajuda de Donald Camden, resistiu a todas as tentativas dos filhos. Com o tempo, eles pararam de tentar.

Minha mãe me encara com expectativa, e percebo que está esperando por uma resposta.

— Você recebeu uma carta de Mildred? — pergunto.

Ela concorda com a cabeça, depois pigarreia antes de responder:

— Bom. Pra ser mais exata, *você* recebeu.

— Eu? — Meu vocabulário foi reduzido a quase nada nos últimos cinco minutos.

— O envelope tinha o meu nome, mas a carta era pra você.

Uma imagem de dez anos atrás surge na minha mente: eu ao lado da minha avó misteriosa, enchendo um carrinho de compras até a boca com bichinhos de pelúcia, as duas arrumadas como se fôssemos para a ópera. Com tiaras e tudo. Deixo o pensamento de lado e me esforço para encontrar mais palavras.

— Ela quer...? Ela vai...? Por quê?

Minha mãe enfia a mão dentro da bolsa e tira um envelope, que empurra até mim sobre a mesa.

— Talvez seja melhor você ler.

Eu abro o envelope e pego uma folha de papel espesso dobrado, cor de creme, que cheira levemente a lilases. As iniciais MMS — Mildred Margaret Story — estão estampadas na parte de cima. Nossos nomes são praticamente idênticos, tirando que o meu tem

Takahashi no fim. Os parágrafos curtos foram datilografados, seguidos por uma assinatura apertada, fina.

> Querida Milly,
> Nós, é claro, nunca nos conhecemos. Os motivos para isso são complexos, mas, conforme os anos passam, eles se tornam menos importantes. Como você se encontra no limiar da vida adulta, minha curiosidade se aguçou.
> Tenho uma propriedade chamada Resort Gull Cove, que é um destino de férias popular na ilha. Quero convidar você e seus primos, Jonah e Aubrey, para passar o verão morando e trabalhando no resort. Seus pais trabalharam lá quando eram adolescentes e achavam o ambiente estimulante e enriquecedor.
> Tenho certeza de que você e seus primos colherão benefícios parecidos se aceitarem. E como não tenho saúde para receber hóspedes, mesmo por pouco tempo, isso me daria a oportunidade de conhecer vocês.
> Espero que aceite meu convite. O coordenador de contratos de verão do resort, Edward Franklin, vai cuidar de todos os detalhes da viagem e logística necessários, e você pode entrar em contato com ele por meio do e-mail abaixo.
>
> Com carinho,
> Mildred Story

Leio a carta duas vezes, depois dobro o papel de novo e o coloco sobre a mesa. Não olho para a frente, mas dá para sentir que minha mãe me encara, esperando pela minha reação. Estou muito apertada para fazer xixi, mas preciso destravar minha garganta com mais água antes de as palavras conseguirem sair de mim.

— Ela está de sacanagem?

Seja lá o que minha mãe esperava ouvir, não era isso.

— Como é?

— Vamos ver se eu entendi — digo enquanto minhas bochechas esquentam e enfio a carta de volta ao envelope. — Essa mulher que nunca conheci, que excluiu você da vida dela sem pensar duas vezes, que não foi ao seu casamento nem ao meu batizado, nem a qualquer outra coisa relacionada à nossa família nos últimos 24 anos, que nunca ligou, mandou um e-mail ou escreveu até... cinco minutos atrás, quer que eu *trabalhe no hotel dela*?

— Acho que você está encarando a situação do jeito errado, Milly.

Minha voz aumenta até quase se tornar um grito agudo.

— E como eu deveria encarar a situação?

— Shhh. — Minha mãe me censura, os olhos percorrendo o salão. Se existe uma coisa que ela detesta, é escândalo. — Veja isso como uma oportunidade.

— Pra *quê*? — pergunto. Ela hesita, girando seu anel, que não chega nem perto da esmeralda estonteante de cinco quilates na mão da minha avó em fotos antigas. De repente, a ficha cai. — Não, espera. Não precisa responder. Fiz a pergunta errada. A coisa certa pra mim perguntar é pra *quem*.

— Para *eu* perguntar. — Minha mãe me corrige. Ela não consegue se segurar.

— Você acha que isso é uma chance de fazer as pazes, né? De ser... desdeserdada.

— Essa palavra não existe.

— Meu Deus, mãe, para com isso. Meus erros de gramática não são o problema!

— Desculpa — diz ela, e fico tão surpresa que não termino o discurso que eu pretendia fazer. Seus olhos continuam brilhantes, mas agora também estão cheios de lágrimas. — É só que... ela é a minha mãe, Milly. Passei anos esperando por alguma notícia. Não sei por que agora, por que você nem por que *isso*, mas ela finalmente quer entrar em contato. Se não aceitarmos desta vez, talvez não surja outra oportunidade.

— Outra oportunidade de quê?

— De conhecer minha mãe de novo.

O "e daí?" está na ponta da minha língua, mas me controlo. Esse comentário seria seguido por um "a gente se virou bem esse tempo todo sem ela", mas isso é mentira. Não nos viramos bem.

Minha mãe vive à beira de um abismo, e é assim desde que me entendo por gente. Por conta disso, ela acabou se tornando o tipo de pessoa que nunca deixa ninguém se aproximar demais — até mesmo meu pai, que ela amava tanto quanto era capaz de amar alguém. Na minha infância, eu observava os dois juntos e desejava ter um relacionamento tão perfeito. Mas, conforme o tempo foi passando, comecei a notar as pequenas maneiras como minha mãe se afastava do meu pai. Como seu corpo enrijecia durante abraços, como sempre dava a desculpa de precisar trabalhar até tarde para não voltar para casa antes de irmos dormir, como fugia de passeios de família alegando enxaquecas que nunca a incomodavam no horário do expediente. Com o tempo, a frieza e a distância se transformaram em críticas sobre tudo que meu pai dizia ou fazia. Até chegar ao ponto em que ela finalmente pediu que ele saísse de casa.

Agora que não tem meu pai, ela faz a mesma coisa comigo.

Desenho uma interrogação na condensação do meu copo de água.

— Você quer que eu passe o verão todo fora? — pergunto.

— Você vai adorar, Milly. — Quando solto uma risada sarcástica, ela acrescenta: — Não, vai mesmo. É um resort lindo, e adolescentes do país inteiro se inscrevem pra trabalhar lá. É bem difícil conseguir vaga, na verdade. O alojamento dos funcionários é ótimo, você tem acesso ao resort inteiro... É quase como se estivesse de férias.

— Férias em que sou funcionária da minha avó.

— Você estaria com seus primos.

— Eu não *conheço* meus primos.

Não vejo Aubrey desde que a família do tio Adam se mudou para o Óregon, quando tínhamos cinco anos. Jonah mora em Rhode Island, que não é tão longe assim, mas minha mãe e o pai dele quase não se falam. A última vez que nos encontramos foi no aniversário do tio Anders, quando eu tinha oito anos. Só me lembro de duas coisas sobre Jonah: a primeira é que ele bateu na minha cabeça com um bastão de plástico e pareceu decepcionado quando não chorei. A segunda é que ele inchou feito um balão quando comeu um aperitivo a que tinha alergia, apesar de sua mãe avisar para não fazer isso.

— Você pode então conhecer os dois. Todos têm a mesma idade e são filhos únicos. Seria legal se fossem próximos.

— Ah, igual como você é próxima do tio Adam, do tio Anders e do tio Archer? Vocês mal se falam! Eu não tenho nada em comum com meus primos. — Empurro o envelope para minha mãe. — Não vou. Não sou um cachorro que vai correndo quando *ela* chama. E não quero passar o verão inteiro fora.

Minha mãe começa a girar o anel de novo.

— Achei que essa podia ser sua resposta. E sei que é pedir muito. Então quero te dar uma recompensa. — A mão dela passa para a corrente de ouro grossa que brilha sobre seu vestido preto.

— Sei que você sempre adorou meu colar com pingente de diamante em gota. E se ele for meu presente como agradecimento?

Eu me empertigo, já imaginando o colar brilhando na minha garganta. Sonho com isso há anos. Mas achei que seria um presente — não um *suborno*.

— Você não pode me dar o colar simplesmente porque sou sua filha?

Sempre tive essa dúvida, mas nunca ousei perguntar. Talvez porque eu tenha medo de que a resposta seja a mesma que ela sempre deu ao meu pai, não com palavras, mas com suas ações: *Você não é boa o suficiente.*

— É uma relíquia de família — diz minha mãe, como se isso não comprovasse tudo que penso. Franzo o cenho enquanto ela apoia a mão com as unhas feitas na borda do envelope. Mas não o empurra, exatamente. Só meio que tamborila. — Sempre pensei em dar o colar no seu aniversário de 21 anos, mas, se você for passar o verão na minha cidade natal... Bem, parece correto adiantar esse plano.

Solto um suspiro silencioso e pego o envelope, revirando-o nas mãos enquanto minha mãe toma seu vinho, me esperando com paciência. Não sei o que é mais frustrante: ela tentar me subornar para eu passar o verão trabalhando para uma avó que nunca conheci ou o fato de que com certeza eu vou topar.

2

Aubrey

Estico os dedos para a borda escorregadia da piscina. Assim que faço contato, viro e me impulsiono para a última volta. Essa é minha parte favorita de qualquer competição: a água correndo pelo meu corpo, que se movimenta incentivado pelo embalo e pela adrenalina. Às vezes, demoro mais do que deveria para voltar à tona. A treinadora Matson diz que estou me *sabotando*, que esse é um defeito minúsculo na minha técnica que pode significar a diferença entre ser uma boa nadadora e uma ótima nadadora. Geralmente, tento corrigi-lo. Mas hoje? Eu ficaria dentro da água para sempre se pudesse.

Finalmente chego à superfície, puxo o ar e entro no ritmo das braçadas do nado peito. Meus ombros ardem, e minhas pernas se agitam em um esforço automático e bem-vindo, até meus dedos tocarem os azulejos de novo. Tiro os óculos e esfrego os olhos antes de voltar meu rosto para o placar.

Sétima entre oito, meu pior tempo nos duzentos metros. Dois dias atrás, esse resultado me deixaria arrasada. Mas quando espio a treinadora Matson encarando o placar com as mãos no quadril, tudo que sinto é uma pontada triunfante de raiva.

Bem feito.

Enfim, não faz diferença. Nunca mais vou competir na equipe da escola Ashland. Só participei hoje para minha equipe não ser desqualificada.

Eu me impulsiono para fora da piscina e pego minha toalha no banco. A competição de duzentos metros foi o último evento da temporada. Normalmente, minha mãe estaria na arquibancada, postando vídeos longos demais no Facebook, e eu ficaria na beira da piscina para torcer por meus companheiros de equipe no revezamento. Mas minha mãe não está aqui, e eu não vou ficar.

Sigo para o vestiário vazio, meus pés molhados batendo contra o piso de azulejos, e tiro minha bolsa de ginástica do armário 74. Jogo a touca e os óculos na bolsa, visto uma camisa e um short por cima do maiô molhado. Então calço meus chinelos e mando uma mensagem rápida:

Estou me sentindo mal. Me encontra na porta?

O revezamento está a toda quando volto para a piscina. Meus companheiros de equipe que não estão nadando ocupam a beira da piscina, distraídos demais na sua torcida para notar que saí de fininho. Meu peito se aperta e meus olhos ardem, até eu ver a treinadora Matson em seu lugar de sempre, ao lado do placar. Ela está inclinada para a frente, o rabo de cavalo louro caindo por cima de um ombro enquanto grita para Chelsea Reynolds *acelerar.* Sou tomada por uma vontade repentina, quase irresistível, de sair correndo e empurrá-la para dentro da água.

Por um segundo delicioso, me permito imaginar como seria a sensação. O público de sábado no Centro Recreativo Memorial Ashland cairia em um silêncio chocado, esticando os pescoços para ver melhor o que estava acontecendo. *Foi Aubrey Story? O*

que deu nela? Ninguém acreditaria no que viu, porque sou a Garota Mais Incapaz de Dar Escândalo por Qualquer Coisa. Nunca.
E também sou uma grande covarde. Continuo andando.
Uma figura magra familiar está parada na saída. Meu namorado, Thomas, usa a camisa dos Trail Blazers que lhe dei de presente, com o cabelo preto raspado para o verão, como sempre. O embrulho no meu estômago vai se dissolvendo conforme me aproximo. Thomas e eu namoramos desde o oitavo ano — nosso aniversário de quatro anos foi no mês passado —, e a sensação de me jogar contra seu peito é parecida com a de entrar em um banho quente de banheira.
Talvez parecida *demais*.
— Você está ensopada — diz Thomas, se soltando do meu abraço molhado. Ele me olha de cima a baixo com desconfiança.
— Você está doente?
Eu devo ter tido um único resfriado durante todo o tempo que conheço Thomas. Sou estranhamente resistente a germes. "Você não puxou o lado dos Story", sempre diz meu pai com um suspiro. "Ao menor sinal de um vírus, nós passamos dias destruídos." Do jeito que ele fala, quase parece estar se vangloriando disso, como se o seu lado da família fosse formado por flores de estufa raras e delicadas, enquanto minha mãe e eu somos ervas daninhas resistentes, que sobrevivem em qualquer canto.
Só de pensar no meu pai, meu estômago se embrulha de novo.
— Estou me sentindo um pouco esquisita — digo para Thomas.
— Você deve ter pegado algo da sua mãe.
Foi isso que eu falei para Thomas ontem à noite quando pedi que ele me desse uma carona hoje; que minha mãe não estava se sentindo bem. Não contei o verdadeiro motivo no caminho para cá. Não consegui encontrar as palavras. Mas, conforme nos

aproximamos do Honda dele, a vontade de desabafar só aumentava. É um alívio quando Thomas vira para mim com um olhar preocupado. Só preciso que ele pergunte: "O que houve?"

— Você não vai vomitar, né? — pergunta ele. — Acabei de aspirar o carro.

Abro a porta do passageiro, desanimada.

— Não. É só uma dor de cabeça. Preciso apenas me deitar um pouco.

Thomas assente, distraído.

— Vou levar você pra casa então.

Argh. Casa. O penúltimo lugar em que quero estar. Vou ficar presa lá por mais algumas semanas, até chegar o dia de ir para Gull Cove. É engraçado como, de repente, uma coisa tão estranha e indesejada no começo passou a parecer minha salvação.

Thomas liga o carro, e pego meu celular para ver se algum dos meus primos mandou mensagem no nosso grupo. Milly mandou. Ela enviou um resumo do seu roteiro de viagem e uma pergunta:

Vamos tentar pegar a mesma barca?

Quando recebi a carta da minha avó — com a proposta que meu pai imediatamente presumiu que eu aceitaria, sem nem pestanejar —, procurei meus primos na Internet. Foi fácil encontrar Milly nas redes sociais. Mandei uma solicitação no Instagram e ela aceitou na mesma hora, abrindo seu perfil cheio de fotos dela e das amigas. São todas lindas, especialmente minha prima. Com descendência japonesa, ela parece mais com a família Story do que eu — magra, com cabelo escuro, olhos expressivos e belas maçãs do rosto. Eu, por outro lado, puxei minha mãe: loura, sardenta e atlética. A única característica que tenho em comum com minha avó elegante é a marca de nascença roxo-escura no antebraço direito; a vovó tem uma quase do mesmo tamanho e formato na mão esquerda.

Não faço ideia de como é a aparência de Jonah. Só consegui encontrá-lo no Facebook, onde sua foto de perfil é o símbolo do DNA. Ele tem sete amigos, o que não me inclui, já que meu pedido de amizade ainda não foi aceito.

Jonah quase não envia mensagens no grupo, a menos que seja para reclamar. Ele está mais irritado do que Milly e eu sobre termos que passar o verão em Gull Cove. Agora, enquanto Thomas sai com o carro do estacionamento do centro de recreação, me distraio relendo a conversa de ontem:

Jonah: *Que palhaçada. Eu devia ir pra colônia de férias no verão.*

Milly: *Como assim, você é um guia de crianças?*

Jonah: *Não é esse tipo de colônia de férias. É uma colônia de ciências. Muito difícil de conseguir vaga. Quase impossível de entrar e agora vou perder.*

Jonah: *E pelo quê? Por um emprego de salário mínimo, limpando privadas pra uma mulher que odeia nossos pais e provavelmente odeia a gente também.*

Aubrey: *A gente não vai limpar privadas. Você não leu o e-mail de Edward?*

Jonah: *De quem?*

Aubrey: *Edward Franklin. O coordenador de contratos de verão. Tem muitos trabalhos pra escolhermos. Vou ser salva-vidas.*

Jonah: *Vai fundo.*

Milly: *Você não precisa ser babaca.*

Milly: *E quem ainda diz "vai fundo"? Quantos anos você tem, oitenta?*

Então os dois passaram dez minutos discutindo enquanto eu fugia da conversa, porque confrontos não são minha especialidade.

A última vez que vi algum parente da família Story foi pouco depois de nos mudarmos para o Óregon, quando o irmão caçula do meu pai fez uma visita rápida. O tio Archer não tem filhos, mas, assim que chegou, se agachou para me ajudar com a cidade que eu estava construindo, feito um especialista em Lego. Algumas horas depois, ele vomitou no meu baú de brinquedos. Só recentemente me dei conta de que ele estava bêbado.

Meu pai costumava chamar a si mesmo, os irmãos e a irmã de os Quatro As, na época em que ainda falava deles com frequência. Adam, Anders, Allison e Archer, todos nascidos em intervalos de um ano. Cada um tinha um papel específico na família: Adam era o atleta perfeito; Anders, o excêntrico brilhante; Allison, a beldade tímida; e Archer, o piadista charmoso.

O tio Anders, pai de Jonah, foi o único a não herdar a beleza da família. Nas fotos antigas, ele é baixinho, mirrado e com traços pontudos, sobrancelhas ralas e um eterno sorriso irônico nos lábios apertados. É assim que imagino Jonah sempre que leio suas mensagens.

Estou prestes a guardar meu celular quando uma nova mensagem aparece, e é de Milly para mim. É a primeira vez que ela fala comigo sem incluir Jonah.

Aubrey, tenho uma pergunta importante: É impressão minha, ou Jonah é um babaca completo?

Dou um sorrisinho enquanto digito:

Não é impressão sua.

Abro o porta-luvas de Thomas, onde ele guarda um estoque conveniente de lanchinhos, e descubro um biscoito de açúcar mascavo e canela. Não é meu favorito, mas minha barriga está roncando de fome depois da competição.

Milly: Tipo, ninguém está empolgado com a viagem. Eu não me inscrevi na Colônia dos Gênios, mas ainda têm outras coisas que preferia fazer.

Antes de eu conseguir responder, outra mensagem surge, de Jonah no grupo.

O horário da barca é inconveniente, e não vejo motivo pra chegarmos juntos.
Milly: Kct por que ele é esse lixo???
Jonah: Oi?
Milly:...
Milly: Foi mal, grupo errado.
Milly (no privado): Merda.

Solto uma gargalhada com a boca cheia de biscoito, e Thomas olha para mim.

— Qual é a graça? — pergunta ele.

Engulo.

— Minha prima Milly. Acho que vou gostar dela.

— Que bom. Pelo menos o verão não vai ser um desperdício completo.

Thomas tamborila na lateral do volante enquanto entra na minha rua. Ela é estreita e sinuosa, cheia de casas de um ou dois andares. Aquela devia ser uma casa temporária, comprada depois da publicação do livro do meu pai, quase dez anos atrás. O livro não foi um sucesso estrondoso, mas recebeu críticas boas o suficiente para oferecerem um contrato para o segundo livro (que meu pai ainda não escreveu). O curioso é que esse foi o único trabalho que ele teve desde que eu estava no ensino fundamental. Por um tempão, achei que ele recebia para ler livros, não para escrever, já que era só isso que fazia. No fim das contas, ele simplesmente não recebia nada.

Thomas para na frente da casa e coloca o carro em ponto morto, mas não desliga o motor.

— Quer entrar? — pergunto.

— Hum. — Thomas respira fundo, ainda tamborilando o volante. — Então, eu acho...

Molho meus lábios, que estão com gosto de canela e cloro, enquanto espero que ele continue. Quando isso não acontece, incentivo:

— O que você acha?

O corpo de Thomas tensiona antes de ele dar de ombros.

— Só que... hoje, não. Preciso resolver umas coisas.

Não tenho forças para perguntar que coisas são essas. Eu me inclino para a frente para lhe dar um beijo, mas Thomas se afasta.

— É melhor não. Não quero ficar doente.

Magoada, eu me encolho. Quem mandou eu mentir?

— Tá bom. Me manda uma mensagem mais tarde?

— Claro — responde Thomas.

Assim que saio do carro e fecho a porta, ele dá a ré e vai embora. Observo o carro se afastar pela rua com o estômago embrulhado de nervosismo. Não é como se Thomas sempre ficasse esperando eu entrar, mas ele não costuma ir embora tão rápido.

Entro na casa silenciosa. Minha mãe sempre deixa a música ligada quando está aqui, geralmente o grunge dos anos 1990 de que ela gostava na época da faculdade. Por um segundo, esperançosa penso que devo estar sozinha, mas basta eu pisar na sala de estar para a voz do meu pai me interromper.

— Já voltou?

Minha barriga se revira quando o vejo sentado na poltrona de couro, grande demais para o canto da nossa sala. Sua poltrona de escritor, que minha mãe comprou quando o livro foi publicado. Ela combinaria mais com um daqueles escritórios misturados com biblioteca, com estantes que vão até o teto, uma escrivaninha imponente de mogno e uma lareira. Nossa gata malhada, Eloise, está deitada no seu colo. Quando não respondo, ele pergunta:

— Como foi a competição?

Eu pisco. Ele não espera de verdade que eu responda a pergunta. Não depois da bomba que jogou em cima de nós ontem à noite. Mas meu pai simplesmente continua me encarando com calma, segurando com um dedo a página do livro que está lendo. Reconheço a capa, a fonte preta chamativa contra um fundo discreto, quase aquarelado. *Um silêncio breve e violado*, escrito por Adam Story. É o livro dele, sobre um ex-atleta de faculdade que alcança o estrelato literário e então se dá conta de que o que realmente quer é viver isolado — mas seus fãs fanáticos não o deixam em paz.

Tenho quase certeza de que meu pai torcia para o livro se tornar autobiográfico. Não foi o caso, mas ele ainda o relê pelo menos uma vez por ano.

Leia mesmo, penso, ficando irritada. *Porque ninguém mais vai fazer isso.*

Mas guardo esse comentário para mim.

— Cadê minha mãe?

— Sua mãe... — Ele hesita, semicerrando os olhos para o sol que atravessa a janela larga.

A luz faz seu cabelo preto brilhar e lhe dá uma aura dourada que ele não merece. Meu peito dói agora, e penso em como sempre idolatrei meu pai sem motivo. Como acreditava com todas as forças que ele era brilhante, especial, destinado a grandes feitos. Eu me sentia honrada por ter recebido um nome que começava com A. Eu era a Quinta A, costumava dizer a mim mesma, que, um dia, seria igual a eles. Glamorosa, misteriosa e só um pouquinho trágica.

— Sua mãe está dando um tempo — diz ele, por fim.

— Um tempo? Como assim? Ela, tipo... se mudou? — Mas, assim que falo, sei que não é isso. Minha mãe jamais iria embora sem me avisar.

Eloise acorda de repente e pula para o chão, andando pela sala com aquele olhar irritado que sempre surge em seu rosto depois de uma soneca.

— Ela foi passar a tarde com sua tia Jenny — diz meu pai. — Depois disso, vamos ver o que acontece. — Um tom diferente surge em sua voz agora. Petulante, com um toque de ressentimento. — Todos nós estamos sofrendo.

Eu o encaro, ouvindo meu coração pulsar, e me imagino respondendo do jeito que quero: com uma gargalhada alta e incrédula. Eu riria ao atravessar a sala, me aproximando o suficiente para arrancar o livro das mãos dele e jogá-lo em sua cabeça. E então falaria a verdade. *Não existe mais nós. Isso acabou, e a culpa é toda sua.*

Mas não digo nem faço nada disso. Assim como não empurrei a treinadora Matson na piscina. Eu apenas concordo com a cabeça, sem mostrar reação, como se as palavras dele fizessem algum sentido. Então vou arrastando os pés em silêncio até o andar de cima, chegando ao meu quarto e apoiando a cabeça contra a madeira fria, branca.

Vocês sabem o que fizeram. Era o que dizia a carta de anos atrás da minha avó, e meu pai sempre insistiu que ela estava enganada. "Não posso saber, porque *nada aconteceu*", repetia ele. "Eu e meus irmãos nunca fizemos nada que justificasse esse tipo de atitude." E eu acreditei, sem jamais questionar. Acreditei que ele era inocente, que foi injustiçado e que minha avó devia ser uma mulher fria, caprichosa, talvez até maluca.

Mas, ontem, aprendi como meu pai sabe mentir.

E, agora, não sei mais no que acreditar.

3

Jonah

Vou chegar atrasado.

Faz quase três horas que estou neste carro, cruzando os 120 quilômetros entre Providence e Hyannis em um trânsito que não anda. Foi a viagem de Uber mais demorada e mais cara de toda minha vida.

— É sempre assim no último fim de semana de junho — diz o motorista, Frederico, enquanto nos arrastamos pelo trânsito da manhã de sábado em Cape Cod. Ele freia quando o sinal que estávamos prestes a ultrapassar fica amarelo. — Não tem o que fazer, né?

Trinco os dentes.

— Se você tivesse passado do sinal, já ajudava.

Frederico acena com a mão.

— Não vale a pena. Está cheio de policiais por aqui hoje.

O Google Maps diz que falta pouco mais de um quilômetro e meio para chegarmos à barca que vai me levar até Gull Cove. Porém, mesmo depois de passarmos do sinal, a fila de carros na nossa frente quase não se move.

— Meu horário de partida é daqui a dez minutos — digo, me inclinando para a frente até bater com os joelhos no banco do passageiro. Aparentemente, a pessoa que veio ao lado de Frederico na última corrida precisava de muito espaço para as pernas. — A gente vai conseguir chegar a tempo?

— Booom... — enrola ele. — *Talvez* não seja impossível.

Puxo o ar, frustrado, e começo a enfiar meus papéis de volta na pasta. Ela está cheia de matérias de jornais e artigos impressos sobre Gull Cove e Mildred Story. A maioria fala da ilha, já que Mildred vive praticamente isolada. O único evento social que frequenta é o Baile de Gala de Verão anual do Resort Gull Cove. No artigo da *Gazeta de Gull Cove* sobre a festa do ano passado, há uma foto dela usando um chapéu gigante e luvas, como se fosse a rainha da Inglaterra. Donald Camden, seu advogado e remetente da carta infame do "vocês sabem o que fizeram", está ao seu lado. Ele parece o tipo de babaca arrogante que adoraria uma tarefa como essa.

Agora Mildred é mais conhecida por ser uma patrona das artes. Parece que ela tem uma coleção particular imensa de quadros e esculturas, e gasta uma fortuna dando apoio a artistas locais. É bem provável que ela seja o único motivo para ainda existir uma comunidade artística naquele amontoado superfaturado de pedras que chamam de ilha. Então pelo menos isso é um ponto positivo.

No fundo da pasta, tenho algumas coisas relacionadas a Aubrey, Milly e os pais delas. Críticas antigas do livro de Adam Story, coberturas das competições de natação de Aubrey, uma matéria sobre Toshi Takahashi virar sócio de um dos maiores escritórios de advocacia de Nova York. Até desencavei uma coluna antiga do *New York Times* com o anúncio do noivado dele e de Allison Story, quase vinte anos atrás. Mas não achei nada sobre o divórcio.

Talvez seja um pouco estranho carregar essa papelada toda por aí, mas não sei nada sobre essas pessoas. E quando não sei alguma coisa, estudo.

Enfio a pasta dentro da minha mala de lona e fecho o zíper. A mala deveria bastar para um adolescente passar duas semanas em uma colônia de férias. Para mim, ela vai ter que ser suficiente para dois meses, mas não tenho muita coisa.

— Você não conhece nenhum atalho? — pergunto a Frederico. Faltam oito minutos.

— Já *estamos* no atalho — responde ele, me olhando pelo espelho retrovisor. — Você é rápido?

— Quê?

— Consegue correr um quilômetro e meio em cinco minutos?

— Merda. — Respiro fundo quando entendo o que ele quer dizer. — Você só pode estar de brincadeira.

— Estamos parados, garoto. Se eu fosse você, tentaria correr.

O desespero transforma minha voz em um rosnado.

— Estou com uma *mala*!

Frederico dá de ombros.

— Você está em forma, né? É isso ou perder a barca. Quando sai a próxima?

— Daqui a duas horas e meia. — Olho para o painel do carro. Sete minutos. Então tomo uma decisão. — Foda-se. Estou indo.

Um quilômetro e meio não é muita coisa, certo? Não deve ser tão ruim assim. Melhor do que passar quase três horas preso no cais. Frederico freia para me deixar sair, e prendo as alças da mala nos ombros, como se ela fosse uma mochila.

Ele aponta pela janela.

— O GPS diz que fica à direita. Deve ser uma reta pela estrada. Boa sorte.

Não respondo. Só sigo para o gramado no acostamento e começo a correr. Por trinta segundos, tudo vai bem, e então as coisas começam a dar errado: a mala bate com força demais nas minhas costas, consigo sentir as pedras através das solas finas dos meus tênis baratos, e meus pulmões começam a arder. Frederico estava enganado. Não estou em forma. Pode até parecer que sim, porque passo horas carregando caixas todos os dias, mas faz muito tempo que não corro. Meu fôlego é uma porcaria, e está ficando cada vez pior.

Mas persisto, alargando meus passos, porque parece que não faço progresso. Minha garganta está tão seca que chega a doer, e meus pulmões parecem prestes a explodir. Passo por um hotel barato, um restaurante de frutos do mar e um campo de minigolfe. O ar está quente e úmido, do tipo que gruda na pele mesmo enquanto você está parado, e o suor empapa meu cabelo e faz minha camisa colar no peito.

Cometi um erro enorme. Imenso. Como vou explicar para os meus pais que desmaiei no acostamento de uma estrada em Cape Cod?

De algum jeito, continuo correndo, a mala me machucando enquanto bate nas minhas costas a cada passo. Meus olhos ardem com o suor e mal consigo enxergar, mas fico piscando até conseguir distinguir o formato de um prédio branco atarracado. Ele vai se agigantando, e vejo um caminho de pedra e uma placa que diz AUTORIDADE PORTUÁRIA. Não sei quanto tempo passou, mas cheguei.

Vou me arrastando até a bilheteria, arfando. A mulher atrás do vidro, uma loura com maquiagem pesada e franja ondulada, me observa, achando graça.

— Não precisa ficar afobado, bonitão. Você é novo demais pra mim.

— Bilhete — arfo, desencavando minha carteira no bolso. — Para... a... de... uma... e... vinte.

A mulher balança a cabeça, e meu coração disparado vai parar na garganta. Então ela diz:

— Você gosta de viver perigosamente, né? Quase perdeu. São dezoito dólares.

Não tenho fôlego suficiente para agradecer. Pago, pego meu bilhete e empurro as portas para entrar na estação. O espaço é maior do que imaginei, então acelero o passo até a saída, com a mão pressionando as pontadas que sinto na lateral do corpo.

É quase certo que vou vomitar antes de chegar ao barco.

Quando alcanço o cais, não vejo quase ninguém, só algumas pessoas acenando para a barca. Um cara de camisa branca e calça escura está parado na entrada de uma passarela que conecta o cais e o barco. Ele dá uma olhada no relógio de pulso e pega uma corrente que está pendurada, prendendo-a entre dois pilares em cada lado da passarela. Então olha para cima e me vê correndo na sua direção com o bilhete estendido.

Não faça isso, penso. *Não seja babaca.*

O cara pega meu bilhete e solta a corrente.

— Chegou bem em cima da hora. Boa viagem, garoto.

Ele não foi babaca. Graças a Deus.

Sigo vacilante pelo píer e entro na barca, quase gemendo de alívio quando o frio do ar-condicionado me acerta. Desabo em uma poltrona azul chamativa. Reviro a mala em busca da minha garrafa de água, abro a tampa e tomo tudo em praticamente três goles demorados. Então jogo o que sobrou na minha cabeça.

Lembrete para o futuro: começar a praticar corrida no verão, porque aquilo foi patético.

Todos os meus companheiros de viagem me ignoram. Eles parecem prontos para começar suas férias, exibindo bonés, chinelos e camisas com um símbolo que acabei de perceber ser o logotipo não oficial da ilha Gull Cove: um círculo em torno da silhueta de uma gaivota e as letras *IGC* no topo.

Espero um pouco até minha respiração voltar ao normal, então tiro um panfleto de turismo de Gull Cove da mala e viro as páginas até chegar à seção de transportes, no meio. O trajeto dura duas horas e vinte minutos, e passaremos por Martha's Vineyard e Nantucket. Gull Cove é menor do que as duas — um dado impressionante, já que Nantucket só tem 21 quilômetros de comprimento — e, de acordo com o panfleto, "mais isolada e rústica".

Tradução: menos hotéis e praias piores.

Guardo o panfleto e analiso os passageiros. As pessoas parecem estar largando as malas em qualquer canto, então enfio a minha embaixo do banco e levanto. Na falta do que fazer, posso dar uma olhada na barca. Sigo para a escada ao lado da lanchonete, e minha barriga ronca na mesma hora. Não como nada desde o café da manhã, há cinco horas.

O segundo andar é quase idêntico, com uma escada que leva ao convés superior. O espaço lá em cima é aberto, e todo mundo se aglomera nas grades com vista para o mar. O céu está nublado, ameaçando chuva, mas o ar que me sufocava em terra firme agora é fresco e com cheiro de sal. Gaivotas circulam o barco lá no alto, dando gritos barulhentos, a água se estende tranquilamente por todos os lados. Pela primeira vez em um mês, esta não parece ter sido a pior ideia que já tive.

Estou com mais sede do que fome, então resolvo voltar para o andar de baixo e comprar alguma coisa para beber na lanchonete.

Estou distraído, procurando minha carteira, e quase esbarro em uma pessoa que sobe enquanto eu desço.

— Presta atenção! — exclama a voz de uma garota.

— Desculpa — murmuro. Então olho para cima e engulo em seco. — Quero dizer, oi.

Primeiro, meu cérebro só registra que a garota é maravilhosa. Cabelo e olhos escuros, lábios fartos curvados em um sorrisinho que provavelmente deveria ser irritante, mas não é. Ela usa um vestido vermelho-fogo e sandálias, com óculos de sol prendendo o cabelo para trás, um relógio grande, masculino, no pulso e... *ah*.

Ah, merda. Não acredito que me esqueci por um segundo. Sei exatamente quem é ela.

— Você quis dizer *oi*? — pergunta a garota. O sorriso aumenta. Talvez se torne um pouco sedutor. — Tem certeza?

Dou um passo para trás, esquecendo que estou em uma escada, e quase caio. Demoro alguns segundos para refletir sobre minha situação enquanto agarro o corrimão para me equilibrar. Estava torcendo para evitar essa pessoa específica, pelo menos até chegarmos a Gull Cove. Mas agora que dei de cara com ela, acho que não tem mais jeito.

— Tenho certeza — digo. — Oi, Milly.

Ela pisca, surpresa. Atrás de nós, alguém pigarreia.

— Com licença — diz uma voz brusca. — Quero descer.

Eu me viro e vejo um cara de mais idade, de short xadrez e um boné do Red Sox, atrás de mim, com um pé no primeiro degrau.

— Calma. Nós vamos subir — digo, e mudo de direção.

Ele se afasta para me deixar passar, e me apoio na parede de um vão ao lado da escada.

Milly me segue com as mãos no quadril.

— Eu conheço você?

Merda. Não acredito que eu fiquei secando a garota. E Milly também não pareceu se importar. Que climão.
— Pois é. Bom, mais ou menos. Sou o Jonah. — Estico a mão. Seus olhos se arregalam, mas ela não se mexe. — Jonah Story.
— Jonah Story — repete Milly.
— Seu primo — explico.
Milly me encara por um instante. Então aperta minha mão tão de leve que seus dedos mal encostam nos meus.
— *Você* é o Jonah?
— Sou.
— Sério?
Deixo a irritação transparecer na minha voz. É minha marca registrada, afinal.
— Você tem algum problema de audição? Já respondi que sim várias vezes.
Os olhos dela semicerram.
— Ah, *agora*, sim. Fiquei um pouco confusa com esse seu... *look* de modelo. Achei bem inesperado. Na minha cabeça, você parecia ser do jeito que falava. — Não vou cair na provocação e perguntar o que ela quis dizer, mas Milly continua sem precisar de incentivo: — Tipo um gnomo com prisão de ventre.
Pelo visto, ela é criativa.
— Também é um prazer te conhecer.
Milly franze o nariz enquanto me observa de cima a baixo.
— Por que você está todo suado?
Resisto à vontade de me cheirar para ver se estou fedendo. Pela expressão no rosto dela, é bem provável.
— Não imagino como isso poderia ser da sua conta.
— E por que você apareceu? Achei que não fazia sentido "chegarmos juntos".

Cruzo os braços, desejando nunca ter subido. Conversar com ela me deixa cansado. Não sei por quanto tempo consigo manter a conversa.

— Meu cronograma mudou.

Milly estala a língua algumas vezes antes de inclinar a cabeça, me chamando.

— Então vamos. Você pode aproveitar pra conhecer Aubrey.

— Não estou no clima para conversar com mais ninguém, e isso deve ficar estampado na minha cara, porque Milly revira os olhos e diz: — Confie em mim, ela vai achar tão legal quanto você.

— Acho que não...

— Ei! — exclama outra voz. — Você apareceu! Achei que tivesse te perdido. — É uma garota da minha idade, usando um blusão azul de mangas curtas com gorro, e short de academia, o cabelo louro preso em um rabo de cavalo baixo. Ela tem um monte de sardas, do tipo que não cobrem apenas o nariz e as bochechas, mas o corpo inteiro. Já vi seu rosto nas matérias de jornal da minha pasta, apesar de ela geralmente estar usando uma touca de natação. O sorriso de Aubrey, direcionado para Milly, aumenta quando ela me vê. — Ah, desculpa. Eu não queria atrapalhar.

— Você não está atrapalhando nada — responde Milly, rápido. Ela gesticula para mim como se fosse a apresentadora de um programa de televisão mostrando um prêmio que ninguém quer. — Adivinha? *Esse* é o Jonah.

As sobrancelhas de Aubrey se levantam. Seu olhar se alterna entre mim e Milly, hesitante.

— Sério?

Milly dá de ombros.

— Pelo visto, sim.

Os olhos de Aubrey continuam alternando entre nós dois. Mesmo quando ela não está sorrindo, seu rosto é simpático. E sincero. Ela parece não ter talento nenhum para mentir.

— Vocês estão me zoando?

Chegou a hora de eu falar de novo.

— Sinto muito por eu não ficar estampando a minha cara pelas redes sociais feito uma ameba idiota que só quer atenção.

— Ah. — Aubrey concorda com a cabeça. — É isso mesmo. Oi, Jonah. — Ela vira de novo para Milly, que não tira os olhos do mar, como se estivesse cogitando os prós e os contras de me empurrar na água. — Você não parece com os Story.

— Puxei a minha mãe — digo.

Aubrey suspira e afasta do olho uma mecha do cabelo bagunçado pelo vento.

— Eu também. — Então ela respira fundo, como se estivesse prestes a mergulhar em uma piscina gelada. — Anda. Vamos descer e sentar um pouco. A gente pode se conhecer melhor.

Meia hora depois, Milly chegou a seu limite. Não a conheço bem o suficiente para ter certeza, mas eu apostaria tudo que tenho que ela não foi nem um pouco com a minha cara.

Missão cumprida.

— Vou pegar alguma coisa pra beber — diz ela, levantando-se de nossa mesa ao lado da janela no primeiro andar. — Aubrey, quer alguma coisa? Ou quer vir comigo?

Torço que Aubrey vá embora também, mas ela está distraída. De vez em quando — tipo agora mesmo —, seu rosto inteiro parece desmoronar enquanto ela encara o celular. É como se estivesse esperando receber uma ligação que nunca chega.

— Não, obrigada — murmura ela.

Milly segue para a escada, e o silêncio toma conta enquanto Aubrey metodicamente arrasta a tela do celular. O meu vibra no bolso e, quando o pego, encontro uma mensagem do contato que salvei como JT.

Como estão as coisas?

Todos os músculos no meu corpo ficam tensos enquanto respondo:

Bem.

É só isso que você tem pra dizer?

Eu poderia dizer vá se foder, penso. Mas tudo que digito é:

É. Tenho que ir.

Ignoro a vibração de uma mensagem nova e enfio o celular no bolso enquanto Aubrey ajeita o rabo de cavalo, puxando-o para ficar mais apertado.

— Sinto muito pela Colônia dos Gênios — diz ela.
— O quê?

Aubrey inclina a cabeça.

— É assim que Milly e eu chamamos a colônia de férias de ciências pra onde você queria ir. Será que vai ter outra chance? Tipo no próximo verão, talvez? Ou é tarde demais?

— Tarde demais — respondo. — A ideia era melhorar meu currículo pra me inscrever nas faculdades.

Sem Milly aqui, não consigo colocar tanto desdém nas minhas palavras quanto quero. Ser sarcástico com Aubrey é igual a chutar um filhotinho de cachorro.

— Que pena. Eu tinha minhas dúvidas se você viria, pra falar a verdade. Você parecia tão determinado a não aparecer.

— No fim das contas, não tive escolha.

— Acho que nenhum de nós teve — diz Aubrey. Ela cruza a perna sobre o joelho e balança o pé, olhando pela janela para o céu que escurece. São 55 quilômetros entre Hyannis e Gull Cove, e parece que vamos encontrar uma tempestade no meio do caminho.

— Como é o seu pai? *O tio Anders.* — Ela diz o nome como se ele fosse um personagem de filme. — Acho que eu tinha uns cinco anos na última vez que nos vimos. Não lembro nada sobre ele.

— Ele é… intenso.

Os olhos azuis de Aubrey ficam distantes.

— Meu pai fala menos do tio Anders do que de qualquer outro irmão. Tipo, ele deve ter mais em comum com a tia Allison, e parece se sentir meio protetor com o tio Archer, mas seu pai? Quase nunca escuto falar dele. Não sei por quê.

Engulo em seco e molho os lábios. Estou em uma saia justa, e não sei o quanto devo falar.

— Meu pai… sempre foi meio isolado, sabe? Acho que se sentia assim, pelo menos.

— Vocês são próximos?

Daquele babaca? Nem a pau. Engulo a verdade e tento dar de ombros de um jeito indiferente.

— Mais ou menos. Você sabe como é.

— Sei. Especialmente nos últimos tempos. — A chuva começa a bater na janela ao nosso lado, e Aubrey faz conchas com as mãos sobre o vidro e olha para fora. — Será que ela vai encontrar com a gente no cais?

— Milly? — pergunto. — Como assim, você acha que ela arrumou companhia melhor até chegarmos?

Tomara.

— Não! — responde Aubrey, rindo um pouco. — Nossa avó.

A risada me pega desprevenido. Aubrey e eu estamos ficando à vontade demais um com o outro, e isso não é bom. Nas palavras de todos os participantes de reality shows que já existiram: "Não vim aqui para fazer amigos".

— É, até parece — digo, soltando uma risada irônica. — Ela não se deu nem ao trabalho de mandar outra carta.

O rosto de Aubrey fica sério.

— Pra você também? Mandei seis cartas e nunca recebi resposta.

— Não escrevi carta nenhuma. O resultado foi o mesmo.

— É tanta *frieza*. — Aubrey estremece um pouco, mas sei que ela não está falando sobre a temperatura. — Não entendo. Já não basta ela ter entrado em contato com a gente pela primeira vez fazendo uma *oferta de emprego*? Como se fôssemos empregados, não parte da família. E depois ela não pode se dar ao trabalho de manter contato? Qual o sentido disso tudo, se ela não tem interesse algum em conhecer a gente?

— Mão de obra barata?

Eu estava brincando, mas os lábios de Aubrey se curvaram para baixo. Abro a boca para dar uma desculpa qualquer e sair dali quando tenho um vislumbre de vermelho na escada: Milly voltou. Isso devia me apressar, mas, por algum motivo, continuo no mesmo lugar.

— Prontinho, primos. — Milly equilibra quatro copos de plástico: um está cheio de líquido transparente e adornado com uma fatia de limão; os outros só têm gelo. Ela se acomoda ao lado de Aubrey e começa a encher os copos, distribuindo o conteúdo do que está cheio entre os três restantes até esvaziá-lo. Quando termina, ela entrega um para mim e o segundo para Aubrey.
— Um brinde a... sei lá! Finalmente conhecermos a misteriosa Mildred, acho.

Todos batemos os copos, e Aubrey toma um gole demorado do dela.

— Eca! — Ela cospe tudo na mesma hora. — Milly, o que é *isso*?

Milly oferece um guardanapo, inabalável. Ela tira a fatia de limão do copo vazio e espreme o suco nos nossos.

— Foi mal, esqueci o limão. Um gim-tônica.

— Sério? — Aubrey faz uma careta e coloca seu copo sobre a mesa. — Valeu, mas não bebo. Como você conseguiu um gim--tônica?

— Tenho meus métodos. — Milly observa uma fila de pessoas que descem pela escada, saindo do andar superior para fugir da chuva, e então volta a se focar em mim e Aubrey. — Então, agora que já sabemos de todas as coisas superficiais, vamos falar sério. O que *não* estamos contando um ao outro?

Minha garganta fica seca.

— Oi?

Milly dá de ombros.

— Essa família toda vive à base de segredos, né? É o legado dos Story. Vocês devem ter alguma coisa interessante pra contar. — Ela aponta para mim com o copo. — Desembucha.

Olho para Aubrey, que empalideceu sob as sardas. Sinto um músculo na minha mandíbula começar a repuxar.

— Não tenho segredos — respondo.

— Nem eu — diz Aubrey, rápido.

Suas mãos estão apertadas sobre o colo, e ela parece prestes a vomitar ou chorar. Eu tinha razão: ela não sabe mentir. E consegue ser pior do que eu.

Mas Milly não está interessada em atazanar Aubrey. Ela vira para mim e se inclina para a frente, seu relógio enorme deslizando pelo braço enquanto apoia o queixo na mão.

— Todo mundo tem segredos — diz ela, tomando um gole da bebida. — Isso é certo. A única dúvida é se você está guardando os seus ou os de outra pessoa.

Uma gota de suor se forma na minha testa, e resisto à vontade de enxugá-la enquanto tomo metade da minha bebida em um gole. Não gosto muito de gim, mas "quem está na chuva é para se molhar" parece uma expressão bem adequada no momento. Tento exibir uma expressão metade entediada, metade irritada.

— Não pode ser as duas coisas?

A chuva golpeia a janela atrás de Milly enquanto os olhos dela encontram os meus.

— Quando se trata de você, Jonah? — pergunta ela, levantando uma sobrancelha perfeitamente arqueada. — Imagino que sim.

4

Milly

— Não é muito impressionante, né? — pergunta Jonah.

Lanço um olhar discreto para ele por cima de Aubrey. A chuva foi embora e estamos no convés superior, assistindo à nossa chegada a Gull Cove. Jonah apoia os antebraços na grade e se inclina para a frente, o vento bagunçando seu cabelo castanho-escuro, ondulado, que é o meio-termo entre o louro de Aubrey e o meu quase preto. O queixo pontudo de quando ele era criança se transformou em uma mandíbula quadrada, e o aparelho fez maravilhas em seus dentes. Não que ele sorrisse muito.

— Achei bonito! — diz Aubrey, falando mais alto para conseguir ser escutada por cima do barulho do motor da barca.

O barco vira de repente, espirrando espuma branca no ar. Com uma das mãos, seguro com força a grade, e uso a outra para me entregar a uma mania que minha mãe detesta: morder a junta do dedão. Minha pele úmida tem gosto de sal, mas é melhor do que o cheiro de fumaça que estamos respirando.

— Eu também — digo.

Minhas palavras são automáticas, um desejo involuntário de discordar de Jonah, mas ele tem razão. Mesmo de longe, a ilha parece comum e sem graça, cercada por uma faixa de areia amarelo-clara, se mesclando com um mar que é quase do mesmo tom de cinza que as nuvens densas e baixas que nos cercam. Casinhas brancas minúsculas salpicam a costa contra o fundo de árvores baixas, e o único ponto colorido é o farol atarracado bege listrado com um azul alegre.

— É tão pequena — diz Aubrey. — Tomara que a gente não se sinta como presos aqui.

Tiro o dedo da boca e baixo o braço, sentindo o peso do meu relógio escorregando até o pulso. O velho Patek Phillippe surrado do meu avô foi a única lembrança que minha avó deu à minha mãe antes de sumir. Não importa quantas vezes minha mãe tentou consertá-lo, o relógio se recusa a funcionar. Ele sempre indica três horas. No entanto, duas vezes por dia — tipo agora, provavelmente — está certo.

— Acho que vamos ser tão explorados por Mildred que nem perceberemos o tamanho — digo.

Aubrey olha para mim.

— Você a chama de Mildred?

— Chamo. E você?

— De "vó". Meu pai sempre diz "sua avó", então acho que só aceitei. — Ela se vira para Jonah. — Como você a chama?

— De nada — responde ele, sucinto.

Passamos alguns minutos em silêncio enquanto a barca continua se aproximando da costa. As casas brancas vão surgindo, a faixa amarela de areia se torna mais definida, e logo estamos passando tão perto do farol que consigo ver pessoas caminhando em torno dele. O cais está cheio de barcos, a maioria muito menor do que o nosso, e entramos primorosamente no espaço entre dois deles.

— Bem-vindos à ilha Gull Cove! — exclama o capitão no alto-falante enquanto o barulho do motor desaparece de repente.

— Está lotado — diz Aubrey, nervosa, analisando a multidão no cais lá embaixo.

— Este lugar é uma armadilha pra turistas — diz Jonah, saindo da grade e se virando para a escada. — Vocês viram quanto custa um quarto no Resort Gull Cove? As pessoas estão doidas. — Ele balança a cabeça. — As praias são muito melhores em Martha's Vineyard ou Nantucket, mas, de algum jeito, ser a pior e a menor ilha virou uma vantagem. Porque fica "longe da confusão".

Quando nos aproximamos da saída da barca, Jonah desvia para um lado e puxa uma mala de pano surrada de baixo de uma poltrona.

— Onde estão suas coisas? — pergunta ele para mim e Aubrey.

— Nós despachamos quando chegamos — respondo, olhando para sua mala. — Você só trouxe isso aí?

Jonah prende a mala no ombro.

— Não preciso de muita coisa.

Nós nos unimos ao fluxo de pessoas saindo da barca, seguindo pela passarela estreita que nos leva do barco para o cais. O pessoal está pronto para as férias. Apesar do tempo nublado, todo mundo usa shorts, óculos escuros e bonés. Meu vestido vermelho parece completamente deslocado, apesar de estar sendo usado por um motivo específico. Ele era da minha mãe na época da escola, uma das poucas coisas que ela guardou que ainda consigo usar hoje em dia. Vesti-lo parecia uma forma sutil de provocar minha avó por nos trazer até aqui sem falar com os filhos primeiro. *Eles ainda existem, Mildred, mesmo que você não queira admitir.*

A passarela da barca leva a um caminho largo de pedras, ladeado por construções de madeira em tons alternados de branco e cinza. Assim que chegamos à estrada, respiro fundo, e então me sobressalto um pouco quando sinto o cheiro de madressilva misturado com o ar salgado. É o perfume clássico da minha mãe, mas nunca senti o aroma natural antes.

Uma fila de carrinhos com as bagagens ocupa um lado do caminho de pedra. Aubrey e eu encontramos o número 243, como fomos instruídas quando um funcionário pegou nossas malas.

— Aqui estão — diz Aubrey, parecendo aliviada enquanto pega sua mala e mochila.

Vou pegar minhas coisas. Atrás de mim, Jonah solta uma risada incrédula enquanto puxo duas malas grandes de rodinha, uma menor e uma bolsa de laptop estufada.

— Não é possível que tudo isso seja seu — diz ele. Quando não respondo, ele acrescenta: — Você trouxe seu armário inteiro?

Nem de longe, mas ninguém precisa saber disso (nem que a mala menor só tem sapatos).

— A gente vai passar dois meses aqui — digo.

Jonah estreita os olhos enquanto analisa minhas malas. Elas são da Tumi, com revestimento de alumínio perolado, e imagino que, se você não souber que foram compradas de segunda mão no eBay pela minha mãe, talvez elas pareçam um pouco pomposas. Ainda mais no meio dessa galera de short e camiseta. Os visitantes de Gull Cove têm dinheiro — muito —, mas não ostentam. Isso faz parte do suposto charme do lugar.

— Pelo visto, a tia Allison está bem de vida — comenta Jonah.

— Ah, me erra! — rebato. — Você ia passar o verão inteiro em uma colônia de férias chique de ciências, então não venha me julgar por trazer opções de roupa.

— Só que eu não podia bancar a colônia — diz Jonah. Algo parecido com raiva surge por alguns segundos em seu rosto antes de ele se recompor com a habitual expressão meio entediada, meio desdenhosa. — Em vez disso, agora estou preso aqui.

Eu me controlo antes de responder com um "que sorte a nossa". Não sei muito sobre a situação financeira dos meus primos. Sei que a mãe de Aubrey é enfermeira e que seu pai passou os últimos dez anos tentando escrever outro livro, então eles devem ter uma vida confortável, mas não cheia da grana. A situação dos pais de Jonah é mais obscura. Supostamente, o tio Anders é consultor financeiro, mas do tipo que trabalha por conta própria, não para uma empresa. Há algumas semanas, enquanto eu tentava encontrar informações sobre a família de Jonah na Internet, me deparei com uma matéria pequena sobre o tio Anders no *The Providence Journal*, em que um ex-cliente insatisfeito o chamava de "Bernie Madoff de Rhode Island".

Eu não sabia quem era esse cara, então tive que pesquisar. Parece que Bernie Madoff era um agente financeiro que foi preso depois de roubar milhares de investidores em um imenso esquema de pirâmide. Senti uma pontada minúscula de empolgação quando descobri isso — nossa família sempre foi esquisita, mas nunca *criminosa* —, mas continuei lendo. No fim das contas, apesar de alguns ex-clientes terem feito denúncias por fraude, só conseguiram provar que o tio Anders fez recomendações financeiras ruins. A história não era grande o suficiente para chegar aos jornais de Nova York, então minha mãe não ficou sabendo. Ela não pareceu muito surpresa quando contei.

— Ninguém com o mínimo de bom senso pediria ajuda a Anders pra administrar seu dinheiro — disse ela.

— Por quê? — perguntei. — Ele não é brilhante?

— É, mas Anders só se importa em beneficiar uma pessoa, que é ele mesmo.

— E a tia Victoria? Ou Jonah? — perguntei.

Minha mãe apertou os lábios.

— Estou falando de negócios, não de família.

Mas, pela sua cara, a opinião dela sobre esses relacionamentos também não era das melhores. O que talvez tivesse ligação com a expressão amargurada no rosto de Jonah.

Aubrey olha para a multidão empolgada que nos cerca.

— Nada da nossa avó — diz ela com tristeza, como se esperasse que Mildred viesse nos buscar. — Vamos pegar um táxi?

— Acho que sim, mas não vi nenhum. — Aperto os olhos contra o sol que surge e puxo os óculos escuros de cima da minha cabeça, ajeitando a armação larga de estampa tartaruga sobre o nariz.

— Allison. — Só depois que o nome é repetido algumas vezes e Jonah franze o cenho, procuro pela pessoa que está falando. Um idoso de cabelo branco e aparência frágil está parado atrás de mim, com olhos castanhos lacrimejantes fixados no meu rosto. — Allison — repete ele em uma voz baixa, hesitante. — Você voltou! Por que você voltou?

— Eu...

Alterno o olhar entre o homem e meus primos, sem palavras. Já me disseram que pareço com minha mãe — "é mais parecida do que se imaginaria", comentam às vezes, olhando de soslaio para meu pai —, mas acho que nunca fui confundida com ela antes. Será o vestido? Os óculos? Ou esse cara simplesmente está gagá?

— Mildred sabe? — pergunta o homem, parecendo nervoso. — Ela não vai gostar disso, Allison. Não vai gostar nem um pouco.

Minha nuca se arrepia.

— Não sou a Allison — digo, tirando os óculos.

O homem se sobressalta e dá um passo para trás, o calcanhar de seu sapato prendendo em uma pedra. Ele quase cai, mas Aubrey se joga para a frente com uma velocidade impressionante e segura seu braço.

— O senhor está bem? — pergunta ela. O homem não responde, ainda me encarando como se tivesse visto um fantasma.

— Parece que o senhor conhece nossa avó? Mildred Story? Essa é Milly, a filha de Allison, e sou Aubrey. Adam Story é meu pai. — Ela gesticula para Jonah com a mão livre. — E esse é Jonah, ele é...

— Adam — diz o homem com uma voz fraca. — Adam está aqui?

— Ah, não — responde Aubrey, abrindo um sorriso radiante. — Só eu. Sou filha dele.

O homem parece aflito e perdido, tateando com a mão o bolso vazio de seu casaco como se tivesse acabado de notar que esqueceu algo importante.

— Adam tinha potencial pra ser grande, não tinha? Mas jogou tudo fora. Que rapaz tolo. Ele podia ter mudado tudo com uma palavra.

O sorriso de Aubrey desaparece

— Podia ter mudado o quê?

— Vovô! — exclama uma voz. Eu me viro e vejo uma garota da nossa idade se aproximando a passos largos. Ela é baixinha e musculosa, tem pele escura, sardas e uma nuvem de cabelo escuro. Seus pulsos estão cheios de pulseiras de couro trançadas. — Eu te disse pra esperar na frente da Samambaia Doce! Foi impossível estacionar por causa da porcaria dos turistas... — Ela para quando nos nota, cercados por malas, com Aubrey apoiando seu avô. — Quero dizer, o pessoal que *acabou de chegar*. Ele está bem? — pergunta a garota com um toque de ansiedade na voz.

O homem pisca devagar algumas vezes, como se estivesse tentando se focar na neta.

— Tudo bem, Hazel. Está tudo bem — murmura ele. — Fiquei um pouco cansado, só isso.

Hazel segura o braço do avô, e Aubrey dá um passo para trás.

— Acho que demos um susto nele — diz ela em tom de quem pede desculpa, apesar de ter acontecido o contrário. — Parece que ele conhece nossa avó.

— Sério? — pergunta Hazel. — Quem é sua avó?

— Hum, Mildred Story?

Aubrey fala como se não tivesse certeza de que o nome será reconhecido, mas os olhos da garota se arregalam na hora. O rosto dela, que antes estava nervoso e preocupado, abre um sorriso largo.

— Não brinca! Vocês são da família Story? O que vieram fazer aqui?

— Vamos trabalhar no resort da nossa avó durante o verão — responde Aubrey.

Os olhos de Hazel alternam entre nós três, cheios de interesse.

— Eita. Esta é a primeira vez que vocês vêm a Gull Cove? — Aubrey e eu concordamos com a cabeça, e ela aperta o braço do avô. — Vovô, por que você não me contou que os netos da Sra. Story vinham passar o verão aqui? Você devia saber, né?

— Não — responde o velho, cavoucando o bolso do casaco de novo.

— Talvez você tenha se esquecido. — A garota se vira para nós e acrescenta baixinho: — Meu avô está começando a ficar senil. Ele tem dias bons, mas às vezes fica muito confuso. Mas é amigo da Sra. Story, foi médico da família, então conhecia muito bem seus pais. Eu me chamo Hazel Baxter-Clement. Meu avô é o Dr. Fred Baxter.

Reconheço o nome na mesma hora.

— É claro! Minha mãe costumava dizer que ele devia ser o único médico vivo que ainda fazia consultas em domicílio.

Hazel sorri.

— Bom, pra *sua* família.

— Meu pai falava a mesma coisa — comenta Aubrey. — E também que seu avô o ajudou a voltar a jogar lacrosse na escola depois que ele machucou o joelho.

Nós olhamos para Jonah, esperando outra lembrança, mas ele apenas encara seu celular, mal-educado como sempre. Então mostra a tela para mim e Aubrey.

— O Yelp diz que temos que ir até a rua Hurley pra encontrar um táxi.

— A Hurley fica na esquina — diz Hazel, apontando para a esquerda. Pego a alça das minhas malas enquanto ela acrescenta: — Ei, talvez pareça meio esquisito e aleatório eu pedir isto, sendo que a gente acabou de se conhecer, mas... No semestre passado, fiz um trabalho que falava da sua família. Estou estudando história na Universidade de Boston, e tenho um projeto sobre os primeiros colonos com descendentes que estão se dando bem na era da informação. Meu orientador gostou muito do primeiro trabalho e quer que eu desenvolva mais o assunto no outono. Será que existe alguma chance de eu entrevistar vocês? — Ela abre um sorriso simpático quando nenhum de nós responde. — Só perguntas tranquilas, juro.

— Hum. — Coloco os óculos escuros de volta para fugir do olhar de Hazel. Até perguntas tranquilas são complicadas quando você é um Story. — Acho que vamos estar bem ocupados.

— Entendi. Posso dar meu número só pro caso de vocês terem tempo? Ou se quiserem saber de alguma coisa divertida pra fazer por aqui. Posso mostrar a ilha pra vocês. — Hazel olha para Jonah, que ainda segura o celular, e rapidamente diz o número. Não sei se ele anotou de verdade ou só fingiu. — Aproveitem seu primeiro dia. Venha, vovô, vamos tomar sorvete.

O Dr. Baxter ficou apoiado no braço da neta em silêncio enquanto conversávamos, mas a voz de Hazel parece acabar com seus devaneios. Ele olha para mim de novo, franzindo o rosto e curvando a boca para baixo.

— Você não devia ter voltado, Allison.

Hazel estala a língua.

— Vovô, essa não é a Allison. Você está confuso. — Ela abre um sorriso para nós e acena antes de guiá-lo para a cafeteria às nossas costas. — A gente se vê por aí.

Aubrey fica encarando os dois enquanto eles desaparecem dentro do estabelecimento.

— Que esquisito — diz ela. Então ajeita a mochila no ombro, pega a alça da mala e segue na direção da rua Hurley.

Eu hesito, encarando minhas malas, até Jonah respirar fundo e pegar as duas maiores.

— Consegue levar o resto, princesa? — pergunta ele por cima do ombro enquanto as puxa sobre as pedras.

— Consigo — resmungo em um tom antipático.

Eu teria agradecido se ele não tivesse me chamado de princesa.

— Eita — diz Jonah quando nosso motorista de táxi estaciona.

O Resort Gull Cove fica no lado da ilha oposto ao cais. Caso contrário, nunca teria passado despercebido por nós. O estilo arquitetônico é uma mistura de mansão vitoriana com spa de veraneio moderno e luxuoso, o que combina mais com o que esperávamos. Também é a maior construção que vi na ilha por enquanto, com quatro andares e sei lá quantos cômodos. A tinta é de um branco imaculado, os arbustos floridos são perfeitamente podados e cheios de cor, e a grama é incrivelmente verde. Até a estrada adiante parece lisa e recém-pavimentada.

— Aproveitem sua estadia — diz o motorista, saindo do carro para nos ajudar a pegar as malas. — Vocês vão ficar por um bom tempo, hein?

Entrego a ele uma nota de dez dólares por nossa corrida que custou sete.

— Pelo visto, sim.

Aubrey está consultando seu celular.

— A gente precisa buscar nosso kit de boas-vindas na sala de Edward Franklin — relata ela. — Primeiro andar, perto do saguão de entrada.

— Vamos deixar essas porcarias esperando na porta — diz Jonah, arrastando todas as malas e bolsas para um canto. Ele revira os olhos ao ver minha expressão hesitante. — Ah, fala sério. Os quartos mais baratos daqui custam oitocentos dólares por noite. Ninguém vai roubar suas coisas.

— Cala a boca — resmungo, pegando a bolsa do laptop e esbarrando nele no caminho até a porta principal.

Toda vez que Jonah abre a boca, eu me pergunto se a ideia de passar o verão inteiro aqui foi um erro.

Um recepcionista sorridente no saguão espaçoso e bem ventilado explica o caminho até a sala de Edward Franklin. Passamos pelos elevadores e entramos em um corredor estreito com carpete felpudo. Estou tão distraída, olhando para as fotos emolduradas nas paredes — louca para ter um vislumbre da minha avó, ou talvez da minha mãe, entre os hóspedes sorridentes —, que quase dou de cara com as costas de Aubrey quando ela para de repente.

— Oi? — chama ela, batendo à porta. — É aqui que pegamos nossas coisas de primeiro dia?

— É — responde uma voz alegre. — Entrem, entrem.

Entramos em uma sala estreita dominada por uma escrivaninha grande de nogueira. Um homem sorridente está sentado atrás dela, cercado por pilhas bagunçadas de pastas. Seu cabelo louro-esbranquiçado à la Draco Malfoy está jogado para o lado, e ele usa uma camisa branca impecável e gravata com estampa de peixes azuis.

— Olá. Não reparem na bagunça, por favor — diz ele. — Estamos meio desorganizados no momento.

— Você deve ser o Edward — digo.

É uma suposição lógica, considerando que ele está sentado na sala de Edward. Mas a versão simpática de Draco apenas balança a cabeça.

— Não. Eu sou Carson Fine, gerente de hospitalidade do Resort Gull Cove. Estou aqui até encontrarmos alguém pra ficar no lugar de Edward.

— Quê? — Franzo o cenho. — Ele não está?

— Ele foi embora há dois dias — responde Carson. — Foi meio de repente, mas não se preocupem. O programa de contratos de verão continua sem ele. Só preciso do nome de vocês, por favor.

— Milly Story-Takahashi, Aubrey Story e Jonah Story — digo.

As mãos de Carson congelam sobre o teclado.

— Sério? Vocês sabiam que têm o mesmo sobrenome da dona do resort? Que coincidência. Acho que nunca recebemos um Story antes. Agora temos três. — Ele franze o cenho. — Pena que vocês não são parentes, né?

Jonah pigarreia enquanto Aubrey e eu trocamos olhares chocados. Como esse cara não sabe quem somos? Seria de esperar que o pessoal daqui falaria sobre isso, mesmo que não estivessem encarregados do programa de contratos de verão.

— Nós *somos* parentes — digo. — Somos netos dela.

— Claro, seria uma maravilha. — Carson ri. Quando ninguém mais abre um sorriso, o dele desaparece. — Espera... você está falando sério?

— Edward não te contou? — pergunto. — A gente está combinando tudo com ele desde abril. — E então, porque sinto uma necessidade súbita de provar o que digo, tiro uma pasta com nossas conversas impressas da bolsa do laptop. — Está tudo aqui, se quiser ler.

Carson aceita a pasta, mas mal olha para o conteúdo antes de devolvê-la.

— Ele não me contou nada. Inacreditável! Ah, Edward, seu incompetente. Se não tivesse se demitido, eu te mandaria embora. Vamos ver se ele deixou alguma coisa anotada. — Carson digita furiosamente no teclado enquanto ficamos parados ali, em um silêncio desconfortável. De repente, o rosto dele se anima. — Certo, não achei nenhum registro, mas a notícia boa é que sua avó está aqui no resort. Acabamos de reformar o salão pro Baile de Gala do Verão, e ela veio fazer uma visita. Então, se esperarem um pouquinho, posso ir buscá-la.

Os olhos de Aubrey se arregalam de pavor.

— Como assim? Agora?

Carson levanta com um pulo, cheio da energia de uma pessoa determinada a consertar um grave erro de hospitalidade.

— Agora é a hora. Já volto!

Ele sai em disparada pelo corredor, nos deixando parados diante da escrivaninha, nervosos.

Seco minhas mãos suadas na saia do vestido. Achei que estivesse pronta para conhecer minha avó, mas... não estou. Minha mente desliga. A sala ficaria em completo silêncio se não fosse por uma música tocando baixinho em algum canto. Após poucos segundos, reconheço um acorde e quase solto uma gargalhada. É "Africa", da banda Toto, a música favorita da minha mãe. Na única filmagem de família que ela tem, a que assisti milhões de vezes, meus tios e ela cantam "Africa" na praia, quando eram pequenos.

A canção parece um pano de fundo estranhamente adequado enquanto passos se aproximam, acompanhados pela voz animada de Carson:

— Que sorte eu ter aparecido antes de a senhora ir embora, Sra. Story!

Escuto Aubrey engolir em seco, e então... lá está ela. Parada diante de mim pela primeira vez na vida. A elusiva, excêntrica, misteriosa Mildred Story.

Minha avó.

Eu a analiso aos poucos. Primeiro, as joias, porque é claro que eu notaria isso. Mildred usa um colar duplo de lustrosas pérolas cinza, contrastando com seu elegante terno preto, e brincos pendentes que fazem parte do conjunto. Seus saltos são impressionantes para uma mulher com setenta e poucos anos, e o figurino é complementado por um chapéu com um pequeno véu. Parece que ela está indo para o enterro de algum político velho. Sua bolsa é preta e resplandecente, de couro de crocodilo, com um fecho dourado chamativo na frente. Já vi Birkins falsas suficientes em Nova York para saber reconhecer as que custam vinte mil dólares de verdade.

As famosas maçãs do rosto proeminentes de Mildred se suavizaram com a idade, mas ela continua se arrumando de forma tão impecável quanto em todas as suas fotos na juventude. O detalhe mais chamativo é o cabelo: os fios estão presos em um coque baixo, e a cor é de um branco tão puro, tão semelhante à neve, que não acredito que seja natural.

O olhar dela passa por Aubrey e Jonah — que não se parecem em nada com os pais — antes de se focar em mim com um brilho de reconhecimento.

— Então é verdade — diz ela em um tom baixo. — Vocês estão aqui mesmo.

Tenho que lutar contra uma vontade irracional de fazer uma mesura.

— Obrigada por nos convidar.

— Por convidar vocês — repete ela. Nós ficamos nos encarando até Carson soltar um pigarreio nervoso, e o rosto da nossa avó se transforma em uma máscara inexpressiva, inabalável. — É claro — diz ela, trocando a Birkin de braço. — Vocês devem estar cansados da viagem. Carson, mostre o dormitório pra eles. Vou pedir à minha assistente para entrar em contato e marcar um horário para conversarmos.

Atrás dela, Carson parece arrasado.

— Sim, claro — diz ele. — Desculpa. Eu devia ter feito isso imediatamente.

— Por favor, não se preocupe com isso — diz Mildred em um tom gélido. — Está tudo bem.

Mas eu sei a verdade. Nos segundos antes de minha avó recuperar a compostura, um dos meus pensamentos confusos ganhou uma clareza total e penetrante.

Ela não fazia a menor ideia de que a gente vinha para cá.

ALLISON, DEZOITO ANOS

Junho de 1996

A barca chegava do lado oposto da ilha. Assim, quando Allison sentava na varanda superior da Casa da Gatária, tudo que via era a água tranquila se mesclando ao céu azul. Mas a agitação na casa não deixava dúvidas: a temporada do verão estava prestes a começar, e seus irmãos logo chegariam em casa.

A mãe deles queria dar uma festa para comemorar a volta de Adam e Anders, mas, antes mesmo de começar os preparativos, ficou tensa com a quantidade de trabalho que teria. Então sua assistente, Theresa, tinha tomado as rédeas da situação, agindo como a salvadora discretamente eficiente que se tornara desde a morte do pai de Allison, há seis meses. Agora, um pequeno exército de pessoas arrumava a casa para a festa à noite: pisca-piscas eram pendurados em todas as árvores do terreno, um palco temporário era montado para a banda e tendas brancas eram erguidas pelo gramado lateral, nas quais os convidados comeriam lagostas, mexilhões e a especialidade de Gull Cove: ovos à moda russa. Allison estava longe da praia, mas sabia que havia uma equipe organizando os fogos de artifício que deixariam no chinelo os espetáculos da maioria das grandes cidades americanas no Dia da Independência.

— Será que a gente vai receber uma recepção igual quando voltarmos da faculdade?

O irmão mais novo de Allison, Archer, desabou na cadeira ao seu lado com um sorriso. As pernas dele balançavam desajeitadas no fim do assento. Só aos dezessete anos Archer alcançara os mesmos 1,82 metro de Adam. Ele ainda não sabia o que fazer com seu corpo recém-crescido.

— Bom, a mamãe não deu uma festa pro Adam no verão passado — lembrou Allison. O irmão mais velho tinha ido para Harvard dois anos antes, e o segundo mais velho, Anders, se unira a ele no outono passado. Allison quebraria a tradição da família quando fosse para a Universidade de Nova York em setembro. — Acho que as coisas estão diferentes este ano.

— Eu sei. — Archer curvou os ombros largos, subitamente parecendo muito menor e mais jovem. — É esquisito, né? A casa está tão cheia agora, mas continua... vazia.

A garganta de Allison apertou.

— Não parece uma festa dos Story sem o papai aqui — disse ela, e Archer abriu um sorriso triste.

— Especialmente servindo mexilhão como prato principal. Nossa, não tinha nada que ele odiasse mais.

Archer engrossou a voz, imitando o pai junto com Allison:

— "Meleca marinha."

Os dois quase gargalharam, e Archer acrescentou:

— Tipo, ele não estava errado. Não importa quanto molho, manteiga, sal ou sei lá mais o que colocam naquelas coisas, elas continuam nojentas.

Na maioria dos dias desde a morte do pai, Allison sentia como se o vazio deixado pela presença exuberante dele fosse impossível de ser preenchido. Era o tipo de perda que passaria a vida inteira doendo. Mas de vez em quando, geralmente em ocasiões tranquilas como aquela com Archer, conseguia imaginar um momento no futuro em que as memórias se tornariam mais amorosas do que amarguradas. Parte dela queria continuar falando do passado, mas, nos últimos meses, tinha aprendido que era impossível controlar a intensidade do luto. Caso se permitisse ficar remoendo sua tristeza antes da grande noite da mãe, seria difícil exibir a expressão alegre que esperavam dela.

Archer parecia pensar da mesma forma. Ele se recostou na cadeira, entrelaçando as mãos atrás da cabeça e cruzando as pernas na altura dos tornozelos, utilizando a nova posição para sinalizar uma mudança repentina de assunto.

— Numa escala de um a dez — disse ele —, quanto você acha que Harvard deixou Anders mais metido?

— Vinte — respondeu Allison, e os dois riram.

— Bem capaz. Mas vai ser bom ver o Adam — disse Archer. Ele idolatrava o irmão mais velho em um grau que Allison não compartilhava. Mesmo assim, estava feliz por Adam estar voltando para casa. Ninguém no mundo fazia sua mãe sorrir como o primogênito da família.

— A gente conversou antes de ele sair de lá, e ele topou ir à festa de Rob Valentine no sábado — comentou Archer. — Agora só temos que convencer Anders.

— *Eu* nunca disse que ia — lembrou Allison.

Todos os filhos da família Story saíram da ilha aos doze anos para estudar em internatos nos arredores de Boston, e apenas Archer tinha mantido — e aprofundado — as amizades que fez na Escola Primária Gull Cove. Nos últimos anos, ele passava as férias inteiras tentando convencer os irmãos a irem a alguma festa. Nenhum dos outros três se enturmava tão bem nelas quanto o caçula.

— Vamos, vai ser divertido — encorajou Archer.

Allison revirou os olhos.

— Você não aprendeu nada com o desfecho de Kayla e Matt?

— Todo mundo já se esqueceu disso — disse Archer.

— Anders não se esqueceu. — Allison se empertigou de repente, inclinando a cabeça. — A mamãe me chamou?

— Não escu... — começou Archer, parando de falar quando um fraco porém audível "Allison!" veio do interior da casa. — Me enganei. Seus ouvidos supersônicos atacam de novo.

Allison levantou e atravessou a varanda, abrindo a porta de vidro no instante em que a mãe entrava na sala anexa.

— Ah, Allison! Ainda bem que te achei.

A mãe já estava arrumada para a festa em um vestido branco justo, sandálias prateadas e joias com diamantes amarelos. O cabelo escuro fora preso em um coque frouxo, com algumas mechas posicionadas com precisão para amenizar os traços pontudos de seu rosto. Os lábios tinham sido pintados com o vermelho que era sua marca registrada, e os olhos estavam impecavelmente esfumados, como sempre. Você teria que olhar com muita atenção para notar a tensão em seu rosto. Mildred Story não tinha um talento natural para ser anfitriã; ela sempre contava com a simpatia do marido para sobreviver a eventos sociais.

— Pode dar uma olhada nas tendas e me dizer o que achou das flores? — pediu ela. — Theresa encomendou tudo na loja nova na rua Hurley. Floricultura Brewer, acho? Alguma coisa assim. Nunca compramos nada nesse lugar, e estou com medo de ela só ter feito isso porque Matt começou a trabalhar lá. Acabei de ver os arranjos, e achei que ficaram um pouco desproporcionais.

— Desproporcionais? — perguntou Allison.

— Com copos-de-leite em excesso — explicou a mãe.

Ela retorceu as mãos, encarando-as com o cenho franzido. Aquela era uma nova mania. Recentemente, a mãe tinha se convencido de que suas mãos denunciavam o fato de que estava se aproximando da casa dos cinquenta anos de um jeito que seu rosto ainda não fazia. Allison as separou com delicadeza e lhes deu um apertão tranquilizador.

— Tenho certeza de que as flores estão lindas, mas vou dar uma olhada — disse a jovem, saindo e fechando a porta.

Ela sabia o que o pai diria se estivesse ali: "Seu dever agora, Allison, não importa sua opinião de verdade, é garantir à sua mãe que cada vaso tem a quantidade perfeita de copos-de-leite." E era isso que faria.

Descalça, Allison atravessou o piso de madeira polida e mármore da casa, parando na entrada lateral para calçar um par de sandálias que tinha deixado ali. Quando saiu para o quintal, notou que o barulho ali era muito mais alto do que na varanda, com vozes se misturando às batidas leves de coisas sendo montadas e dedilhados de guitarra da passagem de som da banda. O aroma de madressilva dominava tudo, pairando dos arbustos aconchegados nas laterais da Casa da Gatária. Allison virou uma esquina e quase esbarrou em duas pessoas paradas lado a lado, analisando o mar de tendas brancas adiante.

— Oi, Allison. — O advogado da mãe, Donald Camden, a amparou. — Pra onde está fugindo?

— Ah, bom... — Allison perdeu o fio da meada ao ver a assistente da mãe, Theresa Ryan, parada ao lado dele. Ela não podia dizer que desceu para ver se Theresa tinha escolhido uma floricultura medíocre por nepotismo. — Só queria dar uma olhada nas coisas.

Theresa abriu um sorriso caloroso. Ela também era viúva, mas, ao contrário de Mildred, não tinha medo de mostrar sua idade. A mulher era grisalha e um pouco rechonchuda, conhecida por usar vestidos simples e sapatos confortáveis independentemente da ocasião.

— Depois me diga o que achou — disse Theresa, baixando a voz para um tom conspirador enquanto tocava o ombro de Allison. — Cá entre nós, o nível de exigência da sua mãe é meio assustador.

— E eu não sei? — respondeu Allison com uma risada, aliviada por receber permissão para olhar tudo.

Ela sentiu a coluna se empertigar e os ombros se endireitarem enquanto cruzava o gramado pelo caminho que era aberto pelas pessoas ao reconhecê-la. Geralmente, seu objetivo nas festas dos pais era passar despercebida, mas, hoje, seria diferente. A mãe precisava que ela fosse uma anfitriã, não uma adolescente tímida.

Quando Allison entrou na tenda mais próxima, parou um instante para admirar as habilidades de Theresa. Tudo estava lindo: as impecáveis toalhas de mesa brancas, as cadeiras acolchoadas com laçarotes brancos translúcidos amarrados nos encostos, os talheres brilhantes, os cristais cintilantes e, sim, as flores. Elas ocupavam vasos brancos resplandecentes no centro de cada mesa, cheios de rosas cor de creme, orquídeas verde-lima, algum tipo de suculenta emplumada que não sabia identificar e impressionantes copos-de-leite cor-de-rosa.

Ela seria incapaz de imaginar algo mais perfeito.

— Aprovados, Allie? — perguntou uma voz às suas costas.

Allison se virou e encontrou o filho de Theresa, Matt, usando uma camisa da Floricultura Brewer. Toda a pose cuidadosamente planejada por ela desapareceu na mesma hora.

— Ninguém me chama assim — respondeu ela no automático.

— Que pena — disse Matt. — Combina com você. Talvez eu consiga fazer a moda pegar. — Allison continuou em silêncio até Matt acrescentar: — Sério, ficou bom? Minha mãe está surtando com essa festa. Se eu tiver que devolver cinquenta arranjos de flores, é capaz de ela ter um ataque cardíaco.

— Os arranjos estão lindos — disse Allison, e Matt secou um suor imaginário da testa.

— Você acabou de melhorar o ano dela.

Allison mordeu o lábio para não sorrir. Matt era bonito, charmoso e, apesar de sua conexão com Theresa, *persona non grata* entre os irmãos Story. Todos tinham uma relação bem amigável até o Natal passado, quando Matt começou a sair com Kayla Dugas, uma garota da ilha com quem Anders tinha um relacionamento instável. Matt e ela só ficaram juntos por dois meses, mas foi o suficiente para transformá-lo no arqui-inimigo de Anders para a vida inteira. Já fazia um tempo, agora que ela parava para pensar, desde a última vez em que ouvira Matt ser chamado de algo além de "aquele babaca do Matt Ryan".

— Anders já deve estar chegando — disse ela sem querer, e o sorriso de Matt desapareceu.

— Valeu pelo aviso — respondeu ele. — É melhor eu dar o fora. — O garoto olhou para os arredores resplandecentes e acrescentou: — Afinal, não é como se eu fosse convidado nem nada.

— Não, eu... Eu não...

Meu Deus. Ela não queria expulsar Matt dali. Por lealdade a Anders, ela devia sentir raiva do garoto, mas o problema era que seu irmão se dedicava tanto a Kayla quanto a qualquer outra coisa que não fosse Anders Story. Em outras palavras: quase nada. E Matt era... Matt.

Ele abriu um sorriso torto.

— Ei, não tem problema. Se você gostou das flores, já acabei meu trabalho por aqui. — Então ele se aproximou, os olhos azuis se enrugando nos cantos enquanto analisavam a blusa desbotada e o short de ginástica dela. — É isso que você vai usar hoje? Curti. Um estilo despojado típico da ilha.

Allison sabia que era uma brincadeira. Mesmo assim, teve que responder:

— Minha mãe cairia dura na hora e depois voltaria pra me matar.

Matt se aproximou ainda mais.

— Ela te mataria se você aceitasse tomar um café comigo na semana que vem?

Espera aí. Matt Ryan estava convidando Allison para sair? Ela abriu a boca para responder — não imaginava o quê. Então a fechou quando um rosto familiar surgiu na entrada da tenda. Bonito, animado e um tanto arrogante. *Adam*. O irmão mais velho tinha chegado de Boston, o que significava que Anders devia estar logo atrás dele. Então Allison endireitou os ombros de novo, abriu seu sorriso mais característico da família Story e disse:

— Ela não se importaria nem um pouco. Vamos marcar. Mas preciso ir. Com licença, por favor.

Abraham Story podia não estar mais ali, mas Allison sabia exatamente o que ele diria se a visse dividida entre os irmãos e o cara de quem era a fim.

Família em primeiro lugar, sempre.

— Ei, vocês chegaram! — gritou Allison, esticando os braços para receber os irmãos.

5

Aubrey

— Ficou bom? — pergunta Milly, virando na frente do armário com uma a no quadril. Com o cabelo escuro comprido solto, ela está com uma pantacourt jeans branca e uma blusa de alcinha esvoaçante com uma estampa alegre de flores cor-de-rosa e prata.

— Você está linda — respondo, sincera.

Passo a mão pelo cobertor verde surrado sobre minha cama enquanto espero minha prima terminar de se arrumar. O dormitório dos funcionários de verão não é tão luxuoso quanto o resort em si. Milly e eu dividimos um quarto pequeno, enxuto, mobiliado apenas com camas, cômodas embutidas com espelhos e duas escrivaninhas com cadeiras de madeira. Os banheiros ficam no fim do corredor e, se quisermos assistir à televisão grande ou sentar em alguma coisa estofada de verdade, temos que ir até a sala comunitária. O espaço entre nossas escrivaninhas foi tomado pelas malas de Milly, que não cabem no armário estreito. Mesmo assim, se todas as roupas dela forem iguais às que ela está usando agora, entendo por que as trouxe.

— Valeu. A Baba comprou pra mim na mesma viagem pro Japão em que comprou sua *gamaguchi* — diz Milly, cuidadosamente escovando seu cabelo já brilhante.

— Ela foi muito legal — respondo.

Assim que chegamos ao nosso quarto, e começamos a desfazer as malas, Milly me deu um presente da avó que chama de Baba. Era uma bolsinha com fecho linda, com estampa de ondas azuis, porque, segundo Milly, "ela sabe que você gosta de nadar". Isso me deixou com um bolo na garganta. Os pais da minha mãe morreram, então nossa avó é a única que tenho. Mesmo assim, uma mulher que nem é minha parente me trata mil vezes melhor.

Faz quatro dias desde aquela apresentação estranha, desconfortável, na sala de Carson Fine. Assim que Milly e eu chegamos ao quarto do dormitório, minha prima passou a insistir que Mildred não sabia que a gente vinha.

— Você não viu a cara dela? — perguntou Milly. — Ela ficou chocada.

— Bom, sim — respondi. — Ela foi pega de surpresa. Imagino que seus planos pra conhecer a gente fossem mais formais. Mas é claro que ela sabia que vínhamos, Milly. Ela que fez o convite.

Minha prima fungou.

— *Alguém* fez o convite. Tenho minhas dúvidas se foi ela.

— Isso não faz sentido — respondi, e estava falando sério.

Achei que Milly só estivesse sendo dramática. Mas, desde aquele dia, tivemos notícia da nossa avó apenas uma vez: um bilhete curto, frio, avisando que ela teria que ir a Boston para cuidar de negócios. *Entrarei em contato quando retornar*, dizia a mensagem.

Ainda acho que Milly está exagerando, mas... é esquisito. Que tipo de pessoa convida os netos para uma visita pela primeira vez na vida e logo depois vai embora?

Os movimentos da escova de Milly começam a ficar mais agressivos enquanto ela olha irritada para o espelho.

— Talvez a Baba devesse ter comprado pra gente umas camisas com a estampa "Minha outra avó é uma vaca que só me dá bolos", mas ela não é vidente.

Dou uma risada, mas fico me sentindo culpada, então mudo de assunto:

— Será que nossa avó viu a matéria? — pergunto.

No domingo, a *Gazeta de Gull Cove* publicou um artigo com a manchete UM NOVO CAPÍTULO PARA OS STORY: NETOS VOLTAM PARA GULL COVE. Não sabemos quem avisou ao jornal. Milly acha que foi aquela Hazel, que conhecemos no centro da cidade, mas imagino que tenha sido Carson Fine. Desde que chegamos, o homem nos trata como se fôssemos a realeza da ilha, oferecendo vantagens como o jipe do resort e nos dando os melhores turnos. Sou salva-vidas em uma piscina que abre às seis da manhã, mas nunca precisei chegar antes das dez. Jonah e Milly trabalham em dois restaurantes do resort e, apesar de eu não ter conversado muito com Jonah desde que chegamos, tenho certeza de que Milly mal trabalha três horas por dia.

Ela solta uma risada irônica.

— Bom, a gente sabe que *alguém* leu.

Ontem à tarde, envelopes cor de creme apareceram em nossas caixas de correio. Achei que poderia ser nossa avó de novo, mas a mensagem era algo completamente diferente:

Para: Aubrey Story, Jonah Story e Milly Story-Takahashi

Donald S. Camden, advogado, solicita o prazer de sua companhia para um almoço na quarta-feira, 30 de junho, às 13 horas.
  Restaurante L'Etoile
  Favor confirmar presença para Melinda Cartwright
  mcartwright@camdeneassociados.com

— Ah, meu Deus — disse Milly depois de ler. — Donald Camden. Ele vai expulsar a gente da ilha, não vai? Igual fez com nossos pais. — Sua voz ficou mais grave. — "Vocês sabem o que fizeram."

— Ele não pode fazer isso — protestei com desânimo, mas, sinceramente, nem sei mais.

Quanto mais tempo passamos sem ter notícias da nossa avó, menos confiante me sinto sobre tudo. Pelo menos vamos descobrir daqui a pouco. São 12h45 e o carro que Donald Camden mandou para nos buscar deve estar chegando.

Milly coloca o segundo brinco.

— Vamos falar sobre um assunto mais animado. Como vai seu namorado? Ele já está morrendo de saudade?

Por instinto, tiro o celular do bolso. Pouco antes do meu avião decolar de Portland, na sexta passada, Thomas mandou uma mensagem que dizia *Aproveite o verão!*, com um GIF de ondas batendo. Por mais estranho que fosse, aquilo pareceu... um término. Não tive notícias dele desde então, apesar de eu sempre mandar mensagens contando as novidades e já ter deixado alguns áudios. Sei que existe uma diferença de fuso horário e que ele não pode usar o celular durante o trabalho, mas...

— Thomas não faz muito o tipo que morre de saudades — respondo.

Minha prima lança um olhar rápido para o meu reflexo no espelho, como se estivesse cogitando os prós e os contras de fazer outra pergunta.

— Bom, eu deixo você dar em cima de todo mundo no nosso programa... Piu-piu — diz ela, se enrolando com a palavra.

— Pipilo — corrijo.

É assim que o Resort Gull Cove chama os funcionários do programa de contratos de verão que ainda estão no ensino médio.

Nós temos alojamentos separados, com assistentes de residência e atividades extras de entrosamento — por enquanto, um luau com fogueira na nossa primeira noite e um torneio de vôlei no dia anterior. Até ganhamos camisas com PIPILO estampado em letras cursivas, que eu usava até alguns minutos atrás, quando troquei de roupa para o almoço. Milly enfiou a dela na última gaveta da cômoda assim que a recebeu.

A maioria dos Pipilos não precisa trabalhar de verdade. O colega de quarto de Jonah, Efram, é filho de um astro do R&B do início da década de 2000. A mãe de outro cara é senadora, e os pais da nossa vizinha de quarto, Brittany, criaram o aplicativo de mensagens que minha escola usa. Quase todo mundo no programa de contratos de verão veio para cá pela experiência, ou pelo prestígio, ou pela oportunidade de fugir das famílias.

Milly franze o cenho para o espelho.

— Não entendo esse nome. O que é um pipilo?

— Um passarinho — digo. Ela não deve ter lido o panfleto de boas-vindas com tanta atenção quanto eu. — Ele só aparece em Gull Cove durante o verão.

— Que fofo — responde Milly, séria.

Já deu pra perceber que minha prima não é do tipo que gosta de se entrosar com grupos. Mas eu sou. Passei a vida inteira participando de equipes — muitos esportes diferentes até o oitavo ano, quando comecei a focar a natação. Agora, enquanto observo Milly se arrumar, caiu a ficha de que, apesar de a equipe de natação e Thomas serem uma dupla de pilastras em que escoro minha vida desde os treze anos, agora me sinto a quilômetros de distância dos dois. E não apenas literalmente. A solidão que se acomoda sobre os meus ombros parece uma colcha pesada.

Eu levanto e puxo o ar, como faço antes do começo das competições, tentando afastar meus pensamentos deprimentes.
— Vamos buscar Jonah?
— Que tal não? — responde Milly, seca. — A gente já vai encontrar com ele.
— Ele não é tão ruim quanto eu esperava — digo, me encarando no espelho sobre minha cômoda. Meu rabo de cavalo continua intacto. Passei por uma fase rápida de "me arrumar" quando entrei no ensino médio, até Thomas dizer que não via diferença nenhuma. — De vez em quando, ele se esquece de ser grosso.
Milly faz uma careta.
— Mas depois ele lembra.
Meu celular vibra, e olho com esperança para a tela, mas é só uma mensagem do meu pai. *De novo*. Minha mãe mandou várias, perguntando sobre a viagem, meus primos e o resort. E também disse que vai ficar com a irmã "por um tempo". Meu pai, por outro lado, só manda variações da mesma pergunta:

Como estão as coisas com a sua avó?

Ignoro a mensagem e guardo o celular no bolso. Passei a vida inteira largando tudo quando meu pai ligava. Desta vez, ele pode esperar.

O carro que Donald Camden mandou para nos buscar é um Lincoln espaçoso, mas nós três ficaríamos apertados no banco de trás. Jonah se oferece para sentar na frente — e então, desconfio, se arrepende imediatamente quando descobre que o motorista gosta de conversar.

— Vocês já viram muita coisa na ilha ou estão muito cheios de trabalho pra isso? — pergunta o homem enquanto entramos na avenida Oceano. É a via com nome pouco original que passa por algumas das maiores praias de Gull Cove.

Jonah simplesmente resmunga, então me inclino para a frente.

— Bom, só chegamos há quatro dias — respondo. — Fomos à praia mais perto do resort, e visitamos o centro algumas vezes.

— Sentiram falta de alguma coisa? — pergunta o motorista, com um tom de alguém prestes a revelar um segredo maravilhoso. Antes de eu conseguir responder, ele acrescenta: — Não há nenhuma filial de loja nem de restaurante de redes grandes. Não por falta de tentativas. Principalmente da Starbucks. Mas nós gostamos de apoiar os negócios locais por aqui.

Jonah, que estava encarando o celular, presta atenção por um instante.

— Que legal — diz ele, parecendo mais entusiasmado com isso do que com qualquer outra coisa desde que chegamos.

Milly cutuca as costas do banco dele.

— Você odeia a Starbucks tanto quanto odeia... — Ela franze o cenho, como se estivesse pensando. — Tudo?

Jonah não se dá ao trabalho de responder, e o motorista continua falando:

— À direita, vamos passar por algumas praias antes de chegarmos ao centro. Essa é a praia do Centavo, muito frequentada por famílias. Ela tem esse nome porque as pessoas costumavam achar moedas na areia o tempo todo. Dizem que o fundador do Resort Gull Cove enterrava centenas de dólares em moedas aqui todo verão, para as crianças fazerem caças ao tesouro. Não sei se é verdade, mas as pessoas pararam de encontrar dinheiro depois que ele morreu.

É verdade, quase digo. Sempre foi a história favorita da minha mãe sobre a família Story, como meu avô magnata saía escondido no meio da madrugada para reabastecer o estoque em intervalos de algumas semanas. Meu pai contou isso a ela quando os dois se conheceram depois da faculdade, na festa de um amigo que tinham em comum. Minha mãe sempre dizia que se apaixonou por ele um pouco nesse momento. Só agora me ocorreu que a primeira coisa que a atraiu no meu pai foi o reflexo do brilho da generosidade de outra pessoa.

Troco um olhar com Milly e percebo que sua mãe também deve ter contado a história da praia do Centavo. Mas nós duas ficamos quietas. É um assunto complicado demais para uma viagem rápida.

Paramos em um sinal vermelho, mas o monólogo do motorista não acaba. Ele gesticula para uma faixa de areia achatada, cinza, à direita.

— E aqui temos a praia do Cachimbo...

— Espera — interrompo, porque o nome chamou minha atenção. — Você disse praia do Cachimbó?

— Não. Cachimbo mesmo, sem acento. Por quê?

— A gente pode... posso dar uma olhada? — peço. — Era... hã... a favorita do meu pai.

— Sério? — pergunta Milly.

— Claro — responde nosso motorista simpático. Ele para no acostamento. — Não é nossa praia mais bonita, mas pode ir.

Saio do carro e Milly vem atrás de mim. Há uma faixa de grama entre a estrada e a praia, que é pequena e em formato de meia-lua. A areia é grossa e pedregosa, a vegetação que nos cerca é escassa e com aparência seca. Os banhistas com toalhas chamativas se espalham pela extensão, mas o lugar não está tão lotado quanto eu esperaria para o início da tarde.

Milly ajeita os óculos escuros.

— *Esta* é a praia favorita do tio Anders?

Eu me viro para ela.

— Você leu o livro dele? *Um silêncio breve e violado*?

— Ah, não — responde ela. — Até tentei, mas é meio...

— Chato — respondo. — Eu sei. Mas o personagem principal, que sempre achei ser um alter ego do meu pai, fala o tempo todo de uma praia da sua cidade natal. Praia do Cachimbó. E uma das frases que ele vive repetindo é: "Foi lá onde tudo começou a dar errado."

— Ahn. — Milly fica quieta por alguns segundos, depois argumenta: — Mas essa é a praia do *Cachimbo*.

— Eu sei — respondo. — Mas meu pai não é o cara mais criativo do mundo. A esposa do seu personagem principal se chama Magda, e minha mãe é Megan. E a filha se chama Augie.

Milly franze o nariz.

— *Augie*?

— Apelido de Augusta — explico.

— Tudo bem, então... e daí? Você acha que alguma coisa aconteceu com seu pai nesta praia?

— Não necessariamente — respondo devagar, porque seria assim mesmo que meu pai falaria. As coisas acontecem *com* ele, como se estivessem fora do seu controle. Mas não é assim que a vida funciona de verdade; ou, pelo menos, não é assim que funciona para ele. — Só achei interessante.

Um resmungo pode ser ouvido atrás de nós. Quando nos viramos, Jonah está olhando para nós da janela, de cara feia.

— Já acabaram de turistar? — pergunta ele. — Ou a gente devia cancelar o almoço pra vocês ficarem aí, olhando a praia mais feia do mundo?

— Três dias — murmura Milly enquanto seguimos para o carro. — Só isso. Não vou aguentar mais tempo sem matar esse garoto.

O L'Etoile é um clássico restaurante de gente velha. O papel de parede é florido, as cadeiras são baixas e com estofados fofos, e tudo no cardápio pesado e com bordas douradas é assado e custa no mínimo trinta dólares.

— Se quiserem alguma coisa que não estiver no cardápio, podem avisar — diz Donald Camden para nós enquanto um garçom enche nossos copos de água. — O chef é um amigo pessoal.

— Obrigada — murmuro, analisando-o discretamente por cima do cardápio.

Ele tem mais ou menos a mesma idade que nossa avó e também está inteirão, com o cabelo branco espesso e muito bronzeado. Suas bochechas são avermelhadas, pelo sol ou talvez por já estar no segundo drinque. Desde que chegamos ao restaurante, ele foi simpático e tranquilo, fazendo perguntas sobre nossos trabalhos e o que estamos achando do programa Pipilo. Por outro lado, eu fico cada vez mais nervosa, porque continuo sem entender o motivo para este almoço ou o que Donald Camden quer de nós.

— Meu hambúrguer pode vir *com* pão? — pergunta Jonah, franzindo o cenho enquanto analisa o cardápio.

Meu primo é a pessoa menos arrumada no salão, usando uma camisa surrada, calça jeans e tênis gastos da Vans. Pelo menos Milly e eu tentamos nos vestir bem depois de darmos uma olhada no site do restaurante. Bem... se Donald está incomodado com Jonah, não demonstra.

— Claro — responde ele, rindo. — Os clientes assíduos se preocupam muito com carboidratos, mas você não precisa disso. — O garçom volta para anotar nossos pedidos. Depois, Donald se recosta na cadeira e beberica o líquido âmbar em seu copo de cristal. — Já tiveram tempo de conhecer nossas praias?

Seu olhar ao redor da mesa acaba aterrissando em Jonah, que desliza um pouco no assento.

— Não sou muito de ir à praia — murmura ele.

Pelo que percebi, Jonah não é muito de fazer *nada*. Ele não participou de nenhuma atividade dos Pipilos até agora. Várias garotas no nosso corredor acham que ele é bonitinho — Brittany, em especial, faz questão de convidá-lo para tudo. Mas, se meu primo se interessou por alguém, não demonstrou.

— Ouvi falar que a praia da Gatária é boa — responde Milly. — Sabe, a que fica na frente da casa dos nossos pais. — Ela joga o cabelo para trás e acrescenta: — Era a favorita da minha mãe.

Sinto meu rosto corar. O desafio estava lançado, antes mesmo de as entradas chegarem. Mas a única reação de Donald é tomar outro gole da bebida.

— A praia da Gatária é linda — diz ele, tranquilo. — O nascer do sol é maravilhoso.

— E a praia do Cachimbo? — pergunto.

Foi lá onde tudo começou a dar errado. Presto muita atenção no rosto de Donald Camden, procurando algum sinal de que a praia do Cachimbo é importante, que talvez esteja até associada ao motivo pelo qual nossa avó deserdou nossos pais, mas ele apenas dá de ombros.

— Nada de especial.

Milly se remexe na cadeira, inquieta. Acho que Donald percebe que ela está ficando nervosa com nosso bate-papo educado, porque ele coloca seu copo em um descanso sobre a mesa e se inclina para a frente, com as mãos dobradas diante de si.

— Sou capaz de passar o dia inteiro falando sobre nossas praias lindas, mas não foi para isso que convidei vocês para almoçar. Posso ser direto?

— Por favor — digo.

— Eu prefiro — diz Milly ao mesmo tempo.

Jonah murmura algo parecido com "Sei lá, tem como?", mas é baixo demais para eu ter certeza. O garçom volta com nossa comida bem nessa hora, e Donald espera o homem distribuir os pratos antes de continuar:

— A saúde da sua avó não é das melhores. Não há nenhuma crise iminente, mas a situação dela está cada vez mais delicada. Na minha opinião, mudanças na sua rotina devem ser evitadas. Tenho medo de que ela esteja ultrapassando seus limites com a hospitalidade que ofereceu a vocês três até agora, e esse fardo só vai aumentar ao longo do verão.

— Fardo? — repete Milly, parecendo ofendida. — E de qual *hospitalidade* o senhor está falando, exatamente? A gente mal falou com ela desde que chegamos.

Donald continua seu discurso, como se não tivesse escutado nada.

— Ao mesmo tempo, uma oportunidade interessante apareceu, e eu queria conversar com vocês sobre ela. Conhecem os filmes do *Agente anônimo*?

— Bom, sim — respondo. — Claro.

O primeiro filme da série *Agente anônimo* — sobre dois estudantes de faculdade que viram espiões tecnológicos — foi lançado quando eu estava no oitavo ano. Foi um sucesso tão inesperado que duas sequências foram produzidas desde então. Sou apaixonada pelo ator principal, Dante Rogan, há anos. Às vezes, quando Thomas me beija, fecho os olhos e imagino Dante.

— Não sei se ficaram sabendo, mas estão gravando o quarto filme em Boston neste verão — diz Donald. — O escritório de advocacia de um velho amigo está lidando com as questões legais da franquia, e ele me contou que precisam de ajuda no set. Jovens que possam ajudar com trabalhos de assistente, às vezes como *stand-ins* ou talvez como figurantes em cenas com multidões. Eu queria saber se vocês teriam interesse.

— E como — digo sem pensar.

— Não posso prometer nada — diz Donald, cortando seu bacalhau assado. — Mas, se quiserem, seria um prazer ajudar. Vão oferecer alojamento, e o salário é muito bom, pelo que fiquei sabendo. Mais do que a média pra trabalhos no resort. Todo mundo sairia ganhando. — Ele faz uma pausa para comer uma garfada cuidadosa do peixe. — Vocês teriam uma experiência única, e sua avó, que não está em condições de ser anfitriã agora, passaria um verão tranquilo e sossegado.

— Mas nós já temos emprego — diz Jonah, parecendo pensativo. — Não podemos simplesmente ir embora.

Donald dispensa o comentário com um aceno de mão.

— O programa de contratos de verão do Resort Gull Cove sempre recebe mais inscrições do que tem vagas. A lista de espera é famosa. Tenho certeza de que seria fácil encontrar substitutos para vocês.

— A gente trabalharia *com* Dante Rogan? — pergunto, ofegante.

Milly se levanta de repente e joga o guardanapo na cadeira.

— Preciso ir ao banheiro — diz ela. — Quer vir comigo, Aubrey?

— Não preciso ir.

Minha prima sorri com os dentes trincados.

— Então *me faça companhia*.

Não me resta muita escolha quando ela agarra meu braço e me puxa. Sigo Milly pelo restaurante, passando por muitas mesas vazias. Ela empurra a porta do banheiro feminino, me guiando até parar na frente do espelho com moldura dourada sobre as pias duplas. Pelo cheiro que paira ao redor, parece que acabamos de entrar em um pote de pot-pourri.

Minha prima se apoia na parede de azulejos cor-de-rosa e cruza os braços.

— Você não achou essa história meio estranha?

Metade de mim nota seu tom de voz desconfiado, mas a outra metade continua imaginando como farei amizade com Dante Rogan enquanto levo cafezinho para ele durante o verão.

— Trabalhar em um set de filmagem? Achei maravilhoso.

— Sério? — pergunta Milly. — Porque parece um suborno.

— Franzo o cenho, me recusando a estragar minha fantasia, e ela suspira. — Fala sério, Aubrey! Estamos lidando com Donald Camden. O arqui-inimigo dos nossos pais. Ele não está interessado no que é melhor pra gente.

— Arqui-inimigo?

Eu quase rio, mas... Milly tem razão. Meu pai vivia falando sobre Donald Camden quando eu era pequena, sempre com um tom de ressentimento extremo: "Donald não responde aos meus e-mails." "Donald diz que a decisão da mamãe continua igual." "Donald diz que não faz diferença o fato de que o papai não iria querer que seus filhos fossem deserdados. A única coisa que importa é que ele não deixou isso por escrito."

— Então o que acha? — pergunto. — O Sr. Camden está tentando se livrar da gente?

— É exatamente isso que eu acho. É o que eu *vivo* dizendo, lembra?

— Mas por quê?

Milly bate com um dedo no queixo.

— Não sei. Mas é interessante saber que ele *não pode fazer isso*, né?

Como sempre, sinto como se Milly estivesse três passos à minha frente.

— O quê?

— É óbvio que, se fosse por ele, a gente já teria ido embora. Não haveria necessidade de oferecer um empregaço. Ele simplesmente nos demitiria. Então, seja lá o que for que esteja acontecendo aqui, Donald Camden e Mildred Story não estão em sintonia. Ele não pode mandar uma carta com "vocês sabem o que fizeram" e se dar por satisfeito. — Milly se olha no espelho e alisa o cabelo com um sorrisinho nos lábios. — E isso é meio divertido, né?

— Mas e agora? — pergunto. — Você começou a achar que nossa avó *convidou* a gente, então?

— Não. Só porque ela está disposta nos deixar ficar não quer dizer que nos convidou.

Eu suspiro.

— Você me deixa confusa, Milly.

Minha prima sorri e entrelaça o braço ao meu, me puxando para a porta do banheiro.

— Fica tranquila. Você vai se acostumar.

6

Jonah

Dois dias depois do almoço com Donald Camden, Mildred Story ainda não se deu ao trabalho de nos agraciar com sua presença.

São quatro da tarde de sexta-feira, uma hora antes de começar o agito no Setes, que é a versão de um bar esportivo do Resort Gull Cove. Sou ajudante de garçom aqui, e não é o pior emprego de verão que já tive. Especialmente porque uma das vantagens é comida de graça.

— Tudo em cima, Jonah? — pergunta Chaz, o barman, quando sento em um banco diante dele. Chaz não é tão babaca quanto seu nome faz parecer. Na verdade, é um cara legal. Ele tem uma barba escura, espessa, rústica, que surpreendentemente não foi reprovada pelo código de vestimenta do Resort Gull Cove. — Quer o especial do dia?

— O que é?

— Linguine de camarão.

Concordo enfaticamente com a cabeça, e Chaz pressiona a tela do iPad à sua frente.

— Você deu sorte — diz ele, olhando para a tela. — Não vai precisar esperar. A cozinha acabou de fazer um prato pra um cliente que mudou de ideia. Alguém já vai trazer.

Ele se vira e começa a tirar copos de uma prateleira baixa, arrumando-os em fileiras retas sobre o bar. O Setes é uma mistura de futurístico com antiquado; as televisões que ocupam as paredes têm as telas mais gigantescas e com melhor definição que já vi, porém o interior do restaurante é todo de madeira escura lustrada, luzes fracas e poltronas de couro. O bar é gigantesco, com uma coluna em cada lado, cercado por bancos. Os funcionários do verão costumam se reunir aqui por volta das quatro e meia para comer, mas sempre sinto fome antes.

— O primeiro a chegar, como sempre? — pergunta uma voz seca atrás de mim.

Eu me viro e encontro Milly em seu uniforme de trabalho: um vestido preto até o joelho, avental preto, tênis pretos da moda e o batom vermelho-escuro que deve ser obrigatório, porque todas as garçonetes que trabalham no Varanda, o restaurante chique do resort, usam o mesmo tom. Seu cabelo está preso em um rabo de cavalo alto, seus cílios estão grossos de rímel escuro. Ou talvez ela só tenha cílios imensos mesmo.

— Eu gosto da comida — digo, encarando-a com um olhar desconfiado quando ela senta ao meu lado.

Além do trajeto na barca e daquele almoço esquisito com Donald Camden, Milly e eu não conversamos muito desde que chegamos. Achei que fosse isso que ela queria, então não sei direito por que resolveu sentar do meu lado agora.

A televisão diante de nós está ligada na CNN, porque Chaz gosta de ouvir as notícias antes de ser obrigado a entrar no mundo dos esportes quando o happy hour começa. Os olhos de Milly se concentram no jornalista na tela.

— Algum banqueiro de investimentos foi preso por fraude *de novo* — diz ela, um pouco mais alto do que o necessário. — Parece ser um problema sério no mercado financeiro. O tio Anders já aprontou alguma dessas? Tipo, ah, sei lá... dar uma de Bernie Madoff de Rhode Island, talvez?

Merda. Não preciso olhar para a cara de Milly para saber que, de algum jeito, ela encontrou aquela notinha no *The Providence Journal* do começo do ano.

Um cliente insatisfeito perdeu todo o fundo de aposentadoria, a poupança para a faculdade do filho, e agora corre o risco de perder o pequeno negócio da família. Frank North, que recentemente deu entrada em um pedido de falência, chamou Anders Story de "o Bernie Madoff de Rhode Island". "A estratégia de investimento dele não passa de um esquema de pirâmide", afirma o Sr. North. "E eu fui o último otário a cair nessa."

Mas será que ela sabe que é tudo verdade?

Chaz salva o dia sem se dar conta, trocando da CNN para a ESPN.

— O mercado financeiro é uma piada — diz Chaz. — No fim das contas, ninguém nunca vai se importar tanto com o seu dinheiro quanto você. — Ele dá um sorriso cansado. — Isso vindo de um cara que não tem um tostão furado. Mas lembrem do meu conselho, crianças, quando estiverem por aí, mandando no mundo. Vocês querem alguma coisa pra beber?

— Estou bem — diz Milly.

— Uma Coca cairia bem — digo. Observo Chaz desaparecer atrás de uma das colunas antes de me virar para Milly. — O que quer?

— Você é tão irritadinho, Jonah. — As sobrancelhas dela se unem em uma expressão de mágoa fingida. — Não posso só gostar da companhia do meu primo?

— Duvido muito.

Ela para de fingimento e tira um envelope cor de creme do bolso, seu tom de voz se tornando mais sério.

— Você recebeu um destes?

Aquele é igual ao envelope em que Donald Camden enviou seu convite para o almoço.

— Sim, eu estava lá. Hambúrguer sem pão. Lembra?

— Não — diz ela com impaciência, abrindo a aba e tirando um cartão. — Este é novo.

Ela me entrega o envelope, e leio a mensagem curta.

> *Insisto veementemente que reconsiderem minha oferta.*
> *Os termos de contrato são mais generosos do que eu imaginava.*
> *Vide abaixo.*
>
> *Donald S. Camden, advogado*

Encaro o número escrito no final. É três vezes mais do que eu ganharia no Resort Gull Cove. Então viro o cartão, mas é só isso.

— Não sei se recebi — digo a Milly, devolvendo o envelope. Tenho que me esforçar para manter um tom de voz normal, porque é *muito* dinheiro. — Faz tempo que não olho minha caixa de correio.

— E aí, Jonah?

A voz de uma garota, doce e um pouquinho sedutora, nos interrompe. É Brittany, uma das garçonetes e outra participante do programa Pipilo. Ela abre um sorriso tímido e pisca para mim, como faz desde que chegamos aqui. O que é um problema. Brittany é bonita, mas estou tentando passar despercebido.

— Ouvi falar que você é o sortudo ganhador do arrependimento de um cliente — ela comenta. Desliza o prato na minha frente e joga a trança loura grossa por cima de um ombro ao mesmo tempo. Milly cruza os braços, nos observando.

— Valeu, Brittany.

O cheiro de alho e frutos do mar me acerta, e começo a aguar no mesmo instante.

Brittany abre um sorriso radiante para mim.

— De nada. — Seus olhos vão para minha direita. — Oi, Milly. Tudo bem?

— Tudo indo — responde Milly. — Só estou conversando com meu primo. Coisas de família.

O implícito "E você está interrompendo" é tão óbvio que, se eu estivesse a fim de Brittany, ficaria irritado. Como não estou, só jogo o guardanapo no meu colo e pego o garfo.

— Tudo bem. — Brittany gira a trança. — Preciso voltar para as minhas mesas, mas... um monte de gente vai ao Dunas hoje depois do trabalho. — Diante do meu olhar inexpressivo, ela acrescenta: — É tipo um bar de praia? Bom, não é só um bar. Você não precisa ser maior de idade pra entrar. Eles servem comida, e tem música e jogos. Fica bem no fim da rua, dá pra ir andando. Quer vir?

Não muito. De novo: não é nada pessoal. Mas quanto menos eu falar com os outros por aqui, melhor.

— Não sei — digo. — Quando saio do trabalho, sempre estou muito cansado, então...

— Além disso, Jonah odeia pessoas — acrescenta Milly com o ar de alguém que oferece uma dica valiosa.

Brittany pisca enquanto lanço um olhar irritado para minha prima.

— Você pode cuidar da sua vida, só pra variar? — rosno.

Milly aponta para mim.

— Viu só?

— Bom, me avisa se quiser ir — diz Brittany com um sorriso forçado. Ela volta para a cozinha, e enfio meu garfo com raiva na pilha de linguine diante de mim.

— Você pode ir embora quando quiser — digo para Milly.

Ela olha para o meu prato com o cenho franzido.

— Isso aí é camarão.

— Que novidade — respondo, enchendo minha boca com o máximo de comida possível.

Milly simplesmente continua me encarando, o que é meio esquisito e mal-educado, até Chaz voltar e colocar a Coca na minha frente. Os olhos dela passam para o anel grosso de prata no indicador direito dele.

— Gostei da sua aliança — comenta ela.

— Não é uma aliança — diz Chaz. Ele tira o anel de prata e o aproxima de nós, mostrando uma linha fina que parece um zíper. — É corda de violão — explica ele. — Eu tocava bastante. Ainda toco, às vezes.

— Legal. — Milly abre um meio sorriso. — Você toca bem?

Chaz coloca o anel de volta no dedo e gesticula para o bar.

— Bom, eu trabalho aqui, né? — diz ele. — Então... não tão bem quanto poderia.

Estou devorando minha comida enquanto os dois conversam, e Milly fica olhando para mim.

— Está gostando do jantar? — pergunta ela quando faço uma pausa para respirar.

Chaz sorri, acariciando a barba. Não sei quantos anos ele tem. O sujeito poderia ter qualquer idade entre 25 ou 45 anos.

— Você está na dúvida? — pergunta ele.

— Vocês precisam arrumar outro hobby — digo, irritado. As refeições são o ponto alto deste lugar esquisito, e a minha está sendo arruinada por esses dois grudados em mim.

Milly desliza para fora do banco.

— Mudei de ideia — diz ela. — Quero beber alguma coisa. Mas eu mesma pego.

— Alguma coisa sem álcool — grita Chaz enquanto ela desaparece atrás das colunas do bar. — Eu sei exatamente o nível de cada garrafa, e *vou* olhar. — Ele balança a cabeça, pegando uma toalha e uma taça de vinho. — Essa garota sabe se virar num bar.

Ela não é a única, penso, observando ele lustrar a taça com mãos um pouco trêmulas. As mãos da minha tia favorita, a irmã mais nova da minha mãe, fazem exatamente a mesma coisa quando ela passa tempo demais sem beber. Ela é uma dessas alcoólatras funcionais, que está sempre alegrinha, mas raramente bêbada. Ou talvez eu esteja em negação quanto a isso.

— Pois é — digo, pegando a última garfada de macarrão.

— Vocês são primos, né? — pergunta Chaz, como se a ilha inteira não soubesse exatamente quem nós somos. Assinto, e ele diz: — São próximos?

— Não. — Chaz ergue as sobrancelhas diante da minha resposta imediata, e acrescento: — Quero dizer, fazia anos que a gente não se via antes de virmos trabalhar aqui. Nossas famílias não passam muito tempo juntas.

— Bom, agora é sua chance de se conhecerem, né? Família é um negócio importante. Ou devia ser, pelo menos.

O rosto magro de Chaz parece cansado de repente. Ele continua polindo a mesma taça, que está mais manchada agora do que no começo.

Milly volta com um copo de água e senta no banco ao meu lado, colocando o cartão de Donald Camden sobre o bar. Não consigo me controlar. Pego a mensagem de novo e olho para o número.

— Então, escuta — digo. Baixo a voz, mas Chaz já se virou para terminar de abastecer o bar. — Você está pensando em aceitar?

— Não. Não quando ele quer tanto se livrar da gente. — Por um segundo, nossos olhos se encontram em solidariedade. Apesar do atrativo do dinheiro, também não quero ir embora. Mas então alguma coisa muda no rosto dela. — Que engraçado a Brittany ter falado do Dunas. Aubrey e eu estávamos pensando que nós três devíamos sair. Fazer uma noite dos primos.

Os olhos dela se tornam sinceros, enquanto reviro os meus.

— Porra nenhuma. — Milly não parece surpresa com a resposta, mas fica esperando por mais, então acrescento: — Caso eu não tenha sido claro, isso foi um não.

— Vamos — diz ela em um tom persuasivo que provavelmente dá certo em 99 por cento das vezes. — Aubrey precisa se distrair. Tem alguma coisa acontecendo com o tio Adam, mas não consigo descobrir o que é. Talvez ela se abra com você.

Solto uma risada irônica. Agora Milly está mentindo na cara dura, porque não existe a menor possibilidade de Aubrey contar para mim algo que não quer contar para ela.

— Para de fingimento. Nós dois sabemos que você não quer passar tempo comigo. Então qual *é* seu objetivo?

A expressão de Milly muda.

— Se você aparecer hoje, vai descobrir.

Nós nos encaramos por um instante.

— Talvez eu apareça — finalmente digo.

O Dunas está lotado quando chego. O bar é pouco iluminado, com paredes cobertas por painéis de madeira iguais aos do porão dos meus pais, decorado na década de 1970, dando um clima fechado apesar de o espaço ser amplo. Há uma área de restaurante, com algumas dezenas de mesas cheias, um bar decorado com pisca-piscas brancos e um pequeno palco em um canto, onde uma garota com violão e um cara no teclado estão começando a se ajeitar. No fundo, o salão está cheio de mesas de sinuca, alvos de dardos e um monte de mesas altas.

Vejo vários rostos conhecidos quando me aproximo. Parece que os Pipilos ocuparam duas mesas de bilhar e todas as cadeiras próximas. Empolgada, Brittany acena de um canto onde está apertada com um grupo de garotas. Efram, meu colega de quarto, se afasta de uma partida de sinuca e me olha, fingindo surpresa. Efram é um desses caras incansavelmente simpáticos, que me convida para tudo, apesar de eu nunca aceitar.

— O dormitório está pegando fogo? — pergunta ele. Então leva uma mão ao coração e outra ao meu ombro. — Você está bem? E, mais importante, salvou meu laptop?

Milly surge ao lado dele com um sorriso astuto.

— Jonah está sendo sociável hoje — diz ela.

Não gosto do brilho triunfante em seu olhar. Nem um pouco. Estou quase tentado a dar meia-volta e ir embora, mas alguém segura meu braço. É Aubrey, com um sorriso enorme e segurando um taco de sinuca.

— Bem na hora — diz ela. — Você e Milly podem jogar contra mim e Efram.

Semicerro os olhos. Será que Aubrey está mancomunada com Milly? Mas mantenho minha impressão original: ela não conseguiria mentir bem nem se a vida dela dependesse disso.

Talvez Aubrey esteja feliz de verdade em me ver, o que é esquisito. Por outro lado, desde que chegamos, não a vi conversando com ninguém além de Milly e Efram, que também é salva-vidas. Ela se enturmou quase tão bem quanto eu.

— Ótimo — digo, inexpressivo, pegando um taco pendurado na parede. — Eu começo.

Efram, que estava tirando as bolas das caçapas, joga a última dentro do triângulo.

— É melhor eu avisar que Aubrey e eu estamos invictos, e isso inclui uma partida contra dois moradores que agora estão afogando sua humilhação no bar — diz ele, tirando o triângulo com um floreio de mão. — Mas vamos ver como você se sai, ermitão.

Passo os olhos pela mesa, depois me concentro na bola branca enquanto me posiciono para mirar. Por alguns segundos, fico praticamente imóvel além de alguns ajustes minúsculos para posicionar o taco no exato lugar que quero. Então me impulsiono para trás e bato rápido. As bolas explodem umas contra as outras com um barulho tão alto que Aubrey arfa ao meu lado. Bolas listradas começam a entrar nas caçapas uma atrás da outra, enquanto as lisas giram contra as laterais da mesa, inofensivas. Quando elas param de girar, restam apenas duas listradas e todas as lisas com exceção de uma.

Olho para cima, vejo a expressão chocada de Milly e tento não parecer presunçoso. Não consigo.

— As listradas são nossas — digo.

Efram levanta e abaixa os braços em um gesto que diz "não somos dignos".

— Por que você não avisou que seu primo era um monstro, Aubrey? — pergunta ele.

— Eu não sabia — responde ela, piscando como se fosse a primeira vez que me vê.

O que me deixa nervoso. Talvez eu devesse ter seguido meu primeiro instinto e ido embora, mas o negócio é que, assim que vi a mesa de sinuca, minhas mãos formigaram para segurar um taco de novo. Cresci em um salão de bilhar e costumo passar todas as tardes lá. Um dos frequentadores habituais me ensinou a jogar e, quando morreu (ele caiu duro depois de um ataque cardíaco com cinquenta e poucos anos, algo que meu pai chama de o "plano de aposentadoria do trabalhador"), continuei jogando sozinho. Aos doze anos, comecei a jogar com adultos por dinheiro. Eles me achavam fofo até perderem.

Milly se joga contra mim de um jeito surpreendentemente amigável.

— Ora, ora — diz ela. — Parece que descobrimos seu talento secreto.

Ela fica torcendo por mim pelo restante da partida rápida — limpo a mesa antes mesmo de Aubrey e Efram jogarem — e então apoia seu taco contra a parede.

— Preciso ir ao banheiro — diz Milly por cima do ombro para Aubrey e Efram. — Mas vamos dar outra chance a vocês, otários. E podem começar desta vez, o que acham?

— Só se o Jonah amarrar uma mão atrás das costas — murmura Efram enquanto começa a juntar as bolas.

— Onde aprendeu a jogar assim? — pergunta Aubrey.

— Por aí — respondo, meus olhos vagando para uma das mesas de Pipilos atrás de nós.

Ela está cheia de caras que Efram chama de "O clube dos playboys". São todos altos, louros e usam coisas tipo cintos de pano porque gostam. Seu líder não oficial é Reid Chilton, cuja mãe senadora talvez seja candidata a presidente na próxima eleição. Não encontro muito com Reid além de quando ele resolve bater à nossa porta para pedir pasta de dente emprestada, mas já sei que não vou com a cara dele.

Reid para no meio de uma conversa para observar Aubrey se inclinar desajeitadamente sobre a mesa para pegar o triângulo, falando alguma coisa que faz um cara ao seu lado rir. Minhas mãos apertam o taco com força. Quanto mais vejo Reid e seus amigos, mais me pergunto se havia alguma lógica na loucura de Mildred. Talvez ela tenha visto que os filhos estavam se transformando em babacas e tomou medidas extremas para impedi-los.

— Você. — A voz ao meu lado é fria como gelo. Quando me viro, vejo que o olhar de Milly também é. — Vem comigo. *Agora*.

— Ela tira o taco das minhas mãos e o apoia ao lado do dela, na parede. — A partida vai ter que esperar um pouquinho — diz ela para Aubrey. — Preciso conversar com Jonah.

— Sobre o quê? — pergunta Aubrey, mas Milly já fechou os dedos em torno do meu pulso como uma algema enquanto me puxa para a saída dos fundos.

Toda a simpatia anterior desapareceu. Isso não me surpreende muito, mas fico meio abalado com a rapidez com que ela mudou.

— Qual é o seu problema? — pergunto, minha irritação aumentando enquanto retiro meu braço das suas garras. — Para de me *puxar*. Já estou indo com você.

— Ah, você devia me agradecer por eu só estar fazendo isso — diz Milly em uma voz baixa, ameaçadora, apoiando um ombro na porta.

Ela a abre, e saímos para o ar fresco da noite. Respiro fundo para acalmar meus pensamentos, mas quase tenho ânsia de vômito quando o fedor azedo do lixo me acerta. Estamos bem ao lado de uma caçamba. Milly para, colocando as mãos no quadril, enquanto me encara.

— A gente pode sair de perto do lixo...? — começo, mas é só isso que consigo falar antes de ela esticar os dois braços e me empurrar com toda a força.

Cambaleio para trás, pego desprevenido tanto pelo ato quanto pelo impacto. Essa garota tem bastante força em um corpo tão pequeno.

— Que porra é essa? — rosno. Minhas mãos estão para cima em um gesto de rendição, mas minha irritação aumenta.

Milly tira algo pequeno e quadrado do bolso, que balança na minha cara.

— Pois é... Que porra é essa? — diz ela.

Uma luz acima da porta atrás de nós ilumina o suficiente a rua para me mostrar o que ela segura. Meu estômago se revira enquanto olho para o cartão familiar, e toda a raiva desaparece no mesmo instante. Estico a mão para trás, buscando minha carteira no bolso da calça. Ou melhor, a carteira que *devia* estar no bolso da calça.

Então foi por isso que Milly estava toda simpática enquanto a gente jogava sinuca. Ela pegou minha carteira. Surrupiou tudo do meu bolso enquanto eu me exibia. Eu queria me dar um soco na cara por ter sido tão idiota a ponto de me concentrar no jogo diante de mim e não no que *ela* estava jogando.

— Devolve minhas coisas. — Tento soar autoritário e despreocupado ao mesmo tempo, mas o suor já se acumula na minha testa.

Merda. Merda, merda. Isso não vai dar certo.

Milly balança minha carteira de motorista no ar de novo, olhando para mim por trás daqueles cílios enormes.

— Com prazer. Assim que me explicar quem você é, Jonah North, e por que raios está fingindo ser meu primo.

7

Milly

Não sei se é admirável ou não o fato de ele nem tentar negar.

— Por que fui trazer a droga da carteira de motorista? — murmura o outro Jonah. Ele parece furioso, mas acho que é consigo mesmo.

— É, bom, eu só queria confirmar mesmo — digo. Tiro a carteira preta fina de Jonah do bolso da minha calça jeans e enfio a habilitação lá dentro. Ela já serviu a seu propósito e, como tirei uma foto dela no meu celular, então devolvo tudo. — Fiquei desconfiada quando vi você devorando um prato inteiro de linguine de camarão apesar da sua *alergia a frutos do mar*.

Assim que Jonah começou a comer no Setes, fiquei esperando seu rosto inchar como tinha feito há nove anos, quando comeu um camarão enrolado em bacon na nossa casa. Fiquei chocada por seu rosto nem corar. Quando fui buscar minha bebida, no lado oposto do bar, procurei se era possível se curar de alergia a frutos do mar no Google e descobri que, apesar de não ser impossível, é muito difícil, e a pessoa continua tendo pelo menos alguma reação. O suficiente para qualquer ser humano sensato evitar engolir um prato inteiro de camarão em menos de cinco minutos.

Talvez eu tivesse aceitado que meu suposto primo era um dos poucos sortudos se não fosse o fato de que esse garoto *nunca* fez sentido como Jonah Story. Desde a primeira vez que nos vimos na barca, ele não se encaixava. Para começo de conversa, era muito mais bonito do que eu me lembrava, mesmo com um intervalo de nove anos. Além disso, apesar de Jonah ter se esforçado bastante desde o começo para copiar o comportamento antipático do meu primo, não conseguia sustentá-lo. Esse Jonah era irritante ao seu modo — estava claro que ele era antissocial e vivia incomodado com *alguma coisa* —, mas faltava aquele tom crítico e pedante de Jonah Story.

— Você está de sacanagem? — A expressão tensa de Jonah se transforma em uma indignação incrédula. — Alergia a frutos do mar? Valeu, JT. Seria bom saber disso.

— Quem é JT? — pergunto, apesar de já desconfiar.

A mandíbula de Jonah estala, e ele me encara em silêncio por alguns segundos, como se avaliasse o quanto deve me contar.

— Seu primo — admite ele. — A gente estuda junto, e todo mundo o chama de JT, pra não confundir nós dois. Seu nome do meio é Theodore. Mas imagino que você já soubesse disso.

Eu não sabia — ou, se já soube, esqueci —, mas Jonah North não precisa dessa informação. Não consigo evitar abrir um sorriso satisfeito pela ideia de meu primo ser o Jonah menos importante em algum lugar. Aposto que ele se incomoda muito com isso.

— Então ele sabe que você veio pra cá?

Jonah hesita de novo, esfregando a nuca com uma mão enquanto emoções conflitantes passam por seu rosto.

— Seu primo me pediu pra vir — diz ele.

— Jonah pediu que você *fingisse* ser ele? — Minha voz fica aguda de incredulidade.

— Shhh — diz o outro Jonah, apesar de estarmos sozinhos aqui fora. Ele olha para a lixeira ao nosso lado, retorcendo a boca. — Olha, não consigo pensar direito com esse fedor. Vou sair daqui. Você pode vir comigo se quiser.

— Ah, eu estou na sua cola — digo, aliviada em segredo por Jonah seguir para os fundos do estacionamento. Quando chegamos à beira do caminho gramado, agarro o braço dele. — Aqui está bom. Desembucha o resto. Por que o Jonah, ou o JT, tanto faz, pediu que você fingisse ser ele?

Longe das luzes do restaurante, o rosto de Jonah é apenas um monte de sombras.

— Vou contar tudo, mas com uma condição. — Ele levanta a voz para interromper o protesto que estou prestes a fazer. — Você não vai contar a ninguém quem eu sou de verdade. Bom, pode contar pra Aubrey. Mas só.

— *Como é?*

Jonah não responde, e eu cruzo os braços contra o peito. Parece que a temperatura caiu pelo menos uns dez graus desde que chegamos ao Dunas, e a blusa sem mangas que estava ótima dentro do bar cheio é inútil aqui fora. Por outro lado, Jonah parece confortável com sua blusa de flanela por cima da camisa desbotada de sempre.

— Você não pode impor condições quando é a pessoa que comete fraude — digo.

Ele dá de ombros.

— Tudo bem. Boa noite.

Jonah se vira, e dou um pulo para agarrar seu braço.

— Você não pode ir embora assim!

— Posso, se a gente não chegar a um acordo.

— I-isso é... — Passo alguns segundos gaguejando até me ocorrer que mentir para um mentiroso não seria a pior coisa do mundo. — Tá, tudo bem. Não vou contar.

Jonah se vira para me encarar de novo.

— Não acredito muito nisso — diz ele, quase para si mesmo. — Mas sempre posso levar você pro buraco junto comigo se alguém me pegar, o que já é um consolo.

— Não me admira que você e JT sejam amigos — respondo, irritada. — Vocês têm muito em comum.

— Eu nunca disse que a gente era amigo — diz Jonah, frio. — A gente fez um acordo de negócios. — Eu me obrigo a ficar quieta e, depois de alguns segundos, ele suspira. — A história é a seguinte: JT queria ir pra colônia de ciências. Você sabe dessa parte, né? — Concordo com a cabeça. — O pai dele não deixou depois que receberam o convite da sua avó. JT ficou fulo da vida, porque havia recebido uma bolsa e tal, o que é difícil, mas Anders continuou falando que ele tinha que vir pra cá. Eu também fui aprovado pra colônia, mas não ganhei bolsa. Então não podia ir. — Um toque de amargura surge na voz de Jonah enquanto ele acrescenta: — Foi tudo ideia de JT. Ele me ouviu falando na escola que não ia conseguir ir pra colônia e me encurralou no refeitório um dia, dizendo que a gente podia ajudar um ao outro. — A mandíbula dele trinca. — Por um segundo, achei que ele fosse me oferecer a bolsa. Que idiotice. JT não é esse tipo de cara. Aliás, nem deve dar para transferir o dinheiro assim. Mas JT disse que me pagaria se eu viesse pra Gull Cove no lugar dele e não contasse pra ninguém. Ele iria pra colônia de ciências, e eu teria um bom emprego de verão com um bônus extra.

— Bônus extra? — Levanto uma sobrancelha. — Quanto? Qual é o salário pra se passar por outra pessoa hoje em dia?

— O suficiente — responde Jonah, brusco.

O vento fica mais forte e eu estremeço, apertando mais os braços. Jonah faz menção de tirar a blusa de flanela, mas estendo uma mão para interrompê-lo.

— Não precisa, Lancelot. Estou bem. Vocês pensaram direito nesse plano? Quero dizer, vamos ser diretos. Todos nós viemos pra ganhar a simpatia de Mildred. O que Jonah, ou JT, tanto faz, achou que fosse acontecer quando ela descobrisse que ele mandou uma versão falsificada?

Jonah dá de ombros, ajeitando a blusa de volta.

— JT achou que sua avó não queria nada sério com vocês nem com suas famílias. Que só tinha resolvido fazer algum joguinho esquisito pra estragar o futuro dele sem motivo. O que, pelo andar da carruagem, parece fazer sentido.

Argh. Odeio saber que JT Story não criou esperanças inúteis como Aubrey e eu. O fato de termos sido ingênuas e dele estar passando o verão exatamente onde queria deixa meu tom mais irritado.

— E como achou que conseguiria manter a farsa por dois meses? Eu descobri em menos de uma semana, e não estava nem me esforçando.

Jonah passa uma mão pelo cabelo.

— Meu Deus, agora nem sei. Fez sentido na hora. JT e eu somos da mesma idade, da mesma cidade, temos o mesmo nome. Nossos cabelos e tons de pele são parecidos. O resort nunca pediu um documento com foto. Só a certidão de nascimento. Tipo, JT não usa redes sociais, então não é como se alguém fosse esperar que ele fizesse posts sobre o verão. Faz anos que ele não vê vocês, e nunca conheceu a avó. E ele me passou um monte de informações sobre sua família. Aquela história toda da carta do "vocês sabem o que fizeram", além de coisas sobre seus pais e os de Aubrey, as formas como tentaram entrar em contato com Mildred ao longo dos anos. Achei que eu soubesse tudo de que precisava. — Ele balança a cabeça, revoltado. — *Alergia a frutos do mar.* Mas que idiota.

— Então era você que estava trocando mensagens comigo e Aubrey, na época em que recebemos as cartas? — pergunto. — Ou era JT?

— Era JT. Quando vocês começaram o grupo, ele achava que teria que vir pra ilha. Essa parte foi de verdade. Depois, quando concordei em vir, ele só continuou falando como se nada tivesse mudado. E me mandou cópias das conversas, pra eu ficar inteirado.

— Qual é a sua então? Quem *é* você?

— Você viu a carteira. Meu nome é Jonah North. Moro em Providence e estudo com seu primo. Eu precisava do dinheiro, então fingi ser JT porque ele me pediu. Só isso.

— E que diferença faz se eu contar pra alguém? — pergunto.

— Você recebeu seu dinheiro.

— O pagamento é em parcelas — diz Jonah. — Só recebi as três primeiras. Além do mais, o Resort Gull Cove paga bem mais do que eu receberia trabalhando pros meus pais.

— Seria mais do que você receberia no set de *Agente anônimo*?

A voz de Jonah se torna tristonha.

— Não, mas eu não posso aceitar. Tenho que mandar fotos do resort toda semana pro JT convencer o pai de que está trabalhando aqui.

— Onde seus pais acham que você está?

— Aqui. Em um trabalho de verão legal que dei sorte de conseguir. Eles só não sabem o nome que estou usando.

— Você disse que trabalhava pra eles? Com o quê?

— Não interessa. — Jonah dá um passo para trás, e consigo ver seu rosto com clareza sob a luz da lua. Não sei por que essa pergunta específica o fez chegar ao limite, mas ele parece de saco cheio. Nervoso e exausto, cada ângulo do seu rosto tenso.

— Escuta, vou voltar pro dormitório. Não sei se vai cumprir sua promessa, mas espero que sim.

Então ele se vira e começa a ir embora. Penso em segui-lo, porque ainda tenho várias perguntas e acho que mereço as respostas. Mas, no fim das contas, faço o caminho de volta para o Dunas, até a única pessoa na ilha que é minha parente.

Estou no meio do trajeto quando algo quente e macio surge na minha mão. Eu me viro para encontrar Jonah North só de camisa, me dando a blusa de flanela.

— Pra volta — diz ele antes de desaparecer nas sombras.

Na noite seguinte, ainda estou distraída, atendendo as mesas do Varanda no automático. Já peguei o celular uma dezena de vezes hoje para mandar mensagem para minha mãe:

Jonah é de mentira!

Mas não fiz isso. Contei a Aubrey — que ficou tão chocada que foi quase engraçado —, mas só. Não sei o que está me impedindo. Tirando que, talvez, não posso voltar atrás depois que a verdade for revelada.

Por sorte, estou ocupada hoje. O gerente de hospitalidade, Carson Fine, veio supervisionar o salão e insiste que eu tire intervalos entre cada atendimento, porque sou nova. Apesar de eu achar que o motivo verdadeiro é para ficarmos fofocando no bar.

Estamos sentados aqui agora, ele com o queixo apoiado nas mãos enquanto me enche de perguntas sobre Mildred.

— Então vocês nunca tinham se conhecido antes do fim de semana passado? — pergunta ele. Desta vez, sua gravata tem estampa de conchas rosa-claro sobre um fundo roxo.

— Nunca — respondo.

Não há motivo para fingir o contrário. A deserdação dos filhos dos Story não é segredo. Sempre que minha mãe ou os irmãos tentaram reivindicar seu direito legal por parte da fortuna do meu avô, tiveram que divulgar mais detalhes sobre como as relações foram rompidas.

— É tudo tão *gótico* — diz Carson, com um sussurro admirado. — E esquisito. A Sra. Story é uma fofa com os funcionários e o pessoal da cidade. Por que ela seria tão cruel com os filhos?

Essa é a única parte da história que o Google não consegue contar, e Carson está nitidamente torcendo para eu esclarecer.

— Não faço a menor ideia — digo. — Nós nunca entendemos.

Ele murcha.

— Bom, pelo menos ela convidou vocês três. Já é alguma coisa.

— E foi embora logo depois.

Carson deve ter percebido isso, e talvez eu consiga usar sua curiosidade ao meu favor. Quanto mais tempo Mildred passa sem entrar em contato com a gente, mais convencida fico de que existe alguma coisa esquisita com este verão. E tudo começou com uma carta que nos dizia para organizar tudo com Edward Franklin.

— Estou achando que a gente deve ter confundido as datas — minto com um sorriso levemente perplexo, tomando o último gole da minha água.

Marty, o barman do Varanda, surge do nada para encher meu copo. Todo mundo no Resort Gull Cove acha que meus primos e eu temos alguma influência sobre Mildred, então recebemos um tratamento melhor do que os hóspedes.

— Estava pensando em procurar Edward Franklin só pra ter certeza, mas o único contato que tenho dele é o e-mail do resort — digo e espero alguns instantes, como se estivesse pensando. — Será que vocês têm, tipo, um e-mail pessoal na ficha dele? Ou um número de telefone?

— Devemos ter — diz Carson, afastando uma mecha de cabelo louro-esbranquiçado da testa. — Mas não posso te dar. Existem leis de privacidade e tal.

— Sei — digo, desanimada.

Estou me perguntando se posso tentar convencê-lo a me dar a informação em troca de alguma fofoca boa e inventada sobre os Story quando o celular de Carson vibra no bolso. Ele pega o aparelho e franze o cenho para a tela.

— Hum, precisam de mim lá na frente pra alguma coisa. Já volto.

Observo Carson atravessar o salão, e Marty pigarreia. Eu não tinha notado sua presença.

— Ei, se quer falar com Edward, talvez Chaz possa ajudar — diz ele.

Franzo o cenho.

— Por que Chaz?

— Edward e ele namoraram por um tempo. Talvez ainda mantenham contato.

— Ah, tudo bem — digo, guardando essa informação. Não tinha me ocorrido que Chaz fosse gay. Nem que namorasse. Ele desconversou sobre sua vida amorosa na única vez que tocamos nesse assunto. — Valeu, vou fazer isso. Você sabe se ele está trabalhando hoje?

— Não. Está doente. E provavelmente vai passar um tempo assim, se é que me entende — diz Marty, gesticulando uma garrafa com a mão e apontando para a boca.

— Ah, não. — Eu tinha notado o quanto Chaz bebia escondido durante o expediente. As pessoas não costumam perceber os *meus* truques de bar a menos que tenham os próprios. Mas ele foi sempre tão profissional que imaginei que sua bebedeira estivesse sob controle. — Isso, hum, acontece muito?

— Mais do que deveria. É o segredo mais conhecido do resort. Todo mundo sabe, menos Carson. — O olhar de Marty passa pelo salão, onde a cabeça loura de Carson brilha sob a luz fraca do restaurante enquanto ele volta até nós. — Mas Chaz é um cara legal, e um ótimo barman quando está sóbrio. Então tentamos ajudar.

— Entendi — digo enquanto Carson acena para mim.

Ele não está sozinho, e meu coração para por um instante quando percebo que há uma mulher mais velha ao seu lado. Será que Mildred finalmente vai dar as caras? Porém, quando os dois se aproximam, percebo meu erro. Essa mulher tem mais ou menos a mesma idade da minha avó, mas seu cabelo é grisalho, não completamente branco, e ela usa um vestido marrom simples e tamancos. Mas Carson parece maravilhado de estar ao lado dela, e a guia até mim com um sorriso enorme.

— Milly, quero apresentar uma pessoa. A assistente da sua avó, Theresa Ryan, veio falar com você. Ela tem *novidades*.

Carson faz essa declaração com um ar ansioso e ofegante, e Theresa ri. Ela estende a mão, fechando os dedos quentes em torno dos meus quando a aceito.

— Do jeito que ele fala, parece que é alguma coisa muito empolgante, né? Olá, Milly. É um prazer te conhecer.

— Você também — respondo, meu coração acelerando.

Minha mãe sempre se deu bem com Theresa. Elas eram as únicas torcedoras do Yankees em uma casa cheia de fanáticos pelo Red Sox. As duas tinham mantido contato por alguns anos depois da deserdação. Theresa sempre foi gentil, dizia minha mãe, mas firme ao afirmar que Mildred não tinha contado seus motivos para ninguém além de Donald Camden. Com o tempo, minha mãe ficou tão frustrada que parou de falar com ela também.

— A Sra. Story me pediu para vir. Ela já vai voltar pra ilha e queria convidá-los para um brunch na Casa da Gatária, no domingo. Não amanhã — acrescenta Theresa ao ver meus olhos se arregalarem. — Ela ainda vai estar em Boston e, de toda forma, é o Dia da Independência. Vocês deviam ficar pelo resort. Sempre há um monte de eventos legais organizados para os funcionários e os hóspedes, e um show de fogos lindíssimo. Imagino que o Carson tenha avisado.

Olho para Carson e consigo ver a súplica em seu sorriso paralisado. *Por favor, Milly. Só desta vez finja que não ficou viajando enquanto eu falava sobre as atividades dos Pipilos.*

— Ah, sim, claro — respondo. — Estou animada.

— Que ótimo. Espero mesmo que se divirta — diz Theresa. — De toda forma, sua avó gostaria que fossem para o brunch no domingo seguinte, 11 de julho. Espero que isso não cause problemas com a escala de trabalho deles — acrescenta ela, se virando para Carson com um sorriso.

— Claro que não — garante ele.

— Tudo bem — digo, procurando no olhar de Theresa qualquer significado oculto por trás de suas palavras.

Será que minha avó *quer* ver a gente? Ou só se sente na obrigação de fazer isso, para manter as aparências? Mas a expressão simpática da assistente não muda.

— A Sra. Story também pediu que tirassem o dia 17 de julho de folga. É um sábado, a noite do Baile de Gala do Verão, e vocês serão os convidados dela.

Na minha cabeça, surge a imagem da minha mãe aos dezoito anos, usando um vestido longo branco e seu colar com pingente de diamante em gota. Aquele que eu queria tanto que abri mão das minhas férias de verão.

Só que as coisas não são tão simples assim.

Sim, eu quero o colar. Porém, mais do que isso, quero que minha mãe *queira* me dar o colar. Quero que ela seja o tipo de pessoa que se importa em passar algo importante de mãe para filha, sem condições. Mas não é o caso. Então, se não posso ter o que desejo, é por isso que vim: pela chance de estar na presença da minha avó, do seu círculo de amigos íntimos e de todas essas pessoas de Gull Cove que se lembram da minha mãe na infância e na adolescência. Porque com certeza algum deles deve saber o que aconteceu há 24 anos para fazer Mildred Story cortar relações com os quatro filhos e nunca olhar para trás. Se eu descobrir o que aconteceu, talvez finalmente consiga entender minha mãe.

Theresa continua falando, e volto a me concentrar nela.

— É um evento formal. Smoking para homens e vestidos longos para mulheres — explica a assistente. — Imagino que não tenham nada assim na mala, então podem fazer compras em qualquer uma das lojas da ilha e colocar na conta dos Story.

Apesar da estranheza da situação, fiquei um pouco animada. Vai ser *quase* igual ao meu sonho infantil das compras, tirando a parte em que Mildred delega os detalhes para sua assistente. Mas...

— Nada vai ficar bom — digo. Theresa levanta as sobrancelhas de novo, e aponto para o meu torso. — Sou baixa demais pra usar qualquer vestido longo sem alterar.

Theresa solta outra risada baixinho.

— Não precisa se preocupar. Seus ajustes vão ser prioridade em qualquer loja que escolher — diz ela, como se isso resolvesse o problema.

E acho que resolve mesmo.

8

Aubrey

— Então. — Milly olha para mim cheia de expectativa. — A gente deve dedurar o Jonah de mentira antes do nosso brunch com a Mildred ou não?

Engulo o final do meu "ameiduíche" antes de responder. Estamos no centro de Gull Cove em uma tarde de terça, provando a sobremesa mais famosa da padaria Samambaia Doce: um sanduíche de sorvete de ameixa e duas fatias fritas de donut. Parece mais gostoso na teoria do que é na prática, mas isso não nos impediu de limpar o prato.

— Sei lá — admito. — Pra quem a gente contaria?

— Pros nossos pais? — A pergunta soa incerta vindo da sempre decidida Milly. — Ou pra Theresa.

— Podemos fazer isso, mas...

Eu hesito. Ao contrário de Milly, sei como é precisar de dinheiro. E não me importo muito com o fato de Jonah North ter substituído Jonah Story. O novo Jonah é meio emburrado, mas, no geral, parece melhor do que nosso primo de verdade.

— Ele não é nosso maior problema agora, né? — pergunto, por fim.

Milly ri, mas não estou brincando. Na lista das minhas preocupações, Jonah North está em quarto lugar, bem distante dos outros. O primeiro item é meu pai. O segundo é ter que ir a um brunch e a um baile chique com uma avó que mal me reconhece. O terceiro é o silêncio esquisito de Thomas e o fato de que não sinto tanta saudade dele quanto achei que sentiria. Parei de mandar mensagens e, às vezes, fico olhando para o meu celular me perguntando se terminamos. E por que não tenho forças para me importar com isso. É algo que quase parece inevitável, como se nada da minha vida, antes confortável e previsível, pudesse voltar a ser como era.

O Dia da Independência foi há dois dias e, com os fogos e a festa dos Pipilos depois, fiquei acordada até tarde. E aí não conseguia mais dormir. Enquanto o outro lado do quarto era dominado pela respiração pesada de Milly, fiquei deitada na cama, tracejando uma rachadura na parede com um dedo, pensando em consequências inesperadas. Sobre como um ato meu no ano passado pareceu, na época, menor e ainda mais insignificante do que aquela imperfeição minúscula em uma parede imaculada. E em como iniciei uma reação em cadeia que implodiu minha família.

Essa culpa faz com que eu tenha falado cada vez menos com minha mãe desde que cheguei, mas, no domingo, quando minha insônia estava no auge, mandei uma pergunta para ela:

Meu pai fala sobre a praia do Cachimbo?

Minha mãe, que sempre cai no sono cedo, na frente da televisão, só respondeu no dia seguinte de manhã:

Praia do Cachimbo? Por quê?

Eu não sabia bem como responder, então preferi ser vaga.

Passei lá alguns dias atrás. Lembrei dele.

Ela demorou para responder.

Ele já falou desse lugar. Nunca achei que gostasse muito de lá, mas não sei explicar o motivo. Era só uma impressão que eu tinha. Mas faz muito tempo que não conversamos sobre a época em que ele morou na ilha.

Essa mensagem fez meu estômago se revirar de nervosismo. Não apenas porque era outro fato associado à conexão estranha que se formava na minha cabeça entre meu pai e a praia do Cachimbo, mas porque me lembrava da tensão entre meus pais. Agora, e provavelmente por muito mais tempo do que eu imaginava. Então dei uma desculpa e me despedi.

Quando mostrei as mensagens para Milly, ela apenas deu de ombros. "Bom, é uma praia feia", disse ela. "Também não gostei muito de lá."

A voz da minha prima me puxa de volta ao presente, e preciso me dar um sacolejo mental para me lembrar do que estamos falando. Certo: o Jonah de mentira.

— Ele não vai conseguir mentir pra sempre — diz ela. — Quando alguém descobrir, também vai ficar feio pra gente por acobertarmos.

— Precisamos de mais cafeína para esta conversa — digo, me levantando e pegando nossas xícaras vazias de café gelado. — Quer a mesma coisa?

— Quero, obrigada.

A fila está mais curta do que quando chegamos, mas ainda há três pessoas na minha frente, então olho ao redor enquanto espero. O interior da Samambaia Doce parece uma bengala de Natal: paredes listradas de vermelho e branco, mesas e cadeiras de ferro fundido branco e um chão brilhante vermelho-cereja. Apesar do zumbido do ar-condicionado, o ar está quente e dominado pelo aroma de açúcar e chocolate. Uma dúzia de fotos com moldura preta cobre a parede atrás do caixa. Olho para elas, distraída, mas então tomo um susto quando reconheço um rosto familiar por cima do ombro direito da atendente.

É o meu pai em toda a glória da juventude, bonito e com o cabelo escuro, com um braço em torno da pintura mais feia que já vi. Parece que uma criança no jardim de infância esfregou um novelo de lã na lama. O outro braço do meu pai está casualmente ao redor de uma mulher mais velha que encosta uma palma na bochecha dele de forma carinhosa. Mesmo de longe, consigo ver a distinta mancha roxa-escura em sua mão. Minha avó elusiva, surgindo nos lugares mais inesperados.

Eu me aproximo um pouco e leio a placa abaixo da foto: MILDRED E ADAM STORY COM O VENCEDOR DO CONCURSO DE ARTISTAS LOCAIS DA ILHA GULL COVE DE 1994. É difícil acreditar que a dona de uma coleção de arte mundialmente renomada tenha dado um prêmio para *aquilo*.

Quando chega minha vez de pagar, passo o cartão de crédito com a mão esquerda, apesar de saber que é bobagem imaginar que uma atendente adolescente, que mal olha para mim, veria a marca de nascença no meu braço e se daria conta de que faço parte da família Story. Mesmo assim, por não ter exibido a marca, tenho coragem de perguntar:

— Essas fotos na parede estão à venda?

— O quê? — A garota finalmente olha para mim, suas sobrancelhas finas se erguendo em surpresa. — Acho que não. Elas são, tipo, decoração.

— Tudo bem — respondo, me sentindo idiota.

Meu pai estava no último ano de Harvard quando foi deserdado por Mildred. Ele morava em Cambridge e não pôde buscar suas coisas na Casa da Gatária. Alguém encaixotou tudo no seu quarto e mandou para ele. No entanto, quase não havia fotos de família. Seria bom ter uma, mas eu jamais explicaria isso para uma atendente entediada.

Eu me viro e esbarro na pessoa atrás de mim.

— Foto maneira, né? — diz uma voz conhecida. — Mas o quadro era horroroso. — É Hazel Baxter-Clement, que gesticula para a próxima pessoa passar na frente dela enquanto se aproxima da parede com os quadros. — Esse foi o primeiro concurso anual de artistas locais. Gosto de pensar que melhoramos desde aquela época.

— Você é artista? — pergunto.

— Eu? Não. Só me interesso pela história da ilha. — Hazel empurra seu amontoado de pulseiras de couro para cima do braço. — Como vão as coisas?

— Ótimas. Como vai seu avô?

— Ele está bem. — Ela inclina a cabeça e sorri. — Estava torcendo pra vocês me ligarem.

— A gente anda bastante ocupado — digo, hesitante. Atrás de Hazel, Milly aponta para seu relógio dourado enorme que não funciona e depois para a porta. — Na verdade, estávamos indo embora. Hora de voltar pro trabalho.

— Bom, me avisem se abrir um espaço na agenda de vocês. Meu avô anda bem melhor ultimamente, então ele pode contar algumas histórias sobre seus pais.

Faço uma pausa, porque essa oferta é tentadora.

— Pode me passar seu número de novo? Sei que Jonah gravou, mas ele é meio desorganizado.

— Claro — responde Hazel, se animando. Ela recita os números e vai para o lado, me deixando passar. — Pode mandar mensagem quando quiser.

Milly está parada ao lado da porta, segurando-a aberta com um pé e batendo com o outro no chão, impaciente.

— O que Hazel queria? — murmura minha prima quando a alcanço.

— Ela ainda quer conversar com a gente — respondo, entregando o café gelado dela enquanto saímos. — Disse que o avô está melhor. E que talvez ele pudesse nos explicar as coisas esquisitas que disse quando nos conhecemos.

Milly parece descrente enquanto coloca os óculos escuros.

— Ou talvez ela só tenha dito isso pra transformar a gente em um trabalho da faculdade.

Seguimos pela calçada, nos afastando do cais da barca, passando por uma fileira de lojas e restaurantes.

— Aqui parece uma Quinta Avenida em miniatura — diz Milly, parando para olhar a vitrine de uma loja que exibe o nome BUTIQUE DA KAYLA no vidro. — Ahh, gostei desse. A gente devia dar uma olhada nos vestidos daí.

— Tudo bem — digo, ainda pensando na foto na parede da Samambaia Doce.

Estou devendo um telefonema ao meu pai e, pela primeira vez desde que cheguei, tenho vontade de falar com ele. Por algum motivo, vê-lo tão relaxado e feliz com a minha avó me lembrou de como é ser alvo do seu sorriso ofuscante. Antes de pensar demais no que estou fazendo, pego o celular e digito o número dele.

— Só preciso fazer uma ligação rapidinha — murmuro para Milly.

Meu pai demora quatro toques para atender. Quando o faz, sua voz soa irritada.

— Aubrey.

— Oi, pai. — Começo a andar de novo e entro em uma rua lateral mais vazia, em que árvores altas atrás de um muro de pedra criam sombras na calçada. Às minhas costas, escuto o barulho das sandálias de Milly enquanto me segue. — Tudo bem?

— Tudo — responde ele com frieza.

Então o outro lado da linha fica tão silencioso que, se eu não o conhecesse, acharia que a ligação caiu. Esse é meu castigo por ter passado a semana toda fugindo dele. É assim que meu pai se comporta quando está irritado: se recusa a demonstrar carinho e aprovação para deixar claro sua insatisfação. Eu sei disso. Mesmo assim...

— Vou tomar brunch com a vovó no fim de semana. A mamãe te contou?

— Contou. — Outra pausa demorada. — Que demora.

— Ela teve que ir a Boston — digo, detestando como minha voz soa na defensiva.

Tomo um gole do café gelado e quase engasgo. A atendente me deu o de avelã por engano, que é o sabor que mais odeio no mundo. Jogo o copo inteiro em uma lixeira enquanto continuo andando.

— Fiquei sabendo — diz meu pai. — Muito me surpreende você ter deixado isso acontecer.

Aperto minha orelha livre com o indicador, achando que escutei errado.

— Como assim? Eu não *deixei* nada acontecer. Ela simplesmente... foi.

— É claro. Porque você não foi proativa o suficiente.

— Não fui proativa o suficiente — repito, parando de andar. Milly também para. Estamos do lado de uma passagem de pedra arqueada, a placa dourada ao seu lado indicando que aquele é um lugar turístico ou historicamente importante, mas minha visão fica embaçada demais para eu conseguir ler. — Você acha que eu devia ter sido mais proativa?

— Acho. Esse é seu maior problema, Aubrey. Você é passiva. Prefere desperdiçar um verão inteiro em vez de pegar as rédeas da situação. — Ele toma fôlego, como se aquele fosse um assunto que quisesse discutir comigo há um tempo e tivesse encontrado a oportunidade perfeita. — Já te ocorreu entrar em contato com sua avó por conta própria, ou falar com a assistente dela? — Não respondo, e a voz dele se torna ainda mais arrogante. — Foi o que eu achei. Porque você não age, você reage. É isso que quero dizer com ser *proativa*.

Por alguns segundos, não consigo responder. Estou presa à calçada, com as palavras do Dr. Baxter naquele primeiro dia na ilha passando pela minha cabeça. *Adam tinha potencial pra ser grande, não tinha? Mas jogou tudo fora. Que rapaz tolo. Ele podia ter mudado tudo com uma palavra.*

Fico me perguntando que palavra seria essa, e se ela é tão irritante quanto..

— Proativa? — repito. É como se um cristal de gelo saísse de mim, afiado, gélido e mortal. — Você quer dizer tipo quando você comeu minha treinadora de natação e a engravidou? É esse o tipo de *proatividade* que preciso ter?

Milly solta um barulhinho engasgado enquanto me afasta dos pedestres aleatórios na calçada e me guia pela passagem de pedra. Entramos em uma área silenciosa e verde, mas meu cérebro não registra nada além das palavras do meu pai, firmes e incrédulas, estrondando em meu ouvido.

— O *que* disse?

Estou me tremendo toda enquanto ando para a frente sem enxergar nada, com Milly do meu lado. Minha garganta está fechada, e mal consigo soltar as palavras:

— Você ouviu.

— Aubrey Elizabeth. Como tem coragem de falar assim comigo? Peça desculpas agora.

Quase peço. O ímpeto de agradar meu pai é tão forte, tão impregnado por dezessete anos, que, apesar de tudo, sinto uma necessidade desesperada de fazer com que a raiva em sua voz desapareça. Apesar de ser *eu* quem deveria estar irritada. E estou, mas não com a força e a inflexibilidade que ele merece. É o tipo de raiva que vai desmoronar em um pedido patético de desculpas se eu continuar no celular.

— Não — consigo dizer. — Vou desligar. Não quero mais falar com você.

Desligo a ligação e o celular. Então guardo o aparelho no bolso, desabo feito uma pedra na grama e cubro o rosto com as mãos.

Escuto um farfalhar ao meu lado, e uma mão hesitante dá tapinhas no meu braço.

— Eita. Aquilo foi... eita. Eu não esperava por essa. Por nada daquilo — diz Milly. Não respondo, e ela acrescenta, quase para si mesma: — Eu não sabia que você era capaz de explodir assim.

Abaixo as mãos com um olhar crítico.

— Sério? Então você está concordando com meu pai sobre eu ser uma idiota que não faz nada? Valeu, Milly.

Os olhos da minha prima se arregalam, horrorizados.

— Não! Ah, meu Deus. Eu não quis dizer isso. É só que... Desculpa. Não sei consolar os outros. É óbvio. — Ela continua batendo no meu braço no automático, e tem razão. O gesto não é nem um pouco reconfortante. — O tio Adam é um idiota ridículo, e estou feliz por ter vomitado nele quando eu tinha dois anos — acrescenta ela, e eu rio.

— Você fez isso?

— Segundo a minha mãe.

— Ele nunca tocou no assunto. Não me surpreende. A gente não conversa sobre nada que estrague a imagem perfeita dele. Não devia ter falado nada sobre *aquilo*. — Engulo em seco. — Já é ruim ele ter traído minha mãe, mas precisava fazer isso com *ela*? A treinadora Matson é minha professora desde o ensino fundamental! Eu a idolatrava. Queria ser *igual* a ela. Eu até... Meu Deus, eu fui a idiota que apresentou os dois.

A cena ficou passando pela minha cabeça durante o mês todo: eu, puxando meu pai até a beira da piscina no meu segundo ano do ensino médio, insistindo para que ele finalmente conhecesse a mulher que me treinava fazia anos. Parando orgulhosa ao lado da minha treinadora jovem, linda, e do meu pai bonito, respeitado, feliz por conectar as duas pessoas que eu mais admirava no mundo. Nunca me ocorreu que eles pensariam um no outro de qualquer forma que não me incluísse.

Há muitas coisas ruins nessa situação, mas uma das piores é perceber que nenhum dos dois se importou muito comigo.

Lágrimas enchem meus olhos e escorrem por minhas bochechas. Não choro de verdade desde que meu pai deu a notícia no mês passado. No começo, fiquei chocada demais para reagir. Depois, como fiz minha vida inteira, segui a deixa dele. Como meu pai não queria tocar no assunto, não toquei. Meu pai agia como se aquilo fosse algo que aconteceu *com* a nossa família, não um ato dele. Como se fosse um acidente aleatório que ninguém poderia ter previsto ou evitado. Precisei me afastar quase cinco mil quilômetros para perceber como isso era um absurdo gigantesco.

Respiro fundo, tentando recuperar o controle, e acabo soltando um soluço alto, engasgado. Depois outro.

— Ah. Ah, não. Vai... hã... ficar tudo bem — diz Milly enquanto choro mais forte. — Tenho um lenço em algum lugar, espera... — Escuto o som da bolsa sendo revirada, e então a voz dela se torna um pouco desesperada. — Tá, não é um lenço, é um daqueles panos que a gente usa pra limpar os óculos. Mas é gostoso e macio. E mais ou menos limpo. Quer?

Aceito o pano com um meio sorriso e seco meus olhos.

— É verdade. Você é péssima nisso.

— Pelo menos fiz você rir. Mais ou menos. — Milly segura minhas mãos e me dá um puxão. Parece mais que ela está fazendo campanha política do que me consolando, mas tudo bem. — Sinto muito, de verdade — diz ela, sincera. — Nada disso é culpa sua. É normal querer que pessoas de quem você gosta façam amizade.

— Eles ficaram bem amigos mesmo — digo, desanimada. — A pior parte é que eu achei que os dois se gostassem por *minha* causa. Patético, né?

— Sim — responde Milly. Eu a encaro com outro olhar crítico até ela acrescentar: — Achei que estivesse falando do tio Crise de Meia-Idade e da treinadora Destruidora de Lares. Argh, ele é um clichê ambulante, né? E ela é igual.

Pisco para afastar as lágrimas.

— Está tudo uma loucura. Eu me sinto tão culpada que é difícil falar normalmente com a minha mãe, apesar de ela ter me dito um milhão de vezes que não tive nada a ver com o que aconteceu. Parei de nadar com minha equipe porque não aguento chegar perto da treinadora Matson. Acho que nunca vou conseguir voltar. Nem imagino como vão ser as competições no ano que vem depois que todo mundo descobrir. Ninguém da escola sabe ainda. Inclusive Thomas. Eu queria contar para ele, mas nunca encontrei o momento certo. Não sei se é um bom sinal para o nosso relacionamento o fato de eu ter contado tudo para a prima que conheço há menos de duas semanas antes de falar com o namorado com quem estou há quatro anos, mas provavelmente explica nosso término silencioso.

— O que vai acontecer? — pergunta Milly. — Com o bebê e tudo mais?

— Bom, ela quer ter o filho. Então vou ganhar um meio-irmão em algum momento no futuro. Talvez seja o menino que meu pai sempre quis. — Milly aperta minha mão com mais força, e acrescento: — Acho que meus pais não vão superar isso. Não sei como poderiam. E ele se recusa a arrumar um emprego de verdade e se sustentar. Então... na pior das hipóteses, acho que minha treinadora de natação pode virar minha madrasta. — Essa hipótese faz meu corpo inteiro estremecer, e deixo o calafrio percorrer meu corpo antes de lançar um olhar pesaroso para Milly. — Quero dizer, sei que você tem uma madrasta e tal, mas...

— Não é nem de perto a mesma coisa — diz ela, rápido. — Ninguém traiu ninguém. Meu pai só conheceu Surya depois do divórcio sair. E não foi ele que resolveu se separar.

Baixo a cabeça.

— Qual é o *problema* do meu pai? Ele podia ter se dado tão bem na vida. É como o Dr. Baxter disse: ele tinha tanto potencial e jogou tudo fora. E acabou virando uma pessoa tão... medíocre.

— Eu sei — diz Milly. — Penso a mesma coisa sobre minha mãe. Bom, ela não é horrível como o seu pai, mas... é *tão* fria. Não deixa ninguém se aproximar. Meu pai nunca conseguia fazer nada certo na opinião dela, e ele se esforçava tanto. E começo a pensar, tipo, que diferença faz? Se meu pai não foi bom o suficiente, eu não tenho chance. Ele é bem mais legal e paciente do que eu. — Milly dá um último aperto em minha mão, depois se apoia nos cotovelos e suspira. — A família Story é doida de verdade.

Fico mais surpresa do que deveria quando essa simples verdade me atinge. Apesar de saber que a família do meu pai não era das mais normais, considerava que havia algo... romântico, acho, sobre seus problemas específicos. Mas a verdade é que meu pai e os irmãos dele são completamente infelizes: ele, destruindo nossa família por causa de uma necessidade inconsciente de se sentir especial sem se esforçar para conquistar nada; tia Allison, afastando o tio Toshi e mantendo distância de Milly; tio Anders, tendo um relacionamento tão ruim com o único filho que JT pagou um impostor para desafiá-lo; e tio Archer, passando anos isolado por conta de um ou outro vício. Por um segundo, queria ainda estar no celular com meu pai. *Você precisa assumir seja lá o que tenha feito para Mildred lhe dar as costas*, eu diria. *Antes que a pessoa que você poderia ter sido desapareça para sempre.*

Mas seria inútil. Se existe uma coisa em que meu pai acredita sem hesitar é que ele é um gênio incompreendido.

Pisco para afastar as últimas lágrimas e tudo volta a entrar em foco. Só então percebo.

— A gente está... num cemitério? — pergunto a Milly.

— Ah. Estamos. Aqui era um pouco mais vazio, sabe? — Ela dá um sorrisinho. — E olha só do lado de quem a gente parou. É um encontro de família!

Sigo o olhar da minha prima até as letras entalhadas no túmulo ao nosso lado:

ABRAHAM STORY
AMADO MARIDO, PAI
E FILANTROPO
"FAMÍLIA EM PRIMEIRO LUGAR, SEMPRE"

— Que citação irônica — comenta Milly, e solto uma risada.

— Quer saber? — digo. — Meu pai tinha razão sobre uma coisa. *Só* sobre uma coisa — acrescento quando Milly levanta uma sobrancelha incrédula. Estou me sentindo mais leve e esperta depois de chorar, como se tivesse aberto cortinas que escondiam metade do que acontecia à minha volta. — Não devíamos ficar paradas, sem saber o que está acontecendo. Temos que fazer alguma coisa.

— Tipo o quê? — pergunta Milly, entrando imediatamente no modo de resolução de problemas. — Falar com Chaz? Talvez ele passe o contato de Edward Franklin.

— Pode ser, mas eu estava pensando em outra coisa. — Levanto e limpo meu short. — Vamos dar aquela entrevista a Hazel. E fazer umas perguntas também.

ALLISON, DEZOITO ANOS

Junho de 1996

Allison parou do lado de fora da porta do escritório da mãe ao ouvir vozes conhecidas.

— Descanso e exercício, Mildred. Essas duas coisas vão te ajudar muito — disse o Dr. Baxter enquanto fechava sua bolsa.

Ele não costumava atender pacientes em casa, ainda mais às nove da noite, mas sempre abria uma exceção para os Story. Especialmente nos seis meses após o repentino falecimento do meu pai, vítima de um ataque do coração, e a súbita preocupação excessiva de minha mãe com os próprios batimentos cardíacos.

— Parece instável — dizia ela, com a mão apertando o peito.

Mas Allison sabia qual era o problema do coração da mãe: ele estava partido.

— Eu vivo dizendo isso — comentou Theresa Ryan, assistente de Mildred e mãe de Matt. — Vamos contratar um professor de ioga, Mildred. É um exercício relaxante e muito bom. Cairia bem pra nós duas.

Theresa parecia mais estressada do que o normal. Ela havia se mudado para a Casa da Gatária alguns meses atrás, a pedido de mamãe — "é temporário, só até eu me adaptar", havia prometido

Mildred. Allison tinha certeza de que a assistente estava cansada da proximidade. Os medos constantes de Mildred e sua incapacidade de tomar até a menor das decisões não surpreendiam ninguém naquela fase do ciclo do luto, mas eram um incômodo para todos que estavam acostumados com os negócios dos Story funcionando como uma máquina bem lubrificada. Allison sabia que Adam também se sentia pressionado. A mãe jogava várias indiretas de que ele devia vir para casa com mais frequência no próximo semestre e assumir um papel ativo no gerenciamento de algumas propriedades da família.

— Todo o propósito de fazer faculdade fora é *sair daqui*! — Ele tinha reclamado ontem, enquanto os quatro irmãos se esparramavam em toalhas na praia diante da Casa da Gatária. — Não quero vir pra cá a cada dois fins de semana, como se eu fosse um caipira local.

— Alguém não sabe a definição de "caipira local" — disse Anders, a voz abafada sob o chapéu estilo Indiana Jones que ele jogara sobre o rosto. O restante dele também parecia pronto para uma escavação arqueológica, de calça de linho e blusa de mangas compridas.

Ao contrário dos irmãos, Anders ficava vermelho demais quando pegava sol, mesmo se enchendo de protetor. Porém, naquele dia, fazendo frescos vinte graus, ele parecia menos deslocado do que o normal. Allison usava um casaco de moletom e desejou não ter colocado um short.

— Você podia ajudar, sabe? — disse Adam, irritado. — Podia se oferecer pra voltar de vez em quando. Se a gente dividir as coisas, talvez não seja tão ruim.

— Não, obrigado. — Anders bocejou. — A mamãe finalmente resolveu cobrar a conta por tratar você como o queridinho. Esse problema é todo seu.

— Essa sua comparação nem faz sentido — resmungou Adam.

Agora, Allison batia de leve à porta do escritório da mãe antes de enfiar a cabeça lá dentro.

— Oi — disse ela enquanto três cabeças viravam na sua direção. — Que prazer ver o senhor, Dr. Baxter.

— Você também, Allison.

— Nós estamos saindo, mamãe. — Diante do olhar inexpressivo de Mildred, Allison acrescentou: — Pra festa de Rob Valentine. Lembra?

Archer tinha conseguido convencer os irmãos, até Anders, a dar as caras na festa de seu amigo naquela noite.

— Vocês quatro? — perguntou mamãe.

— Sim. Eu avisei mais cedo — respondeu Allison, tentando não demonstrar irritação. Na verdade, tinha avisado duas vezes, mas mamãe ignorava tudo que não queria escutar ultimamente.

O rosto de Mildred murchou de decepção.

— Esqueci. Achei que a gente pudesse fazer uma noite de jogos em família. Passei o dia inteiro pensando nisso.

— Bom... — Allison desejou que Adam estivesse ali. Ele tinha muito mais talento do que ela para lidar com as mudanças de humor da mãe. — Faz tempo que Archer não vê Rob, e nós prometemos...

— Ah, Mildred, deixe as crianças irem — incentivou Theresa. — É sexta à noite. Vocês têm o verão inteiro para ficarem juntos. — Mamãe ainda parecia indecisa, mas suspirou de um jeito conformado enquanto Theresa abria um sorriso carinhoso para Allison. — Acho que Matt também vai. Diga a ele que estou com saudades e que espero que esteja comendo alguma coisa além de miojo agora que está sozinho em casa.

O coração de Allison perdeu o compasso. O café que Matt tinha sugerido na semana anterior, antes da festa, não tinha acontecido, mas ela estava torcendo para se verem na festa de Rob.

— Pode deixar — disse ela, e saiu para o corredor antes que a mãe reclamasse.

— Este verão está uma porcaria — reclamou Anders enquanto os quatro irmãos Story atravessavam a rua do estacionamento na praia do Centavo até a casa de Rob Valentine. Ele fechou seu casaco de moletom grosso de Harvard até o pescoço e acrescentou: — Está um gelo desde que a gente chegou.

— O verão mais frio em dez anos — disse Adam na voz que usava sempre que compartilhava informações que achava que as outras pessoas já deveriam saber. — As marés estão enlouquecidas por causa disso.

— Que interessante — resmungou Anders, e então parou de repente quando passaram por uma moto inconfundível, verde fluorescente. — Ah, merda. O babaca do Matt Ryan veio.

— Acho que todo mundo veio — disse Archer, diplomático. Mas não conseguiu resistir à tentação de dar uma cotovelada em Anders, acrescentando: — A gente mora numa ilha com dezenove quilômetros, lembra? A vida noturna é meio limitada.

Allison continuou quieta. Ela estava torcendo para a raiva que Anders sentia de Matt ter passado após um semestre fora, mas não parecia ser o caso.

— Esquece esse cara — disse Adam, subindo a escada da varanda dois degraus por vez. Ele abriu a porta com um floreio e olhou para trás. — Ele não é ninguém.

Rob Valentine tinha se formado no ensino médio no ano passado e acabado de se mudar para uma casa nova — um dos chalés de aluguel que os turistas evitavam porque os donos não se davam ao trabalho de investir em manutenção. A grama no quintal era alta e amarelada, a tinta da fachada estava descascando, e uma das janelas da frente estava coberta por um papelão que não amenizava em nada o ar frio que entrava. O interior mal iluminado tinha sido tomado por uma música pulsante e pelo que parecia ser metade do atual e recém-formado corpo estudantil da escola da ilha. Allison comparou a cena barulhenta com as festas muito mais calmas que frequentava no internato, antes de se formar no mês anterior. Na escola preparatória Martindale, os alunos moravam no campus, assim como muitos dos professores, e isso acabava com a vida social de todo mundo.

Uma loura bonita exibindo uma coroa do Burger King na cabeça e segurando uma garrafa de batida apareceu cambaleando na frente dos irmãos Story assim que eles entraram.

— É meu aniversário — anunciou ela, falando arrastado, cutucando o peito de Adam com a garrafa. — Você é meu presente?

Ele sorriu, passando um braço pela cintura da garota.

— Posso ser.

— Archeeeeeer! — Um garoto que Allison reconheceu como Rob Valentine acenou loucamente do canto em que algumas pessoas sentavam em almofadas ao redor de uma mesa baixa. — Vem brincar do jogo da moeda!

— Eles já estão largando a gente — disse Anders enquanto Archer ia correndo até o amigo. — Vem — acrescentou ele para Allison, que observava, atônita, Adam e a aniversariante se atracando contra uma parede. Trinta segundos depois de chegar; um novo recorde para Adam Story. — Vamos pegar uma bebida.

Allison não gostava muito de passar tempo com Anders, mas não conhecia ninguém ali, então o seguiu até a cozinha dilapidada do chalé.

— Cerveja? — gritou ele por cima do ombro, e então pegou dois copos de plástico colorido de uma pilha na bancada sem esperar por uma resposta.

Havia dez pessoas na fila do barril, mas Anders se enfiou na frente de todo mundo, como se não tivesse percebido, e tirou a mangueira de um garoto assustado que estava enchendo o próprio copo.

— Algumas coisas nunca mudam, né? — perguntou uma voz seca.

Allison se virou para encontrar Kayla Dugas, a ex de Anders e a terceira participante do infame triângulo amoroso Matt-Anders-Kayla. Seu famoso cabelo que batia na cintura — ela nunca, na vida inteira, tinha cortado — estava jogado por cima do ombro em cachos soltos. Ela era sexy de um jeito natural, de blusa de alça preta e calça jeans, sem maquiagem além do batom cor de vinho na boca pequena e arredondada. Allison, que tinha sofrido para escolher uma roupa antes de se contentar com o conjunto moletom e short que Matt tinha chamado de "estilo despojado típico da ilha", de repente sentia como se tivesse dez anos de idade.

Kayla causava esse efeito nas pessoas. Ela não era exatamente antipática, mas indiferente de um jeito que deixava Allison frustrada. Se a vida fosse um filme, a garota local com quem Anders vivia terminando e voltando iria querer impressionar a família rica dele, mas Kayla sempre agia como se fosse a pessoa que deveria ser conquistada. Como resultado, nenhum dos Story simpatizava muito com ela além do pai de Allison, que dizia que a garota era revigorante.

"Acho que seu pai tem uma *paixonite*", comentara mamãe certa vez em um tom ácido, o que fazia Allison ter certeza de que ela ficava muito feliz com os frequentes términos de Anders e Kayla.

O mais recente, depois do rolo com Matt, também foi o mais longo. Anders tinha voltado do segundo semestre em Harvard jurando que jamais falaria com Kayla de novo, e Allison não ouvira o irmão tocar no nome dela desde então. Até...

— Kayla. — Anders entregou a cerveja de Allison para a ex, como se tivesse planejado trazer o copo para ela o tempo todo.

— Que surpresa.

— Anders. — Kayla aceitou o copo com um sorriso malicioso.

— Achei que não estivesse falando comigo.

Allison saiu de fininho antes de Anders responder. Ela nunca entenderia a dinâmica entre os dois: como seu irmão arrogante e dominador praticamente rastejava aos pés de Kayla em busca de afeto até conseguir o que queria e então voltava a ignorá-la. Ela ficou esperando chegar sua vez no barril, se sentindo invisível conforme Anders e Kayla se aproximavam cada vez mais, virando o centro das atenções do cômodo ao mesmo tempo que todo mundo fingia não olhar.

— Uma tragédia anunciada — murmurou alguém na orelha dela.

Allison se virou e encontrou Matt Ryan segurando dois copos de cerveja. Ele lhe entregou um, e ela empurrou o peito do garoto com um nervosismo parcialmente brincalhão.

— Corra antes que o Anders te veja! — disse ela em um sussurro frenético, mas Matt apenas riu.

— Anders só tem olhos pra Kayla — disse ele, mas deixou Allison puxá-lo para fora da cozinha mesmo assim. — Eu estava torcendo pra encontrar você aqui — acrescentou ele quando os dois saíram de vista, parando em um canto ao lado da escada.

Allison olhou para Matt, notando sua bochecha corada, seu cabelo bagunçado, seu sorriso torto. Parecia que ele estava na festa de Rob fazia um tempo.

— Valeu por ligar pra gente tomar café — disse ela, sarcástica.

Opa. Não era assim que queria começar. Ela pretendia fingir indiferença, como se não tivesse pensado no convite de Matt desde o dia em que ele tocara no assunto. Suas bochechas ficaram quentes, mas Matt apenas sorriu.

— Fala sério, você sabe que não posso ligar pra sua casa. Todo mundo lá desligaria na minha cara, menos você. — Ele soltou uma risadinha triste. — Bom, e talvez a minha mãe.

— Ela mandou um beijo e disse que espera que você esteja comendo bem — relatou Allison, obediente, e então quis ser engolida pelo chão. Nada era menos sexy do que passar um recado da mãe para um cara.

Mas Matt só riu.

— Não estou, mas não conta isso para ela. É bem capaz de ela ter um treco e mandar a irmã vir cuidar de mim. A última coisa de que eu preciso é ter minha tia Paula como colega de quarto. Ei, quer jogar o jogo da moeda?

Allison tomou metade de sua cerveja, enrolando. Não queria jogar nada. O que queria era conversar sozinha com Matt, mas não sabia como fazer isso em uma festa cheia de gente que ele conhecia, e ela, não.

A menos que pegasse emprestada uma das táticas registradas de Adam. Allison se abanou e franziu o cenho.

— Está tão quente aqui dentro. Pensei em dar uma volta. Quer vir?

— Claro — disse Matt, facilmente engolindo a desculpa que ajudara Adam a transar em todas as praias de Gull Cove, segundo ele.

Não que seja isso que eu queira, disse Allison a si mesma, tomando o restante da cerveja enquanto Matt e ela abriam caminho pela multidão na sala. Allison não gostava de festas. E, apesar de os irmãos terem a abandonado no instante em que chegaram, preferia que nenhum deles a visse com "o babaca do Matt Ryan".

Além disso, havia o problema que era Kayla. Se ela cansasse de Anders, podia voltar seu foco para Matt. E Allison não conseguiria competir.

Ela só esqueceu como estava frio, e começou a tremer assim que a porta da frente fechou às suas costas.

— Talvez essa ideia não tenha sido das melhores — disse Allison enquanto o vento ficava mais forte, fazendo suas pernas se arrepiaram.

— Não, a gente só precisa de reforços. — Matt abriu a jaqueta de couro e tirou uma garrafinha de uísque do bolso interno. — Calor líquido — disse ele com um sorriso, abrindo a tampa e a entregando para Allison. Ela hesitou, e ele ergueu uma sobrancelha provocadora. — A menos que prefira me largar aqui?

Allison tinha a impressão de que ele sabia exatamente no que ela estava pensando quando o convidou para fora. Seu primeiro instinto foi voltar correndo para o chalé. Até tomar um golinho do uísque, tão quente e aromático e reconfortante que tomou outro maior. De repente, a última coisa que queria era ser prudente.

Kayla não seria, pensou ela, e então se chutou mentalmente por pensar na ex de Matt bem naquela hora. A garota já ocupava tempo demais da sua família.

— Claro que não — disse Allison.

— Ótimo. — O sorriso de Matt aumentou, e ele passou um braço em volta dos ombros dela. — Estava torcendo pra você dizer isso.

9

Jonah

Não importa quantas vezes eu encare o celular, os números na minha conta bancária não mudam.

Conta corrente: 10,71 dólares, mas o total vai aumentar quando eu depositar meu primeiro salário do Resort Gull Cove. O pessoal do setor de pagamentos nem piscou quando falei para usarem o sobrenome North.

— Minha conta está no sobrenome de solteira da minha mãe — expliquei, e a única coisa que eles me falaram foi para entregar a papelada a tempo.

O número que está me matando é o da minha poupança: *0,00 dólares*. Cinco meses atrás, ela tinha o suficiente para pagar por dois anos de faculdade comunitária, onde eu pretendia arrasar, em termos de notas, enquanto trabalhava em meio expediente até conseguir pedir transferência para um curso de quatro anos em uma faculdade integral.

Eu seria a primeira pessoa da minha família a ter um diploma universitário, e faria isso sem pedir muito dinheiro emprestado, porque economizei cada cheque que ganhei de aniversário, cada centavo que recebi na sinuca dos meus pais, e todo dinheiro que me pagaram por aulas particulares ao longo dos anos. Eu continuava torcendo para ganhar bolsas de estudos, mas não *precisaria* delas. Tudo que eu conseguisse seria apenas a cereja no topo do bolo.

Então entreguei tudo para o meu pai, para uma oportunidade de investimento "imperdível" que dobraria tudo que tínhamos. Talvez até triplicasse. E aqui estávamos nós agora: uma poupança de zero dólar para mim, e a minha perda nem foi a maior aposta que a família North fez com Anders Story.

Um cliente insatisfeito perdeu todo o fundo de aposentadoria, a poupança para a faculdade do filho, e agora corre o risco de perder o pequeno negócio da família.

É irônico que o filho de uma das maiores vítimas do golpe de Anders Story agora esteja se passando pelo filho *dele*. Mas também é proposital. Eu tinha grandes planos para este verão, e é bem provável que todos tenham ido por água abaixo por causa de um prato de linguine de camarão.

— Cara. — A voz de Efram me puxa de volta para nosso quarto no dormitório do Resort Gull Cove. Não temos ar-condicionado, então o ventilador gigante de Efram faz um zumbido alto sobre sua escrivaninha, jogando uma lufada de ar em nós. Ar quente, mas é melhor do que nada. — Você não está mesmo escutando a porta?

Pisco para ele, finalmente registrando as batidas.

— Por que você não atende?

— Cara — repete Efram, gesticulando entre mim e a porta. Estou na minha escrivaninha. Ele está jogado na cama com o laptop apoiado nas pernas e um headphone gigante pendurado no pescoço. — Você está mais perto.

A responsabilidade por proximidade é uma das regras implícitas entre caras que dividem um quarto, então levanto sem reclamar. Quando abro a porta, Milly está parada lá, com Aubrey ao seu lado, erguendo um punho fechado.

— Finalmente — diz ela, entrando no quarto.

— Oi, meninas. E aí? — diz Efram com uma expressão confusa. Minhas "primas" não me visitaram nem uma vez desde que chegamos, há uma semana e meia.

— Viemos pegar o Jonah emprestado — diz Milly, girando um conjunto de chaves em um dedo. Eu me obrigo a manter os olhos em seu rosto e não no short curto que ela está usando, porque eu não deveria notar esse tipo de coisa. — Carson emprestou o jipe do resort pra gente hoje à tarde. Vamos nos encontrar com Hazel.

Ela fala como se eu devesse reconhecer o nome, mas minha mente não encontra registro algum.

— Quem?

— Hazel Baxter-Clement. A garota da cidade que está fazendo um projeto pra faculdade sobre a família Story. Lembra? Que tem o avô?

Meu estômago se revira, porque *sim*, eu lembro. Mal consegui olhar para aquela garota enquanto ela falava com a gente. Fiquei esperando que ela estragasse meu disfarce antes mesmo de eu pisar no resort.

— Sei — digo, tentando usar um tom despreocupado. — Por que a gente vai encontrar com ela?

— Pra entrevista — diz Milly, animada. — Aubrey e eu resolvemos aceitar. E *todos* nós precisamos ir. É uma coisa de família.

Ela continua girando as chaves, e vejo o ar de desafio nítido em seus olhos. Nós mal nos vimos desde que Milly descobriu quem sou, mas passei esse tempo todo tenso, esperando ela me dizer que vai me mandar para casa. Agora, parece que resolveu não fazer isso... contanto que eu siga suas ordens

E vou fazer isso, mas a situação não é das melhores. Ainda mais porque a tal da Hazel estudou a família Story. JT me passou algumas informações antes de eu vir, mas, levando em consideração que ele não se deu ao trabalho de me contar que é alérgico a camarão, não estou mais tão confiante.

— Achei que não quisessem falar com ela — comento.

Efram continua deitado na cama com o headphone no pescoço, sem nem tentar fingir que não está prestando atenção.

— A gente mudou de ideia — diz Milly. — Você vem ou não vem, *Jonah*?

A forma como enfatiza meu nome faz a decisão ser tomada por mim.

— Tudo bem — resmungo, pegando minha chave do quarto em cima da cômoda. — Mas não tenho muita coisa pra falar.

Ela revira os olhos.

— Você nunca tem. A gente se vê, Efram.

— Até logo, primos — diz ele, colocando o headphone.

Sigo Milly e Aubrey pelo corredor, mas espero chegarmos à escada, com a porta fechada atrás de nós, para perguntar:

— Isso quer dizer que vocês não vão contar pra ninguém?

Milly me encara com os olhos arregalados.

— Contar o quê? A gente não sabe nada sobre nada. Se alguma coisa estranha está acontecendo aqui, vamos ficar tão surpresas quanto o resto do mundo quando alguém descobrir. — Ela pressiona os lábios em uma linha fina. — E *vão* descobrir.

Milly se vira e começa a descer a escada, e Aubrey me dá um tapinha no ombro.

— Você não age muito como se fosse nosso primo — diz ela, sem maldade. — Mas continue tentando.

Ela segue Milly, e vou atrás, me sentindo cada vez mais aliviado.

— Mas vocês não vão contar nada? — repito. Só para garantir.
— Pro Carson, pros seus pais, pro JT ou pra... alguém?

Milly me faz esperar até chegarmos no fim da escada para me tranquilizar.

— Seu segredo está seguro com a gente, Jonah North.

Milly dirige o jipe emprestado do resort enquanto leio as últimas mensagens de JT. Não contei que as primas dele descobriram a verdade sobre nós, torcendo pela clemência que acabei de receber, mas falei sobre os convites de Mildred. Ele não ficou nem um pouco feliz com a ideia de eu passar tempo com a avó dele. Dá para notar por suas mensagens cada vez mais irritadas que ele nunca imaginou que a situação progrediria tanto.

Você devia fingir que está doente no dia do brunch
E da festa
Dá uma sumida até ela ficar de saco cheio
Isso tudo é só um joguinho pra ela

Sinto uma onda de satisfação amargurada quando guardo meu celular sem responder. Porque o negócio é o seguinte: se Mildred *não* estiver fazendo um joguinho, se estiver interessada de verdade em participar da vida dos netos, então JT está a um grau de separação de uma fortuna digna de Bruce Wayne. Estudo com algumas pessoas com a situação parecida com a de Milly, com dinheiro para comprar uma casa grande, carros bons e pagar a faculdade. Mas Mildred Story está em outro nível. Ela tem dinheiro para cacete e mais um pouco. Se JT receber parte disso, mesmo que seja pouco, sua família vai estar feita pelo resto da vida.

E prometi a mim mesmo, quando concordei com esse plano, que *não* deixaria isso acontecer.

Não contei a verdade toda para Milly quando ela me questionou sobre minha carteira de motorista. Se eu tivesse feito isso, ela teria me mandado embora na mesma hora. A verdade é que não concordei com o plano de JT por causa do pagamento extra nem pelas férias grátis. Concordei porque não é todo dia que você tem a chance de passar a perna nas pessoas e impedir que se tornem megamilionárias, especialmente quando essas pessoas são os Story. Não é nada pessoal contra JT, que é um babaca, mas inofensivo. Ele me ofereceu o emprego como o escrotinho privilegiado que é: um prêmio de consolo pelo que minha família perdeu por conta do seu pai. *Sem ressentimentos, né, Jonah? Essas merdas acontecem.*

"Essas merdas" não aconteciam de graça. Posso dar um desconto para JT. Mas para o pai dele?

Eu odeio para caralho aquele cara.

E JT com certeza *sabe* disso. O fato de ele ter me pedido que ocupasse seu lugar mesmo assim só mostra que ele é inteligente para os estudos, mas não para lidar com pessoas. Ele viu um emprego de verão generoso para um cara que precisa de dinheiro, e eu vi a chance de garantir que Anders Story continue deserdado da herança da família para sempre.

Eu teria vindo de graça.

Assim que combinei o plano com JT, comecei a sonhar com o que faria se ficasse cara a cara com Mildred Story. Como eu seria um babaca completo, tão ofensivo que ela fecharia com força qualquer porta que estivesse cogitando abrir para os Story. Como Anders Story saberia que tudo aconteceu por minha causa e desejaria nunca ter mexido com a minha família.

Quando conheci Mildred naquele primeiro dia, no escritório de Carson Fine, fui pego desprevenido demais para conseguir abrir a boca antes de ela nos dispensar. Estraguei meu disfarce e achei que já era. Agora parece que terei outra chance. Só que...

Parte da minha satisfação murcha enquanto observo o vento da janela meio aberta soltar as mechas do rabo de cavalo de Milly. Não estava contando em ter que me preocupar com essas duas no verão. Não imaginei que gostaria delas. Mas Aubrey é uma das pessoas mais legais que já conheci, e Milly... bom. Ela só me atazanou desde que nos conhecemos na barca, mas não posso culpá-la. E isso não me impediu de gostar dela mais do que deveria.

Não quero estragar as coisas para as duas. E se eu trair JT e Anders e acabar com a chance delas com Mildred também? E se elas me odiarem por causa disso?

— Ah, meu Deus. — Milly parece tão chocada que, por um segundo, tenho certeza de que leu minha mente. Mas então ela diminui a velocidade do carro e diz: — Acho que essa é a Casa da Gatária.

Olho para cima enquanto Milly estaciona o jipe, nos proporcionando uma bela vista da estrada curva à beira do mar e... puta merda. Uma casa enorme foi construída na beira de um penhasco alto que sobe direto do oceano, suas linhas brancas formando um contraste forte com as pedras pretas pontiagudas. A parte que vemos é formada praticamente por janelas do chão ao teto, que brilham sob o sol de verão. Um mirante com balaustrada de metal resplandecente cerca o telhado, e um parapeito de metal percorre uma seção reta na lateral da casa. Eu chutaria que existe uma piscina infinita ali. A vista de lá deve ser incrível.

Não me ligo muito em arquitetura, mas até eu consigo admirar como tudo é dramático. E gigantesco. O lugar parece quase tão grande quanto o Resort Gull Cove. Para *uma* pessoa. Meu peito aperta e, de novo, não há nada que eu queira mais no mundo do que impedir que Anders Story volte para cá. Espero que ele morra antes de conseguir pisar no palácio à beira-mar em que cresceu. Nem que eu mesmo tenha que matá-lo.

— Inacreditável — sussurra Milly, e meus pensamentos assassinos desaparecem. A maioria deles.

— Como será lá dentro? — pergunta Aubrey, melancólica.

Quanto mais tempo passo com Aubrey, mais acho que ela está pouco se lixando para o dinheiro. Ela só quer que alguém nessa família de bosta se importe com ela.

— Acho que a gente vai descobrir no domingo — diz Milly, voltando a pisar no acelerador.

As palavras foram despreocupadas, mas sua voz soa tensa enquanto a Casa da Gatária desaparece de vista. Os sentimentos de Milly sobre a família Story são mais difíceis de interpretar. Na barca, quando ela nos contou que sua mãe usou um colar de diamante para suborná-la, meu primeiro pensamento foi: "Ela é fútil. Gosta de conquistar coisas caras, igual a Anders Story." Mas Milly poderia facilmente ter se juntado ao grupinho dos Pipilos ricaços — era óbvio que o filho puxa-saco da senadora, Reid Chilton, estava babando por ela —, e não fez isso.

Passamos alguns minutos em silêncio até o jipe entrar em um terreno, a estrada tão comprida e serpenteante que não consigo ver a enorme casa colonial dos Baxter até chegarmos à metade do caminho.

— Ahh, que bonito — diz Aubrey quando nos aproximamos. — Eu vi na Internet que essa casa foi de um capitão que caçava baleias. Ela é tombada.

— Você *viu na Internet*? — repito, achando graça. — Estava stalkeando?

Ela dá de ombros.

— Hazel parece saber um monte de coisa sobre *nós*. Só estou sendo justa.

Milly guia o carro até ficar ao lado de um Range Rover preto.

— Então só vocês vão falar, né? — pergunto enquanto saímos do carro.

— Ah, não sei — diz Milly em um tom despreocupado. — Depende das perguntas que Hazel fizer, né? O tio Anders é uma parte fascinante da árvore genealógica dos Story.

Ela está achando graça demais no meu desconforto.

Aubrey toca a campainha, e escutamos um "Já vai!" abafado e o som de passos antes de a porta ser escancarada e revelar Hazel.

— Oi! — diz ela, se afastando para nos deixar entrar. Seus olhos analisam cada um de nós. Eu encaro o chão. — Vocês chegaram bem na hora. Pensei em fazer a entrevista na sala de estar, tudo bem? Meu avô já está lá.

— Claro — diz Aubrey.

Seguimos Hazel por um corredor cheio de fotos de família, de várias gerações.

— Só você e seu avô moram aqui? — pergunta Milly.

— Não, minha mãe também. Ela voltou depois que se separou do meu pai, alguns anos atrás — explica Hazel. Passamos por um salão de visitas formal, e fico feliz por não entrarmos, porque todas as cadeiras parecem dignas de um museu. A conversa já vai ser desconfortável o suficiente. — Mas ela viaja muito durante o verão. Dá tudo certo, porque venho passar tempo com o vovô nessa época. — Ela baixa a voz. — Temos uma enfermeira em tempo integral, mas a demência dele parece piorar quando não tem ninguém da família aqui.

— Mas você disse que ele estava bem hoje, né? — pergunta Aubrey em um sussurro esperançoso.

— Muito — responde Hazel enquanto entramos em uma sala ensolarada.

O ambiente é muito mais casual do que o restante da casa, com sofás diante de paredes pintadas com cores alegres. O avô está sentado em um canto do sofá maior, na frente de uma bandeja de madeira com um bule e uma xícara. Assim que olha para nós, vejo a diferença do homem que conhecemos no centro. Seu olhar não é exatamente atento, mas está bem mais focado.

— Vovô, os Story chegaram — diz Hazel, cruzando a sala até ele e servindo mais chá na xícara. — Esses são Aubrey, Jonah e Milly.

— É um prazer ver o senhor de novo, Dr. Baxter — diz Milly, alegre.

Aubrey repete o cumprimento, enquanto eu enfio as mãos nos bolsos e olho para o chão. A Operação Invisível começou.

— Minha nossa. — A voz do Dr. Baxter soa fraca. — Achei que eu tinha entendido errado, Hazel, mas eles estão aqui mesmo. — Olho para o Dr. Baxter, notando uma expressão de leve preocupação em seu rosto antes de ele abrir um sorriso forçado. — Que maravilha. Por favor, me perdoem por não levantar para falar com vocês direito. Não tenho a mesma firmeza de antes.

— Querem beber alguma coisa? — pergunta Hazel. Faço que não com a cabeça enquanto Milly e Aubrey resmungam "Não, obrigada", e Hazel gesticula para a sala, se acomodando ao lado do avô. — Podem sentar onde quiserem.

Sento o mais longe possível do Dr. Baxter, mas Aubrey faz o oposto. Ela se empoleira na beira do sofá angulado à direita dele, de forma que apenas uma mesa separa os dois.

— Sou filha de Adam — diz ela com um sorriso amigável. — Ele fala muito sobre como o senhor o ajudou a se recuperar depois que estourou o joelho na escola.

— Ah, bom. — O Dr. Baxter molha os lábios. — Adam era um rapaz muito determinado. Sim, era mesmo.

Aubrey parece querer dizer mais alguma coisa, mas Hazel pega um caderno que estava sobre a almofada ao seu lado e fala primeiro.

— Então, estou muito curiosa — diz ela, abrindo o caderno e tirando uma caneta da lateral. — Como foi crescer sabendo que poderiam ter tido uma vida completamente diferente se seus pais não tivessem sido deserdados?

— Nossa! — exclama Milly, piscando e usando o efeito cílios de Milly Story-Takahashi ao máximo. — Você foi direto ao ponto, né?

Hazel abre um sorriso pesaroso, mas continua empunhando a caneta.

— É muito interessante, do ponto de vista sociológico, saber como o conhecimento de uma vida paralela teórica pode afetar os objetivos e os desejos de uma nova geração.

Eu me encolho mais na poltrona, mas Milly se empertiga ao meu lado.

— Sabe outra coisa que é interessante? — pergunta ela. — O que as pessoas de Gull Cove acham que aconteceu entre nossa avó e nossos pais. Eu queria muito saber quais são as teorias locais.

— Ah, caramba. — Hazel solta uma risadinha culpada. — Vocês querem saber mesmo? As pessoas falam umas coisas bem absurdas.

Escuto um tilintar à minha esquerda quando o Dr. Baxter, que acabou de tomar um gole barulhento de chá, devolve sua xícara à bandeja e quase erra o pires.

— Quero, sim — confirma Milly.

Hazel puxa um brinco.

— Bom, a teoria mais popular é que sua avó teve um colapso nervoso depois que seu avô morreu. Tipo, ela passou um tempo isolada, se recusando a ver qualquer pessoa além dos filhos. E, depois, parou de querer ver *eles* também. Mas o vovô conhece a Sra. Story há anos e nunca achou que ela fosse mentalmente instável de verdade — acrescenta Hazel, se virando para o Dr. Baxter. — Não é, vovô?

— Bom, não — respondeu o Dr. Baxter, hesitante. Ele parece mais desconfortável do que eu, e isso é... interessante. Esqueço minha tentativa de desaparecer e me inclino para a frente, para ver melhor seu rosto. O movimento o faz olhar na minha direção, e seu cenho franze. — Você é tão diferente de Anders — diz ele de repente.

Merda. Eu me encolho de novo enquanto Milly diz, rápido:

— Quais são as outras teorias, Hazel? As "absurdas"? — Ela faz aspas no ar ao dizer a última palavra.

Hazel olha para mim, e esfrego meu rosto como se estivesse pensando. Apesar de eu estar mesmo me escondendo.

— Bom, é engraçado o que o vovô falou sobre Jonah — diz ela devagar. — Ele *não* parece com Anders, né? E Anders nunca se pareceu com mais ninguém. Tem gente que acha que Anders não era filho de verdade de Mildred, que Abraham teve um filho com uma amante e forçou a esposa a criar o bebê. — Os olhos de Aubrey se arregalam enquanto Hazel acrescenta: — Dizem que a Sra. Story queria deserdar Anders quando o marido morreu, e os outros filhos foram embora da ilha com ele, em solidariedade.

— Isso não aconteceria — diz Aubrey, tão rápido que eu rio.

— De jeito nenhum — concorda Milly.

— E tem umas coisas bem bizarras — diz Hazel. — Tipo, existe um boato horrível de que um dos *irmãos* de Allison a engravidou, e o restante tentou esconder. Mas Mildred descobriu e perdeu a cabeça. E que o bebê continua...

— O *quê?* — interrompe Milly com um grito agudo. O olhar dela seria capaz de matar alguém. — As pessoas dizem isso mesmo? Que coisa nojenta!

Hazel parece querer se esconder embaixo da mesa. Acho que, por alguns minutos, ela se esqueceu de que estava falando sobre uma família de verdade.

— Eu sei. Desculpa — diz ela, fechando a capa do caderno.

— Eu não quis... Olha, ninguém aqui acredita nisso de verdade. Sério. As pessoas só gostam de fofocar e inventar bobagens.

Milly encara Hazel como se estivesse prestes a explodir em lágrimas furiosas, e tenho a vontade irracional de bater em alguém. Não em Hazel, óbvio. Nem no avô dela. Mas em *alguém*. Até Aubrey, que sempre me pareceu o tipo de pessoa que prefere soltar insetos pela janela a matá-los, parece pronta para a briga. Suas mãos estão fechadas em punho ao lado do corpo quando ela diz:

— Acho mais fácil acreditar que eles mataram alguém do que acreditar *nessa* história.

Um baque barulhento toma conta da sala, quando o joelho do Dr. Baxter acerta com força a bandeja diante dele. As três garotas se viram para ele ao mesmo tempo enquanto o velho se atrapalha com a xícara, encarando o fundo dela como se estivesse decepcionado.

— Cadê meu chocolate quente? — pergunta o Dr. Baxter, movendo seu olhar perdido para algum ponto atrás do ombro de Hazel. — Katherine, está na hora do chocolate quente.

— Não está, não, vovô. Você não pode ingerir açúcar refinado. E minha mãe não está aqui — diz Hazel com um suspiro. Ela levanta e afasta a bandeja para uma distância segura do sofá. — Katherine é a minha mãe — acrescenta ela por cima do ombro.
— Acho melhor levá-lo pra deitar lá em cima. Não é um bom sinal quando ele começa a confundir as coisas.

Ela ajuda o avô a se levantar e lhe serve de apoio enquanto atravessam lentamente a sala. Ele ainda está murmurando sobre chocolate quente quando passa por Milly e Aubrey, que parecem muito nervosas. Tenho quase certeza de que nenhuma delas notou que o Dr. Baxter estava com o olhar focado e alerta em Hazel o tempo todo... até o momento em que deu uma joelhada na bandeja de propósito.

10

Milly

Eu admito. Exagerei na mala para o verão. Mas, quando me arrumei hoje cedo para minha reunião com Donald Camden em seu escritório, fiquei feliz por ter trazido meu vestido azul-marinho e minhas sandálias de salto. Eu estava indo para o mais perto de um ambiente corporativo em Gull Cove, e não queria chamar atenção. Mas, agora que estou acomodada na sala de espera elegante, não sei por que me dei ao trabalho. Não vi mais ninguém aqui além da recepcionista, que está lixando as unhas.

Ela atende a uma ligação — parece que alguém está tentando vender uma copiadora nova para ela — enquanto aliso um panfleto que tirei de um quadro de avisos intitulado EVENTOS DA ILHA no caminho para cá.

Sexta, 9 de julho
Venha fazer a festa com os Asteroides
A melhor banda cover dos anos 1980 da ilha Gull Cove
21h00, no Dunas

É bem brega, e só peguei o papel por causa da frase em letras miúdas no final: com ROB VALENTINE, JOHN O'DELL, CHARLIE PETRONELLI E CHAZ JONES.

Não sei o sobrenome do Chaz, o barman, mas não deve haver muitos caras com esse nome em Gull Cove. Chaz ainda não voltou ao trabalho, então não tive a chance de pedir o contato de Edward Franklin para ele. Seria ótimo se eu conseguisse falar com Edward antes do brunch com Mildred no domingo. Então... parece que vou à noite dos anos 1980 no Dunas. Talvez eu consiga convencer alguns Pipilos a vir junto.

— Srta. Story-Takahashi? O Sr. Camden está livre agora — chama a recepcionista.

Ela se levanta e gesticula para que eu a siga por um corredor com piso de mármore. Passo por uma fileira de salas vazias até finalmente ver uma moça curvada sobre um telefone, fazendo anotações afobadas em um bloco de papel. Todos da Camden & Associados devem estar de férias.

A recepcionista para na frente de uma sala com uma parede só de janelas de vidro, exibindo o cais de Gull Cove. Ela gesticula para eu entrar, e passo pela porta.

— Milly, olá. Que bom te ver de novo — diz Donald Camden.

Ele levanta de trás de uma mesa preta com acabamento tão brilhante que consigo ver meu reflexo quando me inclino para a frente e aperto sua mão. O escritório todo é decorado em preto, branco e prateado, inclusive a cadeira de aparência futurista em que Donald volta a se acomodar depois que sento.

— O senhor também.

— Obrigado, Miranda — diz Donald à recepcionista, que vai embora sem dar um pio, fechando a porta em silêncio.

Meus olhos passam para a fotografia grande, em moldura prata, no canto da mesa de Donald, esperando ver um monte de netos louros em poses artísticas. Em vez disso, é uma foto do Dr. Baxter, Donald e Theresa Ryan, todos usando roupas formais, parados no que parece ser a imponente escadaria de mármore do Resort Gull Cove.

A família substituta da minha avó, penso, me inclinando para olhar melhor.

— Que foto bonita. Foi no Baile de Gala do Verão?

— Sim, no ano passado — responde Donald, entrelaçando os dedos sob o queixo. Raios de sol entram pela janela às suas costas, refletindo em suas abotoaduras de ouro. — Fiquei muito feliz em saber que você está pensando em aceitar minha oferta de emprego, Milly. O que quer saber sobre a oportunidade?

Não faço a menor ideia. Eu não vim com nenhum plano além de estar no mesmo lugar que o cão de guarda favorito de Mildred, para ver se ele deixa alguma coisa escapar. Ou se consigo arrancar alguma informação.

— Só fiquei curiosa sobre, hum, que tipo de trabalho o escritório do seu amigo faz pro filme? Porque estou interessada em seguir carreira em Direito. Achei que talvez pudesse ajudar com essa parte.

Uma expressão indulgente surge no rosto dele.

— Infelizmente, a parte dos advogados é muito especializada, e também muito chata. Uma jovem como você não veria graça alguma.

Argh, esse babaca se acha. Sei bastante sobre trabalhos especializados de advogados por causa do escritório do meu pai. Mas Donald parece fazer o tipo que baixaria a guarda se eu der corda para ele bancar o expert, então pergunto:

— É, tipo, coisas de contrato?

Donald começa uma explicação enfadonha em que não presto muita atenção, porque estou pouco me lixando para aquilo. A conversa de ontem com Hazel me deixou abalada de verdade. Na noite passada, fiquei me revirando na cama, enojada com os boatos pervertidos que circulam pela ilha sobre minha mãe, sem serem desmentidos pelas pessoas que sabem o que aconteceu. Inclusive esse cara, que está disposto a pagar uma pequena fortuna para se livrar da gente.

— Que interessante — digo em um tom animado quando Donald finalmente faz uma pausa para respirar. — Parece uma oportunidade maravilhosa. Só estou meio dividida, sabe? — Mordo o lábio. — Fiquei animada com a ideia de conhecer minha avó. Nunca entendi o que aconteceu entre minha mãe e ela. Seria muito mais fácil ir embora se eu soubesse o que houve.

— Milly. — Donald balança a cabeça. — Esse é o tipo de conversa que você não deveria ter com a sua avó. Ela ficaria nervosa, o que só pioraria sua saúde frágil.

— É por isso que não estou perguntando a ela. Estou perguntando ao *senhor*. — Digo as palavras no tom mais inocente que consigo, e então acrescento um elogio. — A Sra. Ryan falou tão bem do senhor.

Theresa Ryan não me disse nada, na verdade. Só mandou um e-mail com instruções sobre o brunch, mas Donald não precisa saber disso.

— Que gentil da parte dela — diz ele, mas há uma tensão em sua voz que não consigo interpretar direito.

— Eu não contei a ela que vinha aqui — digo, caso essa seja a preocupação dele. — E também não contaria pra minha avó. Ela não precisa saber que tivemos esta conversa.

Donald se empertiga na cadeira, franzindo o cenho, e percebo que passei do limite com minha última frase.

— Eu jamais violaria a confiança de sua avó, Milly. Além de errado em termos éticos, isso também seria ilegal. Sou advogado dela, afinal.

— Certo, mas... — Mantenho meu sorriso falso no rosto e mudo de tática, apesar de saber que estou perdendo. — Mas o senhor não pode sugerir que ela converse com a gente sobre o que aconteceu? Pra acabar com a tensão? Talvez ela fosse uma pessoa mais saudável, e mais feliz, se colocasse tudo em pratos limpos.

Donald me encara com firmeza.

— Milly, quer o conselho de um homem mais velho?

De jeito nenhum.

— Claro.

— Deixe o passado como está. Você e seus primos parecem muito bem-ajustados, o que, pra ser franco, não era o caso dos seus pais com a mesma idade. Abrir velhas feridas não vai levar a lugar algum. Muito pelo contrário. — Ele abre um sorriso que deve acreditar ser charmoso como o de um avô. — Agora, posso ligar pro meu amigo e confirmar que você e seus primos vão trabalhar nas filmagens de *Agente anônimo*?

É óbvio que ele não vai me contar nada útil, mas pelo menos tenho a satisfação de ver o sorriso desaparecer do seu rosto quando digo:

— Não.

Está quente no Dunas, e é difícil conversar com os outros, porque os Asteroides estão tocando um cover do Journey no último volume. Chaz está nas sombras, em um banco no fundo do palco. Só consigo enxergar sua calça jeans e a ponta da guitarra dele.

— Milly! Quero te fazer uma pergunta — grita Brittany no meu ouvido, mais alto que a música.

Estamos apertadas em uma mesa com Efram, Aubrey e dois outros participantes do programa Pipilo. Atrás de nós, Jonah joga sinuca com um cara mais velho que não reconheço. Provavelmente algum morador da ilha, já que a clientela é formada mais por locais do que turistas. Efram trouxe uma garrafinha com rum e está batizando todas as nossas Cocas, menos a de Aubrey. Estou naquele momento divertido e levemente bêbado da noite em que todo mundo começa a parecer mais legal do que o normal, então abro um sorriso radiante para Brittany, apesar de não nos falarmos muito.

Ela bate no meu braço, e percebo que não respondi.

— O quê? — grito de volta.

A banda acaba a música, e a multidão solta gritos animados, pedindo por mais.

— Seu primo tem namorada? Ele é tão bonitinho.

Sigo o olhar de Brittany até Jonah, que está se preparando para uma tacada, o cabelo castanho-escuro caindo em um olho, os músculos do seu braço se flexionando. Sendo bem objetiva, sim, aquela é uma pose muito atraente. E seu rosto é mesmo bem bonito: nariz reto, lábios fartos, maxilar quadrado. Ainda parece esquisito, e um pouco errado, notar essas coisas. Assim como aconteceu na barca, quando me dei conta de que o cara gato que eu estava secando na escada era o meu primo.

Só que, agora, não é mais.

Jonah olha para o lado e encontra meu olhar, então pisca e abre um sorriso travesso antes de fazer sua tacada. Minhas bochechas coram, e viro para Brittany, que está olhando para nós dois com uma expressão confusa.

— Você devia ir lá. Ele acabou de piscar pra você — digo.

— Acho que ele não estava... — começa Brittany.

Giro o gelo no meu copo antes de terminar de beber tudo.

— Sabe de uma coisa? Não sei se Jonah tem namorada. A gente não é muito próximo, mas vou descobrir pra você.

A familiar abertura de piano de "Don't Stop Believin'" começa a tocar quando deslizo para fora do banco, e a multidão enlouquece. Jonah está terminando sua Coca com rum, encarando a bola branca como se tivesse sido traído, quando cutuco seu braço com o meu.

— Não vai me dizer que errou a bola — digo.

O cara local com quem Jonah está jogando se inclina sobre a mesa com o taco na mão.

— Dá licença, menina — diz ele, alto, enquanto o vocalista da banda de Chaz berra a letra atrás de nós.

Reviro os olhos e dou um passo para o lado. Jonah semicerra os olhos para mim e abre um sorrisinho.

— Eu estava distraído — diz ele.

— Para com isso.

— Parar com o quê?

— De dar em cima de mim.

— Não estou dando em cima de você. — Jonah apoia o taco na parede com um sorriso preguiçoso. É óbvio que o álcool está batendo nele com a mesma força que em mim, porque nunca o vi tão relaxado antes. — Você é meio metida, né?

— Você *piscou* pra mim!

— Foi uma piscada de primo. Do tipo que diz: "E aí, prima, espero que esteja se divertindo stalkeando o barman da nossa avó." Não "Oi, Milly, você está bem bonita hoje." — Ele inclina a cabeça para perto da minha. — Apesar de você estar.

— Você é ridículo — resmungo, tentando não sorrir. Droga. Faz quase um ano que não me interesso por alguém, e não posso começar agora. Este verão já está absurdo demais sem acrescentar essa complicação. — Vou voltar pra mesa.

— Não. — As mãos de Jonah cercam minha cintura por um instante, e ele me gira para encarar a mesa de sinuca enquanto faço questão de evitar o olhar incrédulo com que Brittany deve estar nos encarando. — Ele já errou, então é minha vez de novo. E você dá sorte.

Eu devia ir embora. Para quem não sabe o que está acontecendo, esta cena deve ser bizarríssima. Mas, apesar de eu saber lidar com o Jonah babaca e o Jonah impostor, não tenho a menor noção de como agir com esta versão. Fico parada ali enquanto a banda continua tocando e Jonah dá a volta na mesa como se fosse dono dela. Ele acerta quatro tacadas rápidas mais a bola preta, e, rápido assim, a partida acaba. O oponente de Jonah une as mãos como se estivesse rezando, fazendo uma mesura exagerada que, de algum jeito, ainda parece meio respeitosa. Então ele estende a mão para os dois baterem os punhos fechados antes de desaparecer no meio da multidão. A banda termina a música sob aplausos altos, mas, em vez de começarem a próxima, preferem a conversar no palco.

— Um dia desses, você vai me explicar onde e como conseguiu esse talento todo — digo enquanto Jonah guarda seu taco no suporte da parede. Digo isso como um elogio, mas o sorriso confiante desaparece do rosto dele como se eu o tivesse apagado com uma borracha.

Antes de eu conseguir pedir desculpas — nem sei pelo quê —, o vocalista dos Asteroides se inclina para o microfone. Ele tem o mesmo visual local de Gull Cove que o cara que Jonah acabou de vencer: bronzeado demais, castigado pelo tempo e aparentando ser mais velho do que é.

— Boa noite, galera, e valeu por terem vindo — diz ele. — A gente está quase acabando por hoje, mas, antes de irmos embora, vamos mudar um pouquinho as coisas. Nosso guitarrista, que normalmente gosta de ficar escondido, pediu pra gente fechar com sua música favorita. Então vamos dar uma salva de palmas pro Chaz!

— Vamos escutar — digo para Jonah, voltando para a mesa onde Aubrey, Efram e Brittany continuam sentados. Ele me segue, chegando tão perto que, quando me viro de repente, quase damos de cara um no outro. Seria melhor eu chegar para trás, só que não faço isso. — Ah! Mais uma coisa. Eu vim descobrir se você tem namorada. — Minha voz parece mais ofegante do que eu pretendia, e tento usar um tom indiferente quando acrescento: — Pra Brittany.

Jonah me encara por um segundo, seus olhos castanhos brilhando com o reflexo da luz do palco.

— Não — responde ele. — Não tenho namorada. Mas não estou interessado na Brittany.

Meu rosto está quente demais.

— Tudo bem. Entendido — digo, me virando antes que ele consiga notar meu rubor.

Chegamos à mesa assim que Chaz surge no centro do palco, piscando como se não soubesse exatamente como chegou ali. Mesmo de longe, ele parece desmazelado. Tenho certeza de que ele continua naquela bebedeira de dias que é motivo de fofoca entre todo mundo no Resort Gull Cove.

Volto para o meu banco, evitando o olhar de Brittany. Chaz murmura:

— Esta vai pra minha família — diz ele, sua voz falhando no microfone, e dedilha um acorde familiar.

A banda o acompanha segundos depois, e Aubrey se empertiga no banco.

— Essa é... — começa ela.
— Do Weezer — diz Brittany. — "Africa".
— Não. — Efram se inclina para a frente. — A versão original é do Toto. Essa banda faz covers dos anos 1980, lembra? — Ele franze um pouco o cenho. — Essa música é bem... coisa daquela época, né? Tipo, eles provavelmente nunca foram à África, mas resolveram fazer uma música sobre ela mesmo assim. Dá muita vergonha alheia.

Ele tem razão, mas não é nisso que estou pensando enquanto tento fazer Aubrey olhar para mim. Será que a música foi tão parte da infância dela quanto da minha, ou o tio Adam nunca compartilhou essa parte específica da tradição dos Story? Será que Aubrey viu o vídeo dos irmãos Story cantando "Africa" a plenos pulmões quando eram pequenos?

Aubrey está vidrada no palco, então passo meu olhar para Chaz. Ele inclina a cabeça e fecha os olhos enquanto canta o refrão... *Ahhhh.*

Ah, meu Deus.

Eu me levanto na mesma hora, abrindo caminho com o ombro em meio à multidão até quase chegar na frente do palco. Já estive mais perto de Chaz no Setes do que estou aqui, mas o vejo com clareza sob as luzes fortes do palco.

Não acredito que demorei esse tempo todo para perceber.

Assim que a música termina, sob aplausos, Chaz larga a guitarra e levanta a mão para o barman enquanto sai do palco. Eu o sigo até o bar, mas fico presa atrás de um grupo de caras da minha idade. Preciso começar a respirar pela boca quando o cheiro de um monte de perfumes diferentes me cerca.

— E aí, Milly, como vão as coisas? — diz Reid Chilton, abrindo um sorriso enorme enquanto estico o pescoço para ver o que está rolando atrás dele.

Chaz parece um pouco apavorado, mas também determinado. Como se tivesse acabado de perceber que precisa fugir, mas não está disposto a fazer isso sem uma bebida na mão.

— Ótimas, mas não posso conversar agora — digo, brusca, abrindo espaço entre ele e outro garoto de blusa polo azul.

O segundo garoto ri quando eu passo.

— Eita, Reid. Ela não está *nem um pouco* a fim de você.

Continuo abrindo caminho pela multidão até chegar perto o suficiente para agarrar a manga de Chaz. Puxo-a com força, e ele se vira. Os olhos que encontram os meus são tão familiares que fico irritada comigo mesma por não ter percebido antes. O zumbido de conversas é alto ao nosso redor. Mesmo assim, baixo a voz, aproximando meus lábios da sua orelha para ele conseguir me escutar.

— Oi, tio Archer — digo. Os olhos do irmão caçula da minha mãe se arregalam quando acrescento: — Foi você que nos trouxe aqui?

11

Aubrey

— Não estou nem de perto bêbado suficiente pra esta conversa — resmunga tio Archer, passando a mão trêmula pela boca.

— Ah, está, sim — diz o vocalista da banda, sério.

Estamos na casa dele agora. Ou melhor, no chalé *atrás* da sua casa, onde o tio Archer mora. Não parece grande coisa visto de fora, mas por dentro o lugar é surpreendentemente grande e limpo.

O vocalista se chama Rob Valentine; ele se apresentou para nós no Dunas. Ele tem uma empresa de pintura de casas na ilha e era amigo do tio Archer no ensino médio. Sem ele, o tio Archer provavelmente teria fugido pela porta dos fundos do Dunas assim que Milly usou seu nome verdadeiro.

— Anda — disse Rob, mais ou menos puxando o tio Archer para um SUV surrado da Honda no estacionamento. Milly, Jonah e eu os seguimos, chocados demais para fazer qualquer coisa além de observar. — Pare de se esconder. Conte às crianças o que está acontecendo.

— Vou contar lá em casa — murmurou o tio Archer quando finalmente cedeu e se deixou ser empurrado por Rob para o banco do passageiro do Honda. E desmaiou na hora, ou pelo menos fingiu.

O caminho até a casa de Rob foi curto, só dando tempo de ele perguntar, sem graça, como estavam nossos pais. Então passamos por outra odisseia interminável de tirar o tio Archer do carro, levá--lo para o chalé e para um sofá pequeno. Ele está sentado agora, mas desmoronado em cima das almofadas xadrez enquanto Rob senta na extremidade oposta do sofá. Milly, Jonah e eu estamos lado a lado no futon diante deles, esperando.

Por fim, tio Archer pigarreia e diz:

— Então... não era bem assim que eu pretendia me apresentar pra vocês. — Seu olhar segue na nossa direção, mas não foca a gente de verdade. — Parando pra pensar, eu não devia... — Ele perde o fio da meada, e Milly se remexe ao meu lado. Ela exala impaciência para receber uma explicação. — Eu não devia ter tocado aquela música.

Milly se empertiga, franzindo o cenho.

— É *assim* que quer começar? Com a escolha da música?

— Aquela música é meio que minha — diz tio Archer, como se Milly estivesse querendo uma explicação e não expressando frustração. — Bom, era da nossa família, na época em que a gente morava aqui. Imagino que sua mãe deva ter contado. E o pessoal daqui...

Ele para de falar, e Rob conclui em seu lugar.

— O pessoal lembra. Nada como ser discreto, *Chaz*.

— Meu disfarce já foi por água abaixo — murmurou tio Archer. — Na semana passada.

— Você não tem certeza disso — diz Rob com uma paciência tolerante, como se já tivesse usado esse argumento antes. — Ele ainda não falou nada, né?

Milly e eu trocamos olhares confusos.

— Quem não falou nada? — pergunta ela. — Do que estão falando?

— Conta pra eles, Archer — diz Rob. — Desde o começo.

Em resposta, a cabeça do tio Archer cai para a frente. Todos nós ficamos esperando ele voltar a falar, até Rob suspirar e nos encarar com um olhar pesaroso.

— Talvez hoje seja uma daquelas noites em que é melhor deixar ele dormir pra bebedeira passar — diz ele.

— Tão cansado — murmura tio Archer.

Milly observa os dois com um olhar avaliador. Depois se levanta e vai para a cozinha. Quando volta, está com um copo cheio de água pela metade. Ela para na frente do tio Archer, ergue o copo e joga a água na cara dele.

Seus olhos se arregalam, chocados, mas alertas.

— Mas que porra é essa? — Gotas de água escorrem da barba dele e encharcam sua camisa enquanto ele passa a manga da camisa pelo rosto.

— A gente merece respostas — diz Milly.

— Olha só. — A voz de Rob é gentil, mas firme. — Eu entendo que estejam frustrados, mas seu tio não está se fazendo de difícil porque quer. Vocês estão lidando com uma pessoa doente e, infelizmente, o vício tem dessas coisas às vezes.

Milly abre a boca, depois a fecha, e desaba de novo sobre o futon, corada. É a primeira vez que a vejo parecer envergonhada, e preciso admitir... fico feliz por ela estar assim. Normalmente, gosto de seu jeito determinado, mas ver o estado do tio Archer faz meu peito doer. No caminho para cá, Milly disse que a gente devia ter percebido quem ele era antes, mas nem imagino como poderíamos ter feito isso. Minha última lembrança do tio Archer é dele bonito e risonho, sentado no chão comigo, construindo uma cidade de Lego quando eu era pequena. Não há nada familiar nessa versão dele, a menos que preste muita atenção.

— Desculpa — diz Milly baixinho.

— Tudo bem — responde tio Archer, piscando os olhos ainda molhados. — Eu mereci. E, olha, quem diria? Resolveu o problema. — Ele solta uma risada trêmula e seca o restante das gotas de água da barba. — Também preciso me desculpar com vocês. Com todos vocês. No Dunas, você me perguntou se fui eu quem os trouxe pra cá. E a verdade é que sim.

E aqui está: a resposta para um mistério de duas semanas. Mas isso só causa mais perguntas e, pela primeira vez, Milly parece relutante em fazê-las. Jonah é basicamente inútil, já que está com medo demais de dizer a coisa errada, então acho que sobrou para mim.

— Por quê? E como?

Tio Archer lança um olhar desejoso para o copo descartado de Milly, como se desejasse que ainda estivesse cheio e com algo mais forte do que água.

— Tudo começou com Edward. Vocês se lembram de Edward Franklin?

Ele nos encara com um olhar questionador, e nós concordamos com a cabeça. Milly se recupera o suficiente para me dar uma cotovelada e um sorriso convencido, já que ela passou a semana inteira insistindo na questão de Edward Franklin.

— Bom, Edward e eu nos conhecemos por meio de um amigo em comum em Boston, no inverno passado, e nos demos bem — continuou o tio Archer. — Quando descobri onde ele trabalhava, parecia que era o destino. Eu andava pensando muito na família, na nossa casa, e só... quis voltar. Mas eu sabia que não podia dar as caras por aqui como Archer Story. Pedi a Edward pra me arrumar um emprego como barman no resort, e a Rob pra fingir que eu era um amigo de fora da cidade enquanto me aclimatava.

— Se aclimatava? — repito, e Archer abre um sorriso amargurado para mim.

— No começo, eu tinha uma fantasia idiota de que daria de cara com a mamãe em algum momento, e toda a raiva que ela guardava desapareceria. Que ela perceberia que quer fazer as pazes tanto quanto eu. Mas isso não aconteceu. Não vi nem sinal dela esse tempo todo. Ela vive muito isolada. Mesmo quando vai ao resort pra resolver alguma coisa, só se encontra com certas pessoas.

Eu chego um pouco mais perto da ponta do futon.

— Tio Archer, você sabe o que a carta queria dizer? — Ele franze o cenho, e explico: — A carta que Donald Camden mandou? "Vocês sabem o que fizeram?" Você, hum... sabe o que fez?

— Não tenho a menor ideia. — Ele abre as mãos em um gesto desamparado. — Nunca entendi o que ela quis dizer. Eu daria tudo pra entender.

Essa é a mesma resposta que meu pai sempre me deu, e que sempre aceitei sem questionar. Porém, agora que sei como meu pai pode ser falso e mentiroso, vejo sua resposta sob uma nova ótica — seus olhos se apertam um pouquinho, sua mandíbula trinca, suas narinas se expandem. Pequenos tiques que fazem eu me perguntar o que ele pode estar escondendo. Mas, quando analiso o rosto do tio Archer, não vejo nada disso. Só encontro tristeza e confusão.

— Você já pensou em tentar visitar a vovó? — pergunto.

— O tempo todo — responde ele. — Só que, quanto mais tempo passo aqui, mais me dou conta de que estava me enganando quando pensei que poderia voltar a fazer parte da vida dela.

Adam, Anders, Allison e eu... nenhum de nós pode fazer isso. Seja lá o que aconteceu pra mudar o que a mamãe sentia, não desapareceu em mais de vinte anos. Nosso capítulo do legado dos Story terminou há muito tempo. E então eu me deparei com uma matéria sobre *você*, Aubrey.

Inclino a cabeça, confusa.

— Sobre mim?

— É. Sua equipe de natação participou daquela competição nacional que apareceu no *USA Today*. Eu li a matéria e fiquei pensando de novo no quanto a nossa família é dividida. Parecia um desperdício eu saber tão pouco sobre a sua vida que nem fazia ideia de que você era uma nadadora de elite.

— Não sou de elite — digo, minhas bochechas corando. — Aquilo foi coisa da equipe.

— Mas foi uma conquista enorme! — insiste tio Archer, e preciso piscar para afastar as lágrimas que surgem de repente. Meu pai nem foi naquela competição. Ele disse que não estava se sentindo bem, mas provavelmente não queria encontrar a namorada enquanto estava junto com a esposa. — Fiquei orgulhoso de você, e queria poder te dar os parabéns. Mas fiquei com medo de isso parecer esquisito, tão do nada, já que a gente mal se conhece. Então pensei na mamãe e em como *ela* nunca conheceu nenhum de vocês. Falei pra Edward que, se ela fizesse esse contato, talvez percebesse o erro que cometeu quando cortou a família toda de sua vida. E foi aí que a ideia tomou conta de mim.

Milly segurou a língua o tempo todo em que tio Archer e eu conversávamos, mas ela não consegue mais ficar quieta.

— A ideia de trazer a gente aqui usando uma mentira? — pergunta ela.

Suas palavras são duras, mas o tom de sua voz, não. Tio Archer abre um sorriso triste.

— Pareceu bem mais inocente na minha cabeça, mas sim. Em resumo, acho que é isso. Edward já estava fazendo planos de ir embora de Gull Cove, de toda forma, então o convenci de convidá-los em nome da mamãe. — Ele pigarreia. — Eu não tenho o melhor relacionamento com nenhum de seus pais, então não contei pra eles. Achei que perdoariam minha mentira se as coisas acontecessem como eu planejei.

Minha cabeça está começando a doer com todas as informações novas que tento processar.

— Foi você quem contou pra *Gazeta de Gull Cove*?

— Sim — admite tio Archer. — Achei que isso faria a gente ganhar um tempo, já que a mamãe se importa muito com as aparências. Só não achei que vocês fossem encontrar com ela no primeiro dia. Mas isso foi bom, porque... eu tinha razão, não tinha? Ela *quer* conhecer vocês. Ela os convidou pra irem à Casa da Gatária e ao Baile de Gala do Verão, né?

— Bom, sim, mas só depois de passar duas semanas ignorando a gente. Então parece mais que ela está tentando manter as aparências do que fazer as pazes. — Milly franze o cenho, balançando a cabeça. — Quero dizer, qual é o plano em longo prazo? Você acha que ela nunca vai descobrir que foi você que trouxe a gente pra cá?

— Ah, não. — Archer parece chocado com a ideia. — Eu pretendia contar tudo pra mamãe depois do baile. — Ele esfrega o rosto com a mão. — Numa carta, provavelmente. Acho muito difícil ela aceitar falar comigo pessoalmente.

Milly o encara como se uma segunda cabeça tivesse acabado de brotar nele.

— Mas ela vai ficar furiosa por você ter aprontado uma coisa dessas. Você nunca vai ser "desdeserdado".

Tio Archer arqueia as sobrancelhas.

— "Desdeserdado"?

— Você entendeu. Voltar pro testamento. Virar herdeiro de novo — diz Milly. — Não é isso que quer? Era isso que a minha... que nossos pais estavam querendo — acrescenta ela, olhando primeiro para mim, depois para Jonah. — Né?

Jonah pigarreia.

— Com certeza é o que os meus... hã... pais querem.

— Os meus também — digo.

— Bom. — Archer pisca. — Isto vai parecer meio ingênuo, imagino, mas tudo que eu queria de verdade era que ela conhecesse vocês. E vice-versa.

Ficamos em silêncio por um minuto, absorvendo aquilo. Eu quase não acredito. Um Story que não se importa com sua fortuna perdida? É algo que vai contra a tudo que sei sobre a família do meu pai. Mas a verdade é que não consigo visualizar nenhum jeito dessa história acabar bem para o tio Archer. Mesmo que nossa avó acabe gostando de ter a gente aqui — e a chance disso acontecer é *minúscula* —, ela ainda teria sido enganada pelo filho caçula. E nós já sabemos que não é do seu feitio perdoar os outros.

— Enfim, tenho certeza de que vou ser demitido da próxima vez que eu aparecer no trabalho. — Tio Archer suspira e olha para o chão. — E é por isso que estou evitando ir lá. Por assim dizer.

— Por quê? — pergunto, e então me lembro da conversa dele com Rob antes. *Meu disfarce já foi por água abaixo.* — Alguém te reconheceu?

Tio Archer faz uma careta.

— Fred Baxter. Que azar da porra. Ele era médico da nossa família quando eu era garoto, e sofre de demência agora. Dei de cara com ele na Farmácia do Mugg na semana passada. Ele estava sozinho, parecendo perdido, e imaginei que tivesse fugido da cuidadora. Ofereci ajuda, e ele disse: "Não, obrigado, Archer. Quero passar um tempo sozinho." — Tio Archer balança a cabeça. — Lá estava eu, achando que o cara não conseguia nem achar a porta, e ele é a única pessoa na ilha inteira que não caiu na história de que sou Chaz Jones. Ele me perguntou onde eu estava ficando e... fiquei tão atordoado que *contei*.

— Bom, ele pode ter se esquecido — digo em um tom consolador. — Nós o conhecemos. Ele parece se esquecer de tudo.

— Vocês conheceram o Dr. Baxter? — pergunta Archer.

Ao mesmo tempo, Jonah pergunta:

— Mas será que esquece mesmo?

Olho de um para o outro, mas Jonah não diz mais nada, então respondo ao meu tio.

— A gente falou mais com a neta dele, mas ele estava... lá.

Então calo a boca, porque de jeito nenhum vou cair na armadilha de repetir os boatos horrorosos de Hazel.

Tio Archer parece confuso.

— Certo, bom... não importa se Fred Baxter se lembra de mim ou não. Depois que eu contar a verdade pra mamãe, vou ter que ir embora daqui. — Ele se inclina para a frente, com os cotovelos nos joelhos, parecendo muito exausto. — Vocês devem estar achando que fiquei doido. E talvez tenha ficado mesmo. Mas minhas intenções eram boas.

Meu celular vibra. Eu o tiro do bolso sem muito interesse, mas meus olhos se arregalam quando vejo o nome na tela.

Thomas: *Como vão as coisas?*

Quase rio. Você vai precisar de muito tempo livre para se inteirar, Thomas. E por que ele resolveu falar comigo *agora*, depois de passar duas semanas sumido?

Mas eu sei o motivo; porque parei de pensar nele.

Thomas tem um sexto sentido para essas coisas. Passei anos o enchendo de atenção e recebendo apenas migalhas em troca. Essa dinâmica só muda quando eu me afasto, mesmo que seja inconsciente da minha parte. Tipo no ano passado, quando ele não quis ir comigo ao baile de primavera porque "bailes são um saco" até eu virar dupla de um menino novo na aula de biologia e não conseguir tirar da cabeça como os olhos dele eram bonitos, de um castanho intenso. Nunca nem toquei no nome do garoto, mas Thomas percebeu que eu não estava tão vidrada nele quanto o normal. E, de repente, resolveu ir ao baile comigo, como se sempre tivesse planejado fazer isso.

Porque Thomas só presta atenção de verdade nos outros quando a adoração que ele acredita merecer começa a perder a força. Igual ao...

Ah, meu Deus. Quando a ficha cai, quero vomitar. Não só por me sentir enojada comigo mesma por ter aturado Thomas por tanto tempo, mas porque só *agora* me ocorreu que estou namorando basicamente *a versão adolescente do meu pai*.

Milly me cutuca com o cotovelo, me trazendo de volta ao presente.

— Você concorda, Aubrey? — pergunta ela.

Olho ao redor. Todo mundo está me encarando, com exceção do tio Archer. Ele está desmoronado sobre as almofadas do sofá, como se o impulso de energia que o motivou pela conversa tivesse desaparecido.

— Com o quê? — pergunto.

— Vamos pensar sobre tudo, dormir e deixar para conversar de novo amanhã — diz Milly.

— Eu só... — Tio Archer gesticula com a mão, atrapalhado,

e derruba no chão uma pilha de cartas que estava na mesinha ao seu lado. — Droga. O que é tudo isso? — pergunta ele enquanto me abaixo para pegá-las.

— Sua correspondência — diz Rob, demonstrando impaciência pela primeira vez naquela noite. — No mesmo lugar que eu sempre deixo.

— Ah, é só propaganda — murmura tio Archer. — "Querido morador, blá-blá-blá."

Dou uma olhada nos envelopes que seguro.

— Você recebeu uma carta — digo, esticando um envelope que diz *Archer Story* na frente, em uma caligrafia bonita. Não há selo nem endereço, como se alguém simplesmente o tivesse enfiado na caixa do correio.

— Recebi? — Tio Archer pega o envelope com ar perplexo e o abre. — Quem mandaria uma carta pra mim? Ninguém nem sabe que estou aqui além de... — Ele tira uma única folha de papel de dentro, a ruga entre seus olhos ficando mais funda enquanto ele lê. — Isso... não entendi nada.

— O que é? — Tiro o papel de sua mão, que não resiste, e o viro para mim. Passo os olhos pelas frases breves, então encontro os olhos do meu tio. Seu ar confuso é igual ao meu. — Acho que ele acabou lembrando.

— Quem? — pergunta Milly. — Lembrando de quê?

Levanto as sobrancelhas para tio Archer em uma pergunta silenciosa e, quando ele concorda com a cabeça, leio a carta em voz alta.

Archer,
Não consigo ficar em paz desde que nos vimos no outro dia.

*Há coisas que eu deveria ter contado para você há muito tempo.
E, infelizmente, meu tempo está acabando.
Você faria a bondade de se encontrar comigo?
Um abraço,*

Fred Baxter

ALLISON, DEZOITO ANOS

Julho de 1996

— Oi, Matt, aqui é Allison. Então, *Independence Day* está sendo exibido no cinema da ilha, e pensei em ir assistir no próximo fim de semana. Adoro essas invasões alienígenas. Quer ir comigo? Você pode ligar pra cá e me avisar, ou sei lá. Certo, depois a gente se fala. Tchau.

Assim que Allison desligou o telefone, começou a andar de um lado para o outro do quarto, cheia de vergonha. *Adoro essas invasões alienígenas?* Qual era o problema dela? Por outro lado, que diferença fazia o que ela disse ou deixou de dizer? Matt não havia respondido seus dois recados anteriores, então provavelmente apagaria este último sem nem escutar. Tinha chegado a hora de encarar os fatos: aquilo que ela achava ter sido um momento romântico na praia durante a festa de Rob Valentine, que talvez mudasse sua vida (ou pelo menos mudaria seu verão), tinha sido coisa só de uma noite.

Matt Ryan estava ignorando ela.

Nas três semanas desde a festa de Rob, ela só o viu uma vez, quando ele entregou flores para o escritório com vista para o mar de Donald Camden. Allison tinha chegado ao ponto de entrar atrás dele, ensaiando a desculpa do "Ah, eu só vim deixar um negócio pra minha mãe". Mas Kayla Dugas, que tinha conseguido um emprego de verão no escritório, na equipe de limpeza, alcançou Matt primeiro.

— Oi, sumido — chamou ela, empurrando seu esfregão na direção dele com um reboladinho que fez Matt rir.

Mesmo usando um uniforme azul largo e luvas de plástico, Kayla era linda. Allison se escondeu atrás de uma coluna, mas sua presença teria sido invisível de toda forma. Os dois não tiravam os olhos um do outro, e ela acabou saindo de fininho.

Allison tinha justificado o silêncio de Matt para si mesma com várias desculpas. *Ele está bancando o indiferente. Está preocupado com o que a mãe vai dizer. Ele se sente intimidado pela minha família.* Mas tempo demais tinha passado para qualquer uma dessas coisas ser verdade.

O que era uma droga, mas nem de perto seu maior problema agora.

De repente, o quarto de Allison parecia apertado demais, solitário demais. Ela saiu para o corredor, tentando escutar sinais de vida pela Casa da Gatária. Seus irmãos a tinham convidado para ir à praia, mas ela queria estar sozinha quando ligasse para Matt. Só para o caso de ele atender, o que parecia ridículo agora.

Mamãe devia estar em algum lugar. Ela quase não saía mais de casa.

Allison desceu com passos silenciosos e, conforme o esperado, a mãe sentava à mesa diante da janela da cozinha, analisando catálogos de decoração. Recentemente, ela havia trocado os ladrilhos atrás do fogão duplo da Viking por azulejos italianos pintados à mão, depois resolvido que eram "chamativos" demais e precisavam ser substituídos.

— Allison, o que acha destes? — perguntou ela, exibindo a página do catálogo enquanto a filha se aproximava da mesa.

Allison olhou para uma página cheia de azulejos brancos comuns.

— Você vai deixar Theresa de coração partido, sabe? — disse ela.

Theresa tinha encomendado os azulejos italianos, e Allison concordava que eram lindos. Eram pequenas obras de arte que davam cor e alegria à cozinha. Mas mamãe precisava de uma distração que a permitisse ficar dentro de casa, e tinha escolhido redecorar.

— Bom, Theresa não mora aqui, não é? — perguntou mamãe, voltando o catálogo para si.

— Na verdade, mora — lembrou Allison. E então, porque estava naquele ponto da paixonite não retribuída em que se aproveitava de qualquer desculpa para tocar no nome dele, acrescentou: — Matt deve sentir falta dela.

— Garotos dessa idade não sentem saudade da mãe — rebateu mamãe. — Nem prestam atenção no que dizem. É uma verdade universal que conheço muito bem. — Sua voz endureceu enquanto ela virava uma página no catálogo. — Anders voltou a sair com aquela garota, né?

— Que garota? — perguntou Allison, apesar de saber muito bem que a mãe se referia a Kayla. E mamãe tinha razão; fosse lá o que Kayla tinha com Matt, agora havia voltado aos velhos hábitos com Anders.

Os lábios de mamãe se estreitaram enquanto ela passava as páginas mais rápido.

— Ele está ficando velho demais pra essas bobagens. Há tantas garotas maravilhosas em Harvard, do tipo com quem ele pode construir um futuro. Seu pai e eu já estávamos noivos no nosso segundo ano.

Allison teria rido se a mãe não parecesse tão séria.

— Anders tem dezenove anos, mamãe. Ele não está pensando em casar.

— Mas garanto que *ela* está — fungou mamãe. — É melhor ele tomar cuidado se não quiser acabar encurralado.

Aquela conversa estava se tornando desconfortável em muitos sentidos.

— Vou ver se os meninos voltaram — disse Allison, levantando.

— Quero todos em casa hoje para o jantar — disse mamãe sem tirar os olhos do catálogo.

— Estaremos aqui — prometeu Allison.

Ela saiu rápido da cozinha, passando pelo corredor que levava ao vestíbulo, e quase esbarrou em Theresa, que aceitava uma entrega na porta da frente.

— Oi — arfou Allison, forçando um sorriso. Meu Deus, tomara que ela não tenha escutado a conversa na cozinha.

Mas Theresa apenas abriu um sorriso distraído.

— Oi, Allison. Bem ali — disse ela para o entregador, que empurrou o carrinho que abrigava uma caixa grande, retangular, para dentro do vestíbulo. — Uma escultura nova — acrescentou ela para Allison. — Outra de bronze.

— Ah. — Não era preciso dizer mais nada. A mãe de Allison estava passando por uma fase maníaca por bronze, e cada escultura era mais feia que a outra. Era um feito heroico que Theresa conseguisse não rir ao falar delas. — Você viu os meninos?

— Na garagem — disse Theresa, apontando para a porta ainda aberta. A BMW conversível vermelho-cereja de Adam era visível pelo batente. — Acho que eles vão ao centro.

— Sério? — Allison se animou. O centro seria um destino útil. Ela saiu correndo pela porta, acenando loucamente enquanto Adam dava a ré.

— Que foi? — perguntou ele com impaciência, pisando no freio.

— Vou com vocês — disse Allison, sentando no banco de trás com Archer. — Tenho um negócio pra resolver.

A Hurley Street estava lotada, e Adam teve que diminuir a velocidade para um devagar quase parando por causa do trânsito dos turistas. Allison observou o irmão ajeitar os óculos Ray-Ban no espelho retrovisor e flexionar o bíceps bronzeado que apoiava na janela do carro. Adam adorava se mostrar para os outros e achava que Gull Cove inteira era seu palco.

— Como a gente não consegue achar uma vaga? — reclamou ele, como se não estivessem no auge da temporada de turistas. — Espero que a Samambaia Doce não esteja lotada.

— Vou dar um pulo na loja de revistas em quadrinhos primeiro — disse Archer, olhando de soslaio para Allison.

Só ela sabia o motivo: ele estava a fim do cara bonitinho que tinha sido contratado como caixa naquele verão. No Natal, Archer contara a Allison que era gay, e ela tinha ficado emocionada com o fato de ter sido escolhida para ser a primeira da família a saber. O plano dele era contar para a mãe também, mas esse plano foi por água abaixo após a morte do pai. De acordo com Archer, a hora certa nunca tinha aparecido depois disso.

— Guarda um lugar pra mim? — pediu ele para Allison.

— Primeiro vou à farmácia — disse ela.

Anders bocejou alto no banco da frente.

— Vou com você. Preciso de um aparelho de barbear.
— Eu compro — respondeu Allison, rápido.
Ele fez um barulho desdenhoso com a garganta.
— Você vai comprar o errado.
— Não se você me disser qual quer.
— É mais fácil eu ir. Além disso, não tenho dinheiro pra te dar.
— Eu pago — disse Allison, tentando manter um tom despreocupado. Ela realmente não queria Anders atrás dela na farmácia, mas, se ele soubesse disso, faria questão de ir.

Anders se virou no banco para encará-la.
— É um aparelho artesanal que custa mais de duzentos dólares. Você quer pagar pra mim?
— Claro. Tudo bem — murmurou Allison. Ainda bem que existiam cartões de crédito.

Anders recitou os detalhes sobre o aparelho de barbear ridiculamente caro enquanto Allison olhava para a rua.
— Entendi — disse ela.
— Ah, maneiro! Vejam só. — Um carro saiu de uma vaga perfeita bem na frente deles, e Adam estacionou a BMW com maestria. — A onda de sorte continua — vangloriou-se ele enquanto colocava o carro em ponto morto. Vagas sempre apareciam para Adam. Era tão irritante.
— Meus parabéns — disse Allison, inexpressiva. — A gente se encontra na Samambaia Doce.

Assim que Adam desligou o motor, Allison saiu do carro sem esperar pelos irmãos. Eles tinham parado bem na frente da farmácia, e ela caminhou rápido pela calçada cheia até chegar ao inconfundível toldo listrado de marrom e branco. Ela puxou a porta, fazendo soar um sininho discreto.

— Olá, Allison. Como posso ajudar hoje? — O filho de vinte e poucos anos do Sr. Mugg, Dennis, estava atrás do caixa. É *claro* que estava. Não podia ser um cara qualquer que tinha ido passar o verão lá e que ela nunca mais veria.

— Oi — disse ela, forçando um sorriso. — Bom, primeiro, preciso do aparelho de barbear AS com um lado cego da Zephyr pro meu irmão. Ele disse que fica atrás do balcão?

— É verdade. Ótima escolha — disse Dennis, tirando um molho de chaves do cinto. Ele abriu o armário de vidro às suas costas e pegou uma caixa de veludo preto, como se Allison estivesse comprando uma joia. — Ele é um bloco sólido de aço inoxidável com acabamento fosco — disse Dennis, abrindo a caixa para revelar o aparelho no interior. Allison precisava admitir que, no que se referia a aparelhos de barbear, aquele era bonito. Talvez Anders pudesse pendurá-lo na parede, já que mal precisava fazer a barba. — Muito compacto e ergonômico. Você quer um conjunto de lâminas também?

Anders não tinha especificado lâminas. Como elas deviam custar mais duzentos dólares, ele podia comprá-las por conta própria.

— Não, só o aparelho.

— Mais alguma coisa? — perguntou Dennis, colocando a caixa dentro de um saco de papel marrom e branco.

— Sim, vou pegar e já volto. — Allison abriu a bolsa e disse as palavras que garantiriam que Dennis não tentaria puxar papo quando ela voltasse. — Preciso de absorventes.

Ela se enfiou em um corredor antes de Dennis ficar vermelho e começar a gaguejar. Ele ainda não tinha dominado a arte da expressão facial indiferente quando se tratava de produtos de higiene feminina.

Pelo menos a farmácia estava vazia. Uma música baixinha soava pelos alto-falantes enquanto Allison seguia para o fundo da loja. Ela pegou uma caixa de absorventes e depois andou um pouco mais ao longo da prateleira para encontrar aquilo que realmente queria.

Teste rápido de gravidez
Resultado em cinco minutos!
Confiável depois de duas semanas da concepção

Antes de pegar um teste de gravidez na prateleira e jogá-lo dentro da bolsa, Allison deu graças a Deus pelo Sr. Mugg ser antiquado o suficiente para não ter instalado câmeras de segurança. Então ela se virou e congelou.

— Ora, ora. — Anders estava parado a alguns metros dela, com um sorrisinho que não deixava dúvidas que ele tinha visto o que ela pretendia roubar. — O que temos aqui?

12

Jonah

Um toque persistente me acorda na manhã de sábado. Meu quarto está abafado e quente. Eu afasto o emaranhado de lençóis antes de me esticar para o chão e pegar meu celular. Efram já saiu, provavelmente tendo um turno cedo na piscina. Só preciso estar no Setes ao meio-dia e, apesar de já passar das dez, posso dormir por mais uma hora. E teria feito isso, se não fosse por... *Ah, droga.*

Meu pai. Quero deixar a caixa postal atender, mas não posso. Sei por que ele está ligando.

— Oi, pai — digo, sentando. — Como foi o pedido de recuperação judicial?

— Adiado — diz ele.

— Como é?

— Sua mãe e eu precisamos de mais um tempo para terminar nosso plano de recuperação. Então pedi ao credor pra aumentar o prazo até semana que vem, e ele aceitou.

— Tudo bem — digo, hesitante. — Isso é bom ou ruim?

— É bom. Vamos ter mais chance de ficar com a Império.

Império é a Sinuca Império, batizada em homenagem ao filme favorito da minha mãe, *Império dos discos, uma loja muito louca.*

Meus pais a compraram quando eu era pequeno demais para me lembrar de como era a vida antes de a Império se tornar o negócio da família. Minha primeira memória é do aniversário de dois anos da loja, quando eu tinha cinco. Meu pai carregou minha mãe no colo pela porta, comigo seguindo atrás, para o que parecia ser a maior festa do mundo. Mas, olhando em retrospecto, depois de mais de dez anos, provavelmente só havia nossos parentes, alguns dos pedreiros e encanadores que tinham se tornado clientes habituais e um monte de balões lá dentro.

Não fazia diferença. Eu amava aquele lugar. Parecia mágico para mim; um espaço em que eu podia aprender uma brincadeira nova e onde os adultos eram sempre felizes. Levei anos para entender que boa parte da diversão vinha das garrafas atrás do bar e que o barman, Enzo, vivia tendo que ser diplomático ao parar de servir os clientes que tinham bebido demais. Mas nada nunca saía do controle na Império. Era escura, bolorenta e com o chão grudento? Sim, mas era meu segundo lar.

— Jonah? — A voz do meu pai me traz de volta à realidade.

— Você ainda está aí?

— Estou — respondo. — Você disse que teria mais chance de ficar com a Império. Mas isso ainda não é certo, é?

— Nada é certo. Estamos fazendo o melhor que podemos.

Quando trabalhei no turno da noite na Império, na véspera de vir para Gull Cove, eu sabia que ela podia fechar antes da minha volta para casa. Achei que estava preparado. Mas sempre que meus pais me ligam para dar notícias, meu estômago embrulha com ressentimento e ansiedade. Nada parece se resolver. Sempre há atrasos, reuniões com credores e um monte de termos judiciários que não entendo. É uma morte lenta e, apesar de eu ter dito para os meus pais que queria que me contassem tudo, estou começando a preferir ser poupado dos detalhes.

— Mas vocês continuam abertos, né? — pergunto.
— Continuamos — diz meu pai. — Estamos tentando diminuir os gastos. — Algo na forma como ele pigarreia me dá certeza de que não vou gostar da próxima coisa que vai falar. — Tivemos que mandar Enzo embora, infelizmente.
Nunca detestei tanto estar certo.
— Pai, qual é? — reclamo.
Enzo é barman na Império desde que ela abriu, além de ser o único cara que ainda consegue me vencer em uma partida de bilhar. Ele também é engraçado, leal e, para mim, mais um tio do que um cara que trabalha para os meus pais.
— Como vocês tiveram coragem de demitir Enzo!? — pergunto. — Ele faz parte da Império! Ele se mata de trabalhar! — Minha voz soa ríspida e estranha aos meus ouvidos, como se eu tivesse engolido alguma coisa que me arranhou.
— Ele sai caro, Jonah. Precisamos tomar decisões difíceis.
— Ele é uma *pessoa*. Você não pode simplesmente colocar uma cifra nele e deixar por isso mesmo.
— Se está achando... — Meu pai ergue a voz para o mesmo tom que eu, mas então para. Ele respira fundo, se recompondo. Quando fala de novo, sua voz é quase normal, só um toque emocionado. — Se acha que demitir o Enzo não partiu meu coração e o de sua mãe, está enganado. A gente não tinha escolha.
Você teve a escolha de ignorar Anders Story, quase digo, mas me seguro bem na hora. Não é como se ele não soubesse disso.
— Tudo bem, então... — Perco o fio da meada quando escuto uma batida forte à porta. — Espera, chegou alguém. Vou ver quem é e já volto.
— Não, pode ir fazer suas coisas — diz meu pai, parecendo tão aliviado quanto eu com a possibilidade de desligar. — Não tenho mais informações por enquanto. — Ele pigarreia de novo.

— Talvez eu mande uma mensagem pra contar as novidades da próxima vez.

A vergonha por ter tratado ele mal apunhala meu peito, mas ainda estou irritado demais sobre Enzo para transformá-la em um pedido de desculpas.

— Tudo bem — digo, e desligo. Deixo o celular cair sobre o meu travesseiro com um resmungo frustrado e enfio as mãos no cabelo, puxando os fios até doer. Outra batida soa à porta, mais alta do que antes. — Já vou! — digo, irritado. — Calma lá.

Essa é uma coisa que Enzo sempre diz, algo que usava comigo quando eu começava a encher o saco para ele tirar um intervalo e jogar sinuca comigo. *Calma lá, garoto. Preciso trabalhar.* Mas que droga. Se eu continuar pensando assim, não vou conseguir fazer nada hoje. Eu me obrigo a respirar fundo duas vezes, depois levanto e sigo para a porta, passando a mão pelo meu cabelo bagunçado quando vejo meu reflexo no espelho sobre a cômoda. Não que isso importe. Deve ser Reid Chilton, querendo pegar minha pasta de dente emprestada de novo.

Mal abro uma fresta na porta quando alguém a escancara com um empurrão. Não é Reid.

— Você viu isto? — pergunta Milly, enfiando o celular na minha cara.

— Bom dia pra você também — resmungo, mas meu humor melhora um pouco quando a vejo. Pego uma camisa pendurada na minha cadeira, e as bochechas de Milly coram quando ela nota que estou só de samba-canção. Bem feito para ela por dar as caras por aqui em um horário tão absurdo quanto... certo, dez e meia. Talvez eu já devesse ter acordado. — Cadê a Aubrey? — Não costumo ver uma separada da outra.

— Sendo salva-vidas — responde Milly.

Ela está maravilhosa, como sempre, em um top branco rendado, short bege e sandálias complicadas, cheias de tiras. Quando minha cabeça passa pela gola da camisa, seus olhos estão focados em um ponto acima do meu ombro enquanto continua com o celular esticado.

— O tio Archer tinha razão — diz Milly. — Ele fez besteira quando tocou aquela música. A *Gazeta de Gull Cove* ataca de novo.

— Ataca com o quê?

Pego o celular dela e inclino a tela para conseguir ler. Sinto um aperto no peito assim que vejo a manchete acima da seção Estilo de Vida.

A SAGA DOS STORY CONTINUA: ESTARIA O FILHO PERDIDO ARCHER ESCONDIDO EM PLENA VISTA?

— Bom, mas que merda — digo, passando os olhos pela matéria. Ela só afirmava que "várias fontes" alegavam que um homem parecido com Archer Story tinha tocado no Dunas na noite passada. — Como isso virou notícia? E as pessoas perceberam quem ele era só por causa da porra de uma música do Toto?

Milly suspira.

— Estamos em Gull Cove, lembra? As pessoas são obcecadas pelos Story.

— É melhor eu avisar JT — digo. — Meu plano era esperar até Archer conseguir conversar com Mildred, mas agora que todo mundo sabe... — Envio o link para mim mesmo e devolvo o celular de Milly. Então pego o meu na cama e mando a matéria para JT com uma mensagem pedindo que me ligue. — Você acha que ele leu?

— JT? — pergunta Milly com ar duvidoso.

— Não. Archer.

— Não sei. — Ela morde a junta do dedão. — Já liguei e mandei um monte de mensagens pra ele hoje cedo, mas não recebi resposta.

— Está cedo. Ele deve estar dormindo — digo, então fico com medo de que pareça que dei a entender que Archer está "desmaiado" e acrescento: — Eu estaria, se você não tivesse aparecido.

— É, mas eu pensei... sei lá. Achei que ele iria querer falar com a gente de novo o mais rápido possível — diz Milly.

Os ombros dela murcham, e sinto aquela sensação estranha e apertada no meu peito que sempre aparece quando Milly fica triste.

— Ele vai dar notícias daqui a pouco. — Falo com mais confiança do que sinto, porque existe uma boa chance de o estresse da noite passada ter levado Archer Story a outra sessão de bebedeira. Bem, se aquela situação não fez isso, a história de hoje com certeza vai fazer.

— Talvez ele esteja conversando com o Dr. Baxter — diz ela.

— Se eu fosse ele, não conseguiria esperar. Aquela carta era bem esquisita.

O Dr. Baxter é esquisito, ponto final. Milly e Aubrey ficaram tão nervosas naquele dia na casa de Hazel que nunca contei o que achei ter visto — ele batendo na mesa de propósito, para interromper a conversa sobre os boatos em torno dos irmãos Story. De toda forma, o gesto não pareceu importante no momento. Estávamos desconfortáveis, e fiquei aliviado quando ele interrompeu a visita. Só após Aubrey ler a carta na noite passada que me ocorreu que ele poderia ter feito aquilo porque Hazel estava prestes a nos contar algo que ele não queria que soubéssemos.

"Há coisas que eu deveria ter contado para você há muito tempo", dizia a carta. Se eu fosse Archer Story e tivesse passado mais de vinte anos me perguntando por que fui deserdado da fortuna da família, provavelmente ficaria sóbrio o suficiente para bater à porta dele assim que o sol raiasse.

— Você deve ter razão — digo.

Milly levanta o braço para prender uma mecha de cabelo atrás da orelha, e aquele relógio que ela usa o tempo todo escorrega por seu braço. Tanto o Dr. Baxter quanto Archer Story desaparecem da minha mente quando chego mais perto e passo a ponta dos dedos pela pulseira de ouro polido.

— Você já pensou em ajustar o relógio pra ele caber no seu braço? — pergunto.

— Não. — Ela o remove com facilidade e o entrega para mim.

— Era do meu avô. Não mostra mais as horas.

Viro o relógio. Ele é pesado e ainda está quente da pele dela, com o metal liso e brilhante.

— Por que vive com ele então, se não funciona?

— Eu gosto — responde Milly.

Há uma inscrição na parte de trás do relógio: *Omnia vincit amor. Sua para sempre, M.*

— Ele foi presente de Mildred? — pergunto. Milly concorda com a cabeça. — O que significa?

— O amor vence tudo. — Seus lábios se retorcem enquanto Milly levanta um ombro. — A menos que esteja falando dos filhos dela, imagino. Ou dos netos.

Quando se trata da imagem que transmite para o mundo, Milly não brinca em serviço. Eu arrastei sua mala gigante por tempo suficiente para saber que ela se importa *muito* com as aparências. Então é interessante que a única coisa que ela usa todo santo dia seja um lembrete quebrado de que foi excluída.

Pego sua mão e deslizo o relógio de volta para seu pulso.

— Mildred é doida por nunca ter dado uma chance pra vocês antes de ter sido obrigada por Archer. Você sabe disso, né? É ela quem tem um problema, não vocês.

— Estou ciente disso. — Milly revira os olhos. — Mas valeu pela sessão de terapia grátis.

— Tenho mais pra compartilhar. — Ainda estou segurando a mão dela. — Você sabia que o sarcasmo é um mecanismo de defesa?

Ela observa meu quarto, olhando para todo canto, menos para mim.

— Você sabia que seu quarto é uma zona de calamidade pública? Você viu que tem uma cômoda, né? E que suas roupas podem ficar lá dentro?

— Fugir do assunto *também* é um mecanismo de defesa.

Os lábios dela se curvam.

— Defesa contra o quê?

— Talvez da sensação de ter sido abandonada.

Milly ri um pouco, me lançando um daqueles olhares por baixo dos cílios que sempre fazem meu coração acelerar. De repente, eu me lembro de uma conversa que tive alguns dias atrás com Efram, quando ele me contou como chamou sua namorada para sair pela primeira vez quando ela parou ao seu lado em um sinal vermelho, balançando a cabeça junto com a música que ele estava escutando.

"Você tem que aproveitar as oportunidades quando aparecem", disse ele. "Quem sabe quando vai aparecer outra?" Eu tinha pensado em Milly nessa hora, e em como é impossível ter chance com uma pessoa depois que você finge ser primo dela na frente de todo mundo.

Mas, agora, somos só nós dois.

Mantenho um tom despreocupado, porque não quero deixá-la nervosa.

— Ou talvez você esteja se sentindo atraída por alguém que não deveria.

— Ah? — Ela levanta uma sobrancelha. — Tipo quem?

— Um torcedor do Red Sox — digo, e ela solta uma risadinha. — Um idoso local, talvez? Um parente de mentira. Pode ser qualquer um deles.

Milly puxa a mão para longe, mas não de um jeito irritado.

— Acho difícil.

— Não lute contra seus impulsos — digo na minha melhor imitação de voz profissional. — Reprimir as coisas não faz bem.

Agora ela ri de verdade. Uma risadinha quase aguda, o que é inesperado. É tão fofo que vasculho meu cérebro em busca de outra coisa engraçada para dizer. Mas então ela cruza os braços, seus olhos voltando para aquele ponto acima do meu ombro.

— Você voltou com essa história — diz ela em um tom acusador.

— Que história?

— De ficar dando em cima de mim.

— Não estou fazendo isso. — Espero um instante. — A menos que esteja a fim. Está?

Ela se esforça para não sorrir.

— Você devia usar uma calça pra esta conversa.

Esse me parece o oposto de como eu preferia que as coisas acontecessem, mas não vou discutir com ela agora.

— Justo. Você pode...?

Gesticulo para ela, e Milly se vira para encarar a porta. Pego minha calça jeans na beira da cama e a visto. Está quente demais na ilha para usar calça jeans, mas só costumo usar short quando jogo basquete. E não jogo basquete desde que comecei a dobrar meus turnos no Império. Mas não vou pensar nisso agora, porque Milly está no meu quarto e...

Ela solta um som de surpresa. Quando me viro, ela está encarando o celular com os olhos arregalados.

— O que foi? — pergunto. — Archer finalmente falou alguma coisa?

Milly faz que não com a cabeça, levando uma mão à garganta.

— Não. Ah, não.

Meus ombros tensionam. Nunca vi Milly parecer tão nervosa antes, e eu estava com ela durante duas revelações de identidades falsas, incluindo a minha.

— Está tudo bem? — Ela não responde na hora, então começo a chutar. — Foi alguma coisa com a sua avó? Com seus pais? Com Aubrey?

— Sim — finalmente responde ela. — Quero dizer, não, não é *com* Aubrey, mas ela me mandou uma mensagem da piscina. Carson Fine acabou de dar a notícia. — Seus olhos, ainda arregalados e vítreos de choque, encontraram os meus. — Sobre o Dr. Baxter. Ele morreu hoje de manhã. Se afogou em um riacho na floresta perto da casa dele.

13

Milly

O portão aparece muito antes de vermos a casa. Ele deve ter uns quatro metros e meio de altura, feito de ferro forjado grosso, ladeado por um muro de pedra igualmente alto que se estende até os limites da minha visão. A única forma de entrar na Casa da Gatária é por esse portão, a menos que queira tentar escalar o penhasco sobre o mar que delimita os fundos da casa.

— Estamos chegando — diz nosso motorista, pisando no freio enquanto abre a janela.

Sinto imediatamente o aroma de madressilva. Ele tira um retângulo prateado fino, parecido com um cartão de crédito, do quebra-sol, e o aponta para um sensor preso em um poste de madeira. Algo estala alto, e as portas do portão abrem devagar.

Estamos em um Bentley Mulliner com quatro assentos atrás, dois de cada lado, um de frente para o outro, com uma mesa de nogueira e detalhes cromados no centro. Os assentos são de couro marrom macio e equipados com um monte de botões para ajustarmos a temperatura e a posição do encosto. Jonah passou o caminho inteiro brincando com seu controle, mas ele olha para cima agora enquanto o carro segue devagar pela estrada serpenteante. Arbustos floridos de madressilva escalam treliças altas à nossa direita, e árvores verdejantes que não vi em nenhum outro lugar da ilha ocupam a esquerda.

Aubrey suspira. Ela parece desconfortável em um vestido de botões listrado, a única peça de roupa com saia que a vi usar.

— Hazel me mandou uma mensagem hoje de manhã. Ela disse que o funeral vai ser na quarta. A gente devia pedir o dia de folga pro Carson.

— Sim, claro. — Passo os dedos pela costura no couro macio do meu assento. — Vocês acham que o tio Archer conseguiu falar com o Dr. Baxter antes de ele morrer?

— Eu acho... — Jonah hesita, como se estivesse pensando se estamos prontas para uma notícia ruim. Então ele resolve seguir em frente. — Pra ser sincero, acho que ele não parou de beber desde que falou com a gente.

É bem provável. Faz 36 horas desde que saímos do chalé do tio Archer, e não tivemos notícias desde então. Todas as nossas mensagens foram ignoradas, e as ligações vão direto para a caixa de mensagens.

— Nossa avó deve saber do tio Archer a esta altura, né? — pergunta Aubrey. — Quero dizer, ela deve ter visto a matéria.

— Com certeza — respondo. Imagino que esse tipo de fofoca chegaria aos ouvidos dela na mesma hora.

Aubrey morde o lábio.

— Será que a gente devia contar que foi ele que nos trouxe pra cá?

— Não — respondemos Jonah e eu ao mesmo tempo.

Então ele sorri para mim, com a cabeça inclinada, e sinto um frio na barriga. Não sei o que teria acontecido no quarto dele ontem se não tivéssemos nos distraído com a notícia sobre o Dr. Baxter. Uma parte não tão pequena assim de mim queria descobrir.

— Eu sei o *meu* motivo — diz ele. — Estou tentando me manter nesse emprego pelo máximo de tempo possível. JT já está em pânico por causa do negócio com Archer. Qual é o seu?

Empino o queixo.

— A gente não deve nada pra Mildred. Ela pode descobrir por conta própria, que nem nós fizemos.

Eu me dou conta, enquanto falo, que penso mesmo em Aubrey, Jonah e eu como um "nós" agora; um grupinho esquisito, unido por algo que só nós entendemos. Este verão está o tempo todo passando por reviravoltas que nunca esperei, e é um alívio ter a companhia dos dois.

Aubrey e eu estamos sentadas uma do lado da outra, viradas para a frente do carro. Quando ela prende a respiração, sei que é porque se distraiu com a visão da Casa da Gatária.

— Ah, uau — diz ela.

Estico o pescoço para conseguir ver o que Aubrey vê, mas, em uma questão de segundos, isso não é necessário. A estrada fica reta, e a casa está diretamente na nossa frente.

O fundo que vimos da estrada era cheio de janelas resplandecentes e linhas modernas, mas a frente é uma típica mansão da Nova Inglaterra. Duas alas simétricas, cada uma do tamanho de uma casa normal de Gull Cove, ladeiam a seção central dominada por pilares brancos grandes que levam a uma sacada. O telhado é de ardósia escura e inclinado de forma dramática, com uma plataforma no topo emoldurada por quatro chaminés de pedra.

Todas as janelas — perco a conta conforme nos aproximamos — são altas, com esquadria branca e venezianas verdes. Uma garagem de quatro portas anexada à ala esquerda é construída com a mesma pedra das chaminés, com uma parede com treliça coberta por madressilva de tons contrastantes de cor-de-rosa. Atrás da casa, o oceano azul-escuro se encontra com um céu azul mais claro, salpicado com nuvens brancas rendadas.

Eu já tinha visto fotos, mas elas não me prepararam para a realidade. A casa é maravilhosa. Por um segundo, não consigo respirar, imaginando um universo alternativo em que eu passaria todos os verões aqui, sob o olhar atento de uma avó amorosa.

Uma mulher em um vestido cinza disforme e tamancos está parada entre as colunas que ladeiam a porta da frente, parecendo deslocada em meio a tanta opulência. O motorista estaciona, e Theresa Ryan acena enquanto saltamos do Bentley.

— Bem-vindos, bem-vindos — diz ela. Aubrey é a primeira a alcançá-la, e Theresa acolhe a mão de Aubrey entre as suas. — Você deve ser Aubrey. E esse é Jonah, claro.

Fico para trás enquanto eles se cumprimentam, porque já conheci Theresa.

Quando falei com minha mãe na noite passada, ela pareceu saudosa sobre a assistente da minha avó. "Diga a Theresa que estou com um bom pressentimento sobre os reservas do Yankees este ano", disse ela. "Quase me lembra de 1996."

Porém, quando Theresa estende uma mão acolhedora para mim, as palavras não saem. Deu enorme impressão de que estou tentando puxar seu saco. Ela é a pessoa mais simpática do círculo íntimo de Mildred Story. Ainda assim, escolheu o seu lado da história anos atrás. E não foi o nosso.

Theresa leva a mão à maçaneta, mas não a vira.

— Se eu puder dar uma palavrinha com vocês antes de entrarmos — diz ela, franzindo a sobrancelha de preocupação. — Este fim de semana está sendo muito difícil. Fred Baxter era um dos amigos mais antigos e queridos da avó de vocês. Ela está arrasada com a morte dele. E, pra completar, imagino que tenham visto a matéria sobre seu tio estar na cidade?

Ela nos encara com um olhar questionador, e tenho o cuidado de manter uma expressão neutra.

— Pois é — murmuro. — Que esquisito.

Tanto Aubrey quanto Jonah olham para o chão.

— É muita coisa pra assimilar de uma vez — diz Theresa. — Espero que entendam que o brunch talvez seja rápido.

Concordo com a cabeça.

— Certo.

Ela abre a porta e gesticula para entrarmos em um vestíbulo grandioso. As paredes são de um branco imaculado, o pé-direito é imenso, e o espaço está cheio da coleção mais maravilhosa de quadros, esculturas e vasos que já vi fora de um museu. Um homem magro vestido todo de preto encara uma parede, fazendo anotações em um caderno Moleskine. Passei anos visitando a galeria de arte da mãe da minha amiga Chloe, e tenho quase certeza de que ele está olhando para um quadro original de Cy Twombly.

Quando o homem nos vê, fecha o caderno.

— Tenho certeza de que podemos chegar a um acordo — diz ele para Theresa. — Vou entrar em contato.

— Que maravilha, obrigada — responde ela, voltando para abrir a porta para ele. Os dois têm uma conversa reservada e, quando Theresa volta, abre um sorriso radiante para nós. — Sua avó está pensando em se desvestir de uma parte da coleção de arte.

Desvestir. Essa é uma palavra que aprendi recentemente, quando minha mãe me encheu o saco para estudar para o simulado do vestibular; significa "se livrar de alguma coisa que não é mais desejada ou necessária". O quadro de que Mildred quer se *desvestir* pode ser um dos menores trabalhos de Twombly. Ainda assim, vale o suficiente para pagar por um curso inteiro de quatro anos nas melhores universidades do país para nós três.

Não que eu vá passar para as melhores universidades. Mas ainda assim, né?

O pensamento amargurado me distrai até Theresa nos guiar por portas duplas de vidro. Entramos em uma varanda grande com vista para o mar, emoldurada por uma balaustrada de aço inoxidável. Tenho um déjà-vu, apesar de nunca ter estado aqui antes, porque minha mãe descreveu esta varanda em tantos detalhes. Era seu lugar favorito na casa.

— Mildred, as crianças chegaram — chama Theresa.

Minha avó está sentada a uma mesa de teca, na sombra de um guarda-sol enorme, de tecido fino, montado às suas costas. Há quatro lugares postos e três bandejas empilhadas com uma seleção de sanduíches, doces e frutas de dar água na boca. Apesar do guarda-sol, Mildred usa um chapéu e uma echarpe estampada linda por cima de um vestido de linho creme com mangas compridas. Suas luvas são do mesmo tom de creme, curtas o suficiente para eu ver o conjunto de pulseiras de ouro em seu braço esquerdo. Seu cabelo branco está solto e ondulado, e ela usa um par de óculos escuros grandes.

Que injusto, penso ao sentar. Achei que seria falta de educação usar óculos escuros, então não trouxe os meus. Seria bom ter um pouco de camuflagem agora.

— Aubrey. Jonah. Milly — diz Mildred, inclinando a cabeça para cada um de nós. — Bem-vindos à Casa da Gatária. — Theresa se afasta enquanto um homem de avental preto surge atrás de nós, oferecendo, aos sussurros, café, chá ou suco. — Por favor, se sirvam do que quiserem — acrescenta ela.

— Obrigado — dizemos todos juntos, mas ninguém se aproxima da comida.

— A menos que nada pareça bom? — pergunta Mildred, seca, e então os talheres retinam enquanto nós três tentamos nos servir ao mesmo tempo.

Maldita, penso, espetando um pedaço de melão com o garfo. Não faz nem dois minutos que chegamos, e a gente já está tentando agradá-la.

Jonah, que sentou do meu lado, encara os sanduíches com um ar meio assustado.

— Eles estão cheios de alface — sussurra ele. — E só.

— Aqui. — Cutuco um com o garfo. — Acho que esse é de rosbife.

Jonah pega o sanduíche, grato. Aubrey prefere não arriscar e enche o prato de docinhos.

— Então. — Mildred dobra as mãos sob o queixo. Espero pela pergunta óbvia: "Por que vocês estão aqui?" Mas não a escuto. Em vez disso, ela inclina a cabeça para Jonah e diz: — Preciso confessar, Jonah, que não vejo nada de Anders em você.

Jonah tenta ganhar tempo mordendo metade do sanduíche de rosbife, e então... desastre. Seu rosto fica vermelho, seus olhos lacrimejam, e ele engasga antes de puxar um guardanapo e cuspir bolos de comida meio mastigada no papel.

— Do que era isso? — arfa ele, pegando seu copo de água.

Olho para a metade não comida do sanduíche no seu prato e vejo uma substância branca entre as fatias de rosbife.

— Ah, hum. Parece raiz-forte. Foi mal — digo enquanto Jonah toma o copo inteiro de água em dois goles. — Ele não gosta — acrescento para Mildred.

— Percebi.

Ela tira uma amora rechonchuda do topo de uma tortinha e a coloca na boca. O gesto é chocante, tipo, essa pessoa come *de verdade*? Eu não me surpreenderia se descobrisse que ela só vive à base de ressentimentos que duram décadas.

Depois que Mildred termina de mastigar e engolir, ela finalmente tira os óculos, deixando-os sobre a mesa, ao lado do seu prato. Seus olhos, com delineador marcante, igual ao dia em que nos conhecemos, permanecem em Jonah.

— Me diga — começa ela. — Anders está bem?

Jonah fica imóvel, tirando um leve tremelique no músculo em sua mandíbula, e passa tanto tempo assim que começo a achar que ele pode ter entendido a pergunta do jeito errado. Então ele estica a mão até um jarro de água e se serve de um copo, sem pressa alguma, como se o silêncio pesado não existisse. Quando termina, olha para Mildred e respira fundo, devagar. É quase como se estivesse prestes a dar um discurso.

— Você quer que eu seja sincero? — pergunta ele.

Sua voz soa calma, com um toque de rebeldia. É como se o nervosismo inicial dele tivesse desaparecido de repente. Por algum motivo, isso *me* deixa nervosa.

Mildred arqueia uma sobrancelha.

— Quero.

Solto uma tosse involuntária, apreensiva. Jonah pisca, troca um olhar comigo, e suas bochechas ficam vermelhas. Ele se vira de novo para Mildred e murmura:

— Acho que ele está bem. Sei lá. Não somos próximos.

Uma emoção que não consigo decifrar passa pelo rosto de Mildred enquanto ela se vira para Aubrey.

— Você também não se parece muito com o seu pai, mas vejo traços dele no formato dos seus olhos e no seu queixo. — Aubrey parece surpresa, e feliz, com a comparação. — Como vão as coisas com Adam agora?

Aubrey puxa a gola do vestido e molha os lábios. Ela ainda não tocou nos doces nem nas três bebidas posicionadas à sua frente. Ela está nervosa, mas sua voz é firme ao dizer:

— Ele meio que está igual ao que sempre foi.

Mildred toma um gole delicado de chá.

— Em outras palavras, continua achando que o mundo gira em torno dele e se cerca de pessoas que concordam com isso? — pergunta ela.

Sinto meus olhos se arregalarem enquanto Aubrey fica vermelha. *Caramba, minha senhora,* penso. *Se ele é assim, você não acha que a culpa é um pouco sua?*

O fato de Aubrey concordar com a provocação de Mildred entra em conflito com a lealdade que seu pai não merece, e a batalha está estampada na sua cara. Mildred se compadece, chegando ao ponto de dar um tapinha rápido na mão de Aubrey com a ponta de seus dedos enluvados.

— Me perdoe — diz ela. — Este fim de semana foi difícil. Não queria começar com... bem. Vamos conversar sobre assuntos mais alegres. Fiquei sabendo que você participa de competições de natação? — Aubrey concorda com a cabeça, grata, enquanto Mildred acrescenta: — Seu pai deve estar muito orgulhoso. Ele sempre achou que ser um bom atleta era importante.

Aubrey hesita, como se estivesse desconfiada de que aquilo é uma armadilha.

— Eu... espero que sim.

Mildred volta para Jonah, que está limpando seu paladar com as tortinhas de fruta, em silêncio.

— Fiquei sabendo que suas notas são excelentes, Jonah. Você vai se inscrever em Harvard?

Jonah demora a engolir a torta, mas parece aliviado com a pergunta relativamente fácil.

— É, acho que sim.

Só percebo o padrão da conversa quinze minutos mais tarde. Há meia dúzia de assuntos fascinantes que poderíamos estar discutindo agora, como a deserdação dos nossos pais, a morte do Dr. Baxter, o ressurgimento do tio Archer e, é claro, a pergunta que não deve sair da cabeça de Mildred: "Por que raios vocês três estão aqui?" Mas ninguém fala dessas coisas. Minha avó divide sua atenção entre Aubrey e Jonah, fazendo perguntas sobre a vida deles, suas conquistas, seus pais. Às vezes, o interrogatório beira ao desconfortável. É nítido que ela quer saber *alguma coisa* sobre os filhos, apesar de não perguntar o que é com todas as letras.

Jonah parece extremamente nervoso o tempo todo, mas não deixa transparecer. Aubrey desabrocha como uma flor sob o sol, toda feliz ao ser o foco do interesse inesperado de nossa avó.

Se eu não estivesse ali, ninguém perceberia.

Passei a vida inteira imaginando como seria quando minha avó e eu finalmente nos conhecêssemos. Sim, as fantasias sobre compras eram bobas, mas, por baixo disso, eu costumava pensar que o fato de eu ter o nome dela poderia fazer diferença. Que o fato de eu parecer tanto com a minha mãe poderia fazer diferença. Que o fato de eu usar o relógio do meu avô todos os dias poderia fazer diferença. Que o fato de eu me interessar por arte e moda igual a ela poderia fazer diferença.

E, agora, sentada no lugar favorito da minha mãe na famosa Casa da Gatária, observando passarinhos atravessarem o horizonte enquanto como mais do que deveria no brunch porque ninguém me pergunta nada, só consigo pensar em uma coisa.

Nada faz diferença.

Talvez ela seja uma racista que não quer ter relação alguma com a única neta que não é branca. Talvez ela seja machista e só se importe com os filhos. Ou talvez ela simplesmente não vá com a minha cara.

— Preciso ir ao banheiro — digo, levantando de repente.

Mildred gesticula para as portas duplas.

— Vire à esquerda no corredor. O lavabo fica na segunda porta.

— Tudo bem — respondo.

Mas, quando entro no cômodo anexado à varanda, viro para a direita. Que se danem as instruções de Mildred. Nunca entrei na casa da minha mãe antes, e vou dar uma olhada no lugar. Tiro minhas sandálias e as seguro em uma das mãos, andando sem fazer barulho pelos cômodos grandes, belamente decorados, que parecem ter saído de uma revista. A casa inteira está cheia de obras de arte e flores frescas. Quando espio a cozinha, fico maravilhada com os eletrodomésticos de última linha que brilham como se nunca tivessem sido usados para algo tão trivial quanto cozinhar. Então uma voz baixa chama minha atenção, e a sigo de volta ao corredor.

— Acho que foi um exagero — diz Theresa Ryan. Ela está em um cômodo adjacente à cozinha. De onde estou, consigo enxergar uma parede inteira cheia de prateleiras de livros. — Já passamos por isso antes. Você acha que está resolvendo um problema e acaba criando vários outros.

Ela parece estar com raiva, uma emoção que não consigo associar à assistente tranquila da minha avó. Chego mais perto.

— Eles estão aqui agora — diz ela. — Vou tentar encerrar cedo, mas não sei se vou conseguir tirá-la de lá logo. Ela tem uma curiosidade... quase mórbida, acho. — Uma longa pausa se segue, e então Theresa acrescenta: — Bom, o que acha? É a mesma obsessão de sempre. E não é o melhor momento para ela se distrair assim. — Outra pausa. — Seria o ideal para todo mundo, concordo. Tudo bem. A gente se fala de novo hoje à tarde.

Escuto o som de passos e volto rápido para a cozinha, agachando atrás da ilha. Theresa passa direto pelo corredor, cantarolando. Quando o som dela desaparece, saio discretamente do meu esconderijo e dou uma espiada no cômodo de onde ela saiu. É um escritório cheio de livros, gaveteiros e uma escrivaninha de madeira entalhada enorme. Estou louca para dar uma olhada em tudo, mas já faz tempo demais que saí. Só dá para verificar uma coisa.

Há um telefone sobre a escrivaninha, do tipo com uma tela na base. Minha mãe tem um parecido no escritório; ela não consegue se desapegar de tecnologias antigas. Aperto o botão de MENU na base, depois ÚLTIMA CHAMADA.

Um nome surge na tela: *Donald Camden.*

14

Aubrey

Milly é a cliente dos sonhos da Butique da Kayla.

— Tudo fica tão lindo em você! — exclama a proprietária com as mãos unidas na frente do corpo, enquanto Milly sai do provador e sobe em uma plataforma diante de um espelho enorme. — Mas acho que encontramos. Esse é *o* vestido.

Concordo com ela. Milly está usando um vestido sem mangas maravilhoso, a parte de cima é preta e tem um decote profundo, mas elegante, a saia é rodada e branca. Deve haver uns trinta centímetros de pano ao redor dos seus pés, que calçam saltos pretos. Fora isso, ela parece pronta para ir ao Oscar.

Tirando a expressão em seu rosto, que é distante e distraída. Ela está assim desde aquele brunch esquisito, há dois dias, que acabou do nada quando nossa avó anunciou que estava com dor de cabeça. Achei que Milly se animaria com a ideia de fazer compras, mas ela parece estar se comportando no automático. Educada, mas não muito interessada.

— Precisamos fazer bainha, é claro, mas o resto vestiu feito uma luva — diz a proprietária.

Ela é uma mulher bonita, com trinta e muitos anos, pele e cabelos escuros, e está usando um vestido bege que incrementou com camadas de colares. Ela fechou a loja quando chegamos e, junto com a vendedora, está nos tratando como realeza há quase uma hora.

Nunca entrei em uma loja como esta antes. O interior praticamente brilha com a luz branca generosa que faz a pele de todo mundo parecer impecável. As poltronas são de couro creme, os espelhos são antigos, com molduras prateadas, e o piso parece de madrepérola. Rosas vermelhas estão em todo canto, enchendo o ar com sua fragrância delicada, inebriante. O efeito geral é tipo entrar em uma caixa de joias confortável, cara.

— Você está incrível — digo a Milly da minha poltrona ao lado do espelho. Estou encolhida aqui em posição fetal desde que provei um único vestido que ficou horrível.

— Concordo — afirma a proprietária. — Se quiser, podemos começar os ajustes agora.

— Tudo bem — retribui Milly. A proprietária acena para a frente da loja, e a vendedora se aproxima com uma costureira. Ela não estava aqui quando chegamos, então deve ter sido chamada especialmente por nossa causa. A costureira se agacha ao lado de Milly e começa a prender a barra do vestido com gestos rápidos e habilidosos. A atenção parece acordar minha prima, que abre um sorriso sincero para a proprietária. — Obrigada por tudo isso. Adorei o vestido.

— Sua mãe estaria feliz da vida — acrescenta a proprietária.

— Você quis dizer minha avó? — pergunta Milly.

— Bom, sim, tomara. Mas sua mãe também. Eu conhecia um pouquinho Allison naquela época. Eu era nova demais pra andar com os Story, mas minha irmã era amiga de todos eles.

Olho para a frente da loja, onde *Butique da Kayla* está escrito em uma caligrafia preta chamativa acima da caixa registradora.

— Você é a Kayla? — pergunto.

O rosto dela desanima um pouco.

— Não, sou Oona. Kayla era minha irmã. Ela morreu quando eu estava no ensino médio, então batizei a loja em sua homenagem.

— Sinto muito — dizemos Milly e eu ao mesmo tempo, e meu rosto esquenta. Só eu mesmo para transformar nossas compras em um evento deprimente.

Oona abre um sorriso tranquilizador.

— Obrigada. Já faz muito tempo, mas eu me lembro muito bem dos seus pais. Allison era tão bonita. E Adam, bom… — Ela solta uma risada quase infantil. A versão adolescente do meu pai parece ter esse efeito em todo mundo. — Adam era um gato naquela época.

Pela primeira vez, não quero saber do meu pai.

— Você também conhecia Archer? — pergunto.

Faz dois dias desde o brunch com nossa avó, e ainda não tivemos notícias do tio Archer. Ele também não apareceu para trabalhar no resort, e estou começando a achar que foi embora quando viu que não havia mais como esconder sua identidade. Só de pensar nisso, me sinto vazia e incomodada, como se tivesse perdido algo que nem sabia que tinha. Fico pensando na versão mais jovem do meu tio, sentado no meio de um mar de Lego comigo, pacientemente procurando o chapéu de um policial depois de meu pai, cansado do meu choramingo, reclamar que eu devia ter perdido a peça.

"O chapéu certo é importante", tinha dito tio Archer, sem se deixar abalar. "Vamos encontrá-lo." E, depois de um tempo, encontramos mesmo.

— É claro que eu conhecia Archer — diz Oona. Seu tom é leve e conversador, como se a ilha inteira não estivesse fervilhando com boatos sobre ele. — Ele sempre foi simpático com o pessoal da ilha, quase como se fosse um de nós. Nós mantivemos contato ao longo dos anos. Um homem maravilhoso, apesar de alguns... percalços.

— Você também conhecia o tio Anders? — pergunto.

— Ah, sim. Melhor do que todos os outros. Kayla namorou ele por um tempo na época da escola e, depois, quando ele estava na faculdade. — Milly e eu ficamos surpresas, e Oona solta uma risada triste. — Acho que sua avó não gostava muito.

— E você? — pergunto, e Oona levanta uma sobrancelha. — Quero dizer, você gostava dele?

Tio Anders continua sendo um mistério para mim, o Story sobre quem menos sei.

Oona dá de ombros.

— Ele era muito intenso — diz ela enquanto a costureira levanta. A saia de Milly bate na ponta dos sapatos, e Oona concorda com a cabeça, aprovando o comprimento. — Ficou perfeito. Linda, pode ajudar a Milly a tirar o vestido para começarmos logo a bainha?

A vendedora ajuda Milly a sair da plataforma e a guia para o provador. A costureira segue para a frente da loja, me deixando sozinha com Oona. Com um sorriso bondoso, ela levanta uma sobrancelha perfeitamente moldada.

— Você não se sente tão à vontade para fazer compras quanto sua prima, né? — pergunta ela.

Meus olhos vão para a pilha de tecidos na poltrona ao meu lado. Ela parece tão inocente agora, completamente diferente da monstruosidade cor-de-rosa que experimentei.

— Não fico bem de vestido.

— Que bobagem. — Oona baixa a voz e inclina a cabeça para perto da minha. — Linda ainda é um pouco nova e não domina a arte de escolher o vestido certo. Esse tom de rosa fica maravilhoso em você, mas tenho outra ideia. Que tal você me esperar no provador enquanto busco o vestido? — Concordo com a cabeça, desanimada, mas Oona já está indo para um cabideiro. — Tire tudo menos a calcinha e o sutiã! — grita ela por cima do ombro. — Já volto!

Esse é o lado ruim de fazer compras: privacidade zero.

Atrás da cortina, tiro a camisa e o short, apavorada. Milly vai estar maravilhosa no baile. Jonah, que foi comprar seu smoking em uma loja do outro lado da rua, com certeza vai estar elegante. E eu vou ser a desmazelada em um canto, fazendo todo mundo sussurrar: "Tem certeza de que ela é uma Story?"

— Aqui está! — Oona aparece com um vestido jogado sobre o braço. A cor é um tom de azul-escuro maravilhoso, mas percebo um bordado com contas e... sei lá. Normalmente, quanto mais simples, melhor. Mas Oona pendura o vestido em um gancho na parede e começa a abrir o zíper das costas, cheia de confiança.

— O que achou?

— É bonito — digo, hesitante. Quero distraí-la do momento em que terei que me enfiar no que parece ser uma coluna de tecido que marca tudo, então acrescento: — Você disse que o tio Anders era intenso. Como assim? — Ela franze o cenho para mim no espelho, e acrescento: — Faz anos que a gente não se vê, e mal me lembro dele.

— Bem. — Oona tira o vestido azul do cabide, passando o tecido sedoso pelas mãos. — Já faz muito tempo, é claro. Na verdade, só me lembro de que tudo era tãããão *dramático*. Kayla e ele viviam terminando, e Kayla sempre jurava que nunca mais voltariam. E então voltavam. Era difícil, naquela época, resistir aos Story. — Os olhos dela perdem um pouco o foco. — No fundo, Kayla era uma garota da ilha. Acho que ela sabia que nunca conseguiria acompanhar Anders no mundo real.

Fico me sentindo péssima por forçá-la a falar sobre a irmã de novo.

— Desculpa. Eu não devia ter perguntado.

Ela dá um tapinha no meu ombro.

— Está tudo bem, Aubrey. Já faz 24 anos que Kayla morreu, e gosto de falar dela.

Algo me dá um frio na espinha. Há 24 anos era 1997, o ano em que meu pai e os irmãos foram deserdados. *Foi lá onde tudo começou a dar errado.* Faz um tempo que não penso na praia do Cachimbo/Cachimbó nem nessa frase esquisita do livro dele, mas sou tomada pela vontade repentina de perguntar a Oona se alguma coisa aconteceu com Kayla naquele lugar. Mas não tenho coragem. Uma coisa é falar sobre o ex-namorado da irmã dela, e outra bem diferente é querer recordar a forma como essa irmã morreu.

De toda forma, Oona balança o vestido azul na minha direção, determinada.

— Vai ficar maravilhoso em você.

— Não dá pra ficar pior do que o primeiro.

— Aquele estilo não combinava — diz Oona, posicionando o vestido diante de mim. — Entre aqui, sim? Você tem braços e ombros tão bonitos que precisam ser mostrados.

Fico onde estou.

— Precisam?

— É claro!

Cruzo os braços por cima do meu top desbotado.
— Mas eu meio que odeio meus ombros. E meus braços. Usei um vestido de manga comprida no baile da escola.
— Ora, que desperdício — diz Oona, balançando o vestido.
— Vamos, vista.
Eu obedeço, segurando o cotovelo dela para me equilibrar.
— Meu namorado disse que eu parecia uma menina fantasiada.
Não sei por que acabei de contar isso, além do fato de que a intimidade falsa desta situação faz eu me sentir estranhamente disposta a trocar confidências.
As sobrancelhas escuras de Oona se unem.
— Ele não parece ser um bom namorado. — Ela puxa o vestido sobre meu quadril e então segura o corpete, cobrindo meu peito.
— Pode tirar o sutiã. Você vai precisar de um sem alças para usar esse decote. Temos vários lindos que vão combinar.
— Hum, tá bem. — De novo, obedeço. Quase sinto a necessidade de defender Thomas, só que... ela tem razão. Ele *não* é um bom namorado. — Acho que talvez ele seja meu ex agora — confesso enquanto ela fecha o zíper. — Meu namorado, quero dizer.
— Você *acha*?
— Bom, ele passou um tempo sem responder minhas mensagens. Agora, sou eu que não respondo as dele, então...
Paro de falar, e ela conclui:
— É assim que são as coisas hoje em dia, né? Puxa, fico com pena dessa garotada. A vida é complicada na era digital. Mas acho que você merece coisa melhor. E... prontinho! — Ela alisa meu quadril e abre um sorriso radiante. — Olha só pra você! Perfeita!
Eu encaro o espelho. Só consigo ver meus ombros dominando o reflexo. "Eles são mais largos do que os meus", disse Thomas uma vez. Apesar de todo o tempo que passo no sol, continuo pálida,

meus braços são uma extensão ininterrupta de branco e sardas até chegar à marca de nascença roxa-escura.

O vestido me cobre muito mais do que o maiô que uso para as competições, é claro, mas, quando estou de maiô, não me preocupo em parecer *bonita*. Ele é simplesmente prático. Meus olhos ardem enquanto a vergonha inunda minhas veias, e desejo ter alguma coisa em que me enrolar. Tipo um casaco com capuz.

— Eu não... acho que é aberto demais em ci-cima — gaguejo.

— Ah, querida, não é. Você tem um corpo maravilhoso. Parece uma deusa grega! Vamos prender seu cabelo em um coque, arrumar uns brincos compridos lindos, e você vai ser a menina mais bonita do baile.

— Essa vai ser a minha prima — digo. Não estou com inveja. É só um fato.

Oona dá um tapinha no meu braço.

— Sua prima é linda, mas você também é. Não vale a pena perder seu tempo com um cara que não enxerga isso.

Tento me enxergar pelos olhos dela. A cor do tecido é fantástica, com certeza. Há só uma alça bordada com contas, que atravessa meu ombro direito e desce pelo corpete. O vestido é justo, algo que geralmente tento evitar, mas o pano é tão espesso — tipo uma seda pesada, acho — que o caimento no meu corpo é bem melhor do que o do meu vestido barato do baile da escola.

— Você precisa dos acessórios certos, é claro — diz Oona. — *Linda*? Pode pegar aquele par de brincos compridos de safira? E um dos prendedores de madrepérola que acabamos de receber. Vamos tentar bolar a arrumação final com o que temos por enquanto.

— Minhas orelhas não são furadas — digo.

— Brincos de pressão, Linda! — grita Oona.

Pisco para mim mesma. "Você não seria nadadora se tivesse puxado os Story", costumava dizer meu pai. "Minha mãe e minha irmã jamais teriam tanta força nos braços. Elas eram delicadas demais." Sempre encarei isso como um insulto sutil, e devia ser mesmo. Um lembrete casual de que os Story são especiais, etéreos, preciosos demais para este mundo. Mas estou cansada de ficar ouvindo as vozes do meu pai e de Thomas na minha cabeça sempre que me olho no espelho. Sempre que faço *qualquer coisa*. Talvez seja hora de escutar outra pessoa.

Encontro os olhos escuros bondosos de Oona enquanto ela entrelaça um braço ao meu e me aperta de leve.

— Eu não mentiria pra você, Aubrey. Juro. O vestido ficou maravilhoso.

Ainda detesto meu reflexo, porém, quanto mais olho, mais parece que estou no salão de espelhos de um parque de diversões — é uma imagem distorcida que não mostra a realidade. Ainda não sei como enxergar além dela, mas quero tentar.

— Vou levar — digo a Oona.

15

Jonah

Chegamos cedo demais no funeral do Dr. Baxter na quarta-feira, porque *alguém* — valeu, Aubrey — insistiu para sairmos uma hora mais cedo. O trajeto até o centro da cidade leva dois minutos, e a igreja ainda estava fechada. Então Aubrey nos arrasta, suando em nossas roupas arrumadas, para a Biblioteca da Ilha Gull Cove, que tem ar-condicionado, a alguns quarteirões de distância.

— A gente podia tomar café em algum lugar — murmura Milly, largando a bolsa sobre uma mesa vazia.

Ela está usando um vestido preto elegante e saltos, o cabelo preso em um rabo de cavalo alto. Aubrey colocou o mesmo vestido do brunch de domingo. Eu não trouxe nada que poderia usar para um funeral e tive que pedir a Efram que me emprestasse uma blusa de botões e uma calça cáqui. A calça ficou curta, e a blusa está um pouco apertada. Sempre que mexo os braços, acho que um botão vai estourar.

— Quero pesquisar um negócio — diz Aubrey, analisando o salão até seus olhos encontrarem uma fileira de monitores grandes, quadrados. — Vocês sabiam que o site da *Gazeta de Gull Cove* só permite que se pesquise edições antigas até 2006?

— Eu não sabia nem queria saber — responde Milly.

— Eu sabia — digo.

Aubrey inclina a cabeça para mim, e dou de ombros.

— Pesquisei sua família no site antes de vir para cá. Mas não falaram muito dos seus pais nos últimos quinze anos.

— Certo. — Aubrey assente. — Então preciso de uma máquina de microfilmes. — Ela segue para os monitores, e Milly e eu vamos atrás, confusos.

— Do quê?

— Microfilmes — repete Aubrey, prendendo a alça de sua bolsa em uma cadeira diante do monitor mais próximo. — São, tipo, fotos de jornais antigos.

— Eles ficam dentro dessa máquina? — pergunto. O monitor parece um computador da década de 1980.

Ela ri e abre a gaveta do meio de um armário alto.

— Não, eles ficam em rolos, aqui dentro. Preciso colocar o rolo dentro da máquina para conseguir ler.

— Como você sabe essas coisas? — pergunta Milly no mesmo tom irritado e impaciente que usa desde nosso brunch de domingo com Mildred Story.

Aubrey vasculha fileiras de caixinhas enfiadas dentro do armário.

— Li no site da biblioteca ontem à noite.

— Certo, mas por quê? — pergunta Milly enquanto Aubrey pega uma das caixas. Ela a abre e tira um rolo de plástico azul do tamanho da palma da sua mão.

— Lembra do que Oona disse na Butique da Kayla? — pergunta ela. Para mim, ela está falando grego, porque quase nada nessa frase fez sentido, mas Milly assente. Aubrey se vira para mim e explica: — Oona tinha uma irmã que namorou o tio Anders. Nossa avó não aprovava, e ela morreu há 24 anos, quando...

Aubrey faz uma pausa, franzindo o cenho para a máquina até encontrar o lugar em que o rolo se prende.

Milly conclui por ela, parecendo pensativa de repente.

— Quando nossos pais foram deserdados.

— O que é a Butique da Kayla? — pergunto, e Milly me explica enquanto Aubrey prende uma extremidade do filme em uma canaleta sob a superfície de vidro da máquina.

Ela aperta um botão, fazendo o rolo azul girar, e a tela se acende com a primeira página de uma edição de 1997 da *Gazeta de Gull Cove*.

— Então você acha... o quê? Que existe alguma relação entre as duas coisas? — pergunto enquanto Aubrey gira um disco para abrir outra página.

— Não sei — responde ela. — Mas estou curiosa. Essas edições são de novembro, um mês antes de nossos pais receberem a carta do "vocês sabem o que fizeram". — Ficamos em silêncio por alguns minutos enquanto Aubrey gira o disco, passando semanas de notícias diante de nossos olhos. — Não vi nada interessante — finalmente diz ela, apertando um botão para rebobinar o filme.

Quando ele volta o rolo, Aubrey o tira da máquina e o guarda de volta na caixa.

Minha mente estava em outro lugar enquanto as páginas do jornal corriam pela tela.

— Vocês se lembram quando fomos à casa do Dr. Baxter? — pergunto. — Daquelas coisas que Hazel disse?

A boca de Milly se retorce.

— Estou tentando esquecer, mas lembro.

— Foi mal. Mas sabem quando o Dr. Baxter quase derrubou a mesa? — Aubrey concorda com a cabeça, distraída, enquanto guarda a caixa no armário e pega outra. — Ele fez de propósito.

Aubrey para no meio do caminho de tirar o rolo da caixa.

— O quê?

— Ele estava prestando atenção em vocês, com o olhar lúcido, e aí alguém falou alguma coisa, não lembro o que foi, e ele bateu com o joelho na mesa e começou a se comportar como se estivesse desnorteado.

Milly coloca as mãos no quadril, franzindo o cenho.

— Você nunca contou isso pra gente.

— Achei que o Dr. Baxter estivesse tentando nos ajudar — digo enquanto Aubrey começa o processo de prender o rolo azul na máquina de microfilmes. — Pra gente escapar de uma situação chata. Mas, depois, Archer recebeu aquela carta e... sei lá. Talvez a gente estivesse falando de alguma coisa que ele não quisesse que ninguém descobrisse.

O rosto de Milly se enche de manchas vermelhas.

– Olha só, minha mãe não ficou *grávida* de um dos *irmãos*. Isso é...

— Não era disso que a gente estava falando — interrompe Aubrey. Seus olhos estão grudados na tela enquanto ela gira o disco e passa as páginas.

— Era, sim — responde Milly, irritada.

— No começo. Mas o Dr. Baxter não fez nada até eu dizer: "Acho mais fácil acreditar que eles mataram alguém do acreditar *nessa* história."

Um silêncio demorado toma conta de nós. Não consigo pensar no que responder. Eu tinha me esquecido completamente disso. Ninguém fala de novo até Aubrey dizer:

— Aqui. Vinte e dois de dezembro de 1997.

Ela gira um disco para aumentar na tela a matéria com a manchete MORADORA LOCAL MORRE EM ACIDENTE TRÁGICO. Milly e eu nos inclinamos por cima do ombro dela para ler o restante.

Milly fala primeiro, sua voz ofegante de alívio.

— Foi um acidente de carro — diz ela. De acordo com o jornal, Kayla Dugas, com 21 anos, saiu de um bar no centro da cidade naquela noite e bateu seu carro contra uma árvore a oitocentos metros da praia do Cachimbo. A autópsia concluiu que a concentração de álcool no seu sangue era só um pouco acima do limite legal. — Ela estava sozinha.

— Mas na praia do Cachimbo — murmura Aubrey, os olhos grudados na tela.

— *Seu* pai é o único que fala desse lugar — diz Milly. — E o acidente de Kayla não aconteceu na praia. Foi perto. É um ponto de referência, só isso.

— Hum. — Aubrey ainda está encarando a tela. — Aqui diz que o médico que prestou atendimento foi o Dr. Baxter.

— É claro — rebate Milly, ríspida. — Estamos falando de Gull Cove. Ele devia ser o *único* médico.

Aubrey finalmente olha para Milly, franzindo o cenho

— Você está... *irritada* com alguma coisa?

— Eu só... pra que isso tudo? — pergunta Milly, gesticulando entre o armário e a máquina de microfilmes. — O que quer provar? Que nossos pais *assassinaram* uma garota, e Mildred expulsou eles da ilha por causa disso?

Aubrey pisca.

— Só quero entender o que aconteceu.

— Por que não pergunta pra Mildred? — diz Milly. — Já que vocês duas são tão amiguinhas?

— A gente não... — começa Aubrey, mas eu a interrompo.

— Nós vamos nos atrasar. O funeral começa daqui a quinze minutos — lembro as duas. Esta conversa não vai levar a nada bom, e já faz tempo demais que estamos aqui.

— Vou esperar lá fora — diz Milly e se vira para a porta, seu rabo de cavalo balançando enquanto ela anda.

Aubrey a observa se afastar, seu rosto estampado de mágoa e confusão.

— O que *deu* nela?

— Fala sério, Aubrey. Você sabe — digo. Sempre achei que Aubrey tinha talento para entender os outros, especialmente Milly, mas ela fica me encarando sem entender. Vou precisar explicar com todas as letras. — Sua avó praticamente a ignorou no domingo e passou o tempo todo falando só com a gente. Milly ficou se sentindo uma bosta.

— Ela te disse isso?

— Nem precisou.

— Mas Milly está pouco se lixando pra nossa avó! — insiste Aubrey. — Ela a chama pelo nome.

— Você acha mesmo? — pergunto. — Você acha que Milly usa aquele relógio todo dia porque está se lixando pra avó? Porque quer que a avó esteja se lixando pra ela também?

— Ela... — Aubrey morde o lábio com uma expressão confusa.

— Ela é a *Milly*. Ela já é a melhor neta. A melhor Story de todos nós. Bom, sem querer ofender, mas você não conta...

— Não me ofendi.

— Mas JT é péssimo, e eu... Ninguém nunca acha que sou parecida com meu pai. Milly é linda, elegante, estilosa e...

— E nada disso fez diferença pra Mildred — termino.

Por fim, Aubrey compreende.

— Ah, meu Deus. Eu percebi que havia alguma coisa esquisita quando a gente foi comprar os vestidos. Mas não me dei conta, até você dizer... Nossa avó *estava* ignorando Milly. — Ela retorce as mãos. — E eu estava tão feliz por ela parecer gostar de *mim*. Nunca achei que isso aconteceria.

— A culpa não é sua. Quanto mais descubro sobre sua avó, mais acho que JT tinha razão. Ela gosta de joguinhos.

Quase acrescento o que estou pensando desde domingo. Mildred não estava interessada em *nós*, mas em Adam e Anders. Todas as perguntas dela acabavam nos forçando a falar sobre eles. Mas Aubrey não precisa escutar isso; ela já acredita que nunca vai ser tão importante quanto o pai. Em vez de continuar nesse assunto, aponto para o relógio na parede.

— Olha, a gente precisa mesmo ir. Faz tempo que não vou a um funeral, mas tenho quase certeza de que é feio chegar atrasado.

— Calma aí. Quero imprimir essa página.

Fico esperando, impaciente, enquanto a máquina parece demorar uns dez minutos para produzir uma única página. Quando saímos, Milly já foi embora. Sinto uma ponta de arrependimento por ter ficado com Aubrey em vez de ir atrás dela. Nós andamos os poucos quarteirões até a igreja, destoando dos turistas com nossas roupas arrumadas. Quando chegamos, uma figura familiar e grisalha nos cumprimenta com ar triste à porta.

— Que bom que vieram — diz Donald Camden.

Não vejo esse cara desde que ele tentou nos subornar com empregos no cinema. Parece que isso aconteceu há meses. Sua aparência está mais abatida e cansada do que naquele almoço, com olheiras que não me lembro de ter visto antes.

Aubrey pisca como se ele fosse uma miragem.

— Não chegamos atrasados? — pergunta ela. Donald a encara com uma expressão confusa, e ela acrescenta: — Quero dizer, achei que o senhor já estaria lá dentro. Com a nossa avó e tal. O funeral começa às onze, não é?

Ela está tagarelando agora, ficando vermelha, mas Donald apenas oferece um braço.

— Estou ajudando a organizar os lugares. Fred Baxter era um dos meus amigos mais antigos e queridos.

A frase parece um eco, e demoro um instante para lembrar onde a escutei antes. Nos degraus da Casa da Gatária, dita por Theresa. *Fred Baxter era um dos amigos mais antigos e queridos da avó de vocês.*

Então só restam dois, penso enquanto Aubrey aceita o braço de Donald.

Ela dá uma espiada pela porta aberta.

— Acho que Milly já chegou...

— Chegou. Eu a coloquei no último espaço de um banco cheio. Ela disse que estava sozinha.

— Tudo bem — responde Aubrey, pressionando a boca em uma linha fina.

Nós seguimos pelo vestíbulo da igreja e pela nave central; estamos bem mais perto do altar do que eu imaginava que ficaríamos, depois de chegar tão tarde. Um órgão toca baixinho ao fundo, mas nossos passos ainda ecoam alto. Uma garota na primeira fileira se vira ao som, e reconheço Hazel Baxter-Clement. Aceno com a cabeça e faço um gesto dando meus pêsames. Ela abre um sorriso desanimado. Donald finalmente para, gesticulando para uma fileira em que quatro pessoas de preto se apertam para a direita, abrindo espaço para nós.

— Obrigada — sussurra Aubrey, soltando o braço dele. — E... meus sentimentos. Sinto muito mesmo por o senhor ter perdido seu amigo.

— Ele está em paz agora — diz Donald, baixinho, com o rosto sério. — E, no fim das contas, não podemos pedir por mais nada, não é?

ALLISON, DEZOITO ANOS

Julho de 1996

Allison observa seu reflexo no espelho do quarto. Sua aparência estava bem melhor do que nos últimos tempos. Por outro lado, quase todo mundo ficava melhor em um vestido de baile e diamantes. Ela estava preocupada em usar branco quando já parecia tão pálida, mas algo naquele tom específico — o branco-azulado resplandecente da neve sobre um lago congelado — deixava suas bochechas mais coradas.

Ela conseguiu fechar o zíper sem qualquer dificuldade e imediatamente pensou: *Viu só? Não engordei. Não posso estar grávida.* Então seu cérebro traidor lembrou que sua menstruação continuava atrasada fazia semanas e que seu estômago não parava de se revirar com um enjoo esquisito.

Mas ainda não sabia com certeza. O teste que tinha roubado da farmácia continuava fechado sob uma pilha de suéteres, dentro do closet. Ela iria ao Baile de Gala do Verão e, depois que se livrasse dessa pendência, faria o teste.

Talvez.

— Oi! — disse uma voz alegre do outro lado da porta, seguido por uma batida forte à madeira. — Você está pronta?

— Sim. Entra — respondeu Allison.

A porta se abriu para revelar Archer de smoking, sua gravata-borboleta já frouxa. Ele sorriu ao vê-la.

— Você está a cara da riqueza. Gostei dos diamantes. Ei, adivinha o que eu encontrei? — Archer entrou no quarto e fechou a porta, balançando a garrafa verde e dourada que trazia em uma das mãos. — Dom Pérignon se perdeu dos amigos.

Allison franziu o cenho, seu estômago se revirando com o enjoo agora familiar sempre que pensava em beber qualquer coisa alcoólica.

— Não dá pra esperar até chegarmos à festa?

— Você sabe o que dizem sobre sonhos adiados — argumentou Archer. Quando ela não respondeu, ele acrescentou: — Eles murcham como uma uva sob o sol. Ou apodrecem...

— Já entendi — rebateu Allison, ríspida. — Também tive aula de literatura com a Srta. Hermann, lembra? Só estou dizendo que, talvez, só pra variar, você pudesse se controlar o suficiente para não passar vergonha nem desmaiar antes de meia-noite. Ou as duas coisas.

— Nossa — disse Archer, parecendo magoado.

— A mamãe passou muito tempo planejando o baile, sabe? É praticamente a única coisa que a deixou um pouquinho feliz neste verão. Que tal você tentar não estragar tudo?

— Eu não estou *estragando* nada. Meu Deus. Da próxima vez, você só precisa dizer "não, obrigada".

Archer a encarou com um olhar crítico, e Allison se arrependeu na mesma hora. Ela não tinha motivo para atacar o irmão caçula daquele jeito. E nenhuma desculpa, além do fato de que passava cada segundo do dia morrendo de preocupação. Mas Archer não tinha nada a ver com isso.

— Eu só quis dizer... — começou ela, mas Archer saía pela porta.

— Esquece. Já entendi. Dom e eu sabemos quando não querem nossa companhia.

Allison suspirou e deixou que ele fosse embora. De toda forma, não saberia o que dizer.

Quando chegou ao ponto em que não aguentava mais retocar seu gloss, ela saiu do quarto e seguiu pelo corredor. Como sempre, nos últimos dias, teve vontade de se aproximar de uma porta que geralmente evitava. Ela bateu de leve ao batente, e a voz impaciente de Anders gritou:

— Entra.

Ele estava de smoking, com exceção do paletó. Naquele instante, dava um nó na gravata, parado diante do espelho de corpo inteiro do lado oposto da cama. Quando viu o reflexo de Allison, levantou uma sobrancelha irônica.

— Ao que devo o prazer de sua companhia?

Allison apenas fechou a porta e sentou na beira da cama de Anders.

— Só estou inquieta.

— Já fez? — perguntou ele, direto.

Ela não precisava perguntar o que o irmão queria dizer.

— Não.

Anders revirou os olhos.

— Jesus Cristo, Allison. Desse jeito, você vai acabar parindo antes de aceitar que pode haver um problema. Ah, mas que merda de gravata.

Anders desfez o nó todo e recomeçou.

Allison queria tanto desabafar com alguém sobre seu medo de estar grávida, mas não tinha coragem de contar para a mãe,

Archer ou qualquer uma de suas amigas. Por um breve instante, tinha fantasiado sobre contar para Matt — talvez ele retornasse *essa* ligação —, mas seu orgulho não deixava. Então só restavam duas opções: continuar guardando tudo dentro de si ou conversar com Anders.

Tinha que ser o Anders? Ele, que nasceu sem o gene da empatia. Mas, talvez, pensou Allison, o irmão a surpreenderia se o problema fosse grave o suficiente.

— Estou com medo — disse ela.

Anders soltou uma risada irônica, puxando a gravata-borboleta.

— Eu também estaria com medo se estivesse prestes a acrescentar os genes dos Ryan à nossa família. É capaz de o nosso QI coletivo desmoronar. — Allison encarou o irmão com um olhar reprovador, suas bochechas ardendo, e ele acrescentou: — Nem sei por que você foi se misturar com aquele cara, de toda forma.

— É só isso que tem a dizer? — perguntou ela.

Ele deu de ombros.

— Faça logo a porcaria do teste, depois resolva o problema. E não seja tão idiota da próxima vez que um caipira local prestar atenção em você.

Tudo bem. Ele não surpreenderia.

— Olha quem fala — rebateu Allison, irritada. — Anders Story, tão sabichão, tão melhor que todo mundo, até Kayla olhar na sua direção. Aí você vai correndo.

Anders terminou a gravata e passou a mão pelo cabelo. Os fios eram lambidos ou espetados, completamente diferentes das ondas espessas do cabelo de Adam e do de Archer.

— Eu não *corro* pra lugar nenhum. Estou me divertindo. E, até agora, consegui fazer isso sem engravidar ninguém. Então... você podia aprender comigo.

— Foi *divertido* quando Kayla trocou você pelo Matt? — Allison sabia que suas palavras acertaram um ponto fraco quando Anders parou de se mexer, semicerrando os olhos para o reflexo no espelho. Parte do seu cérebro sabia que seria melhor parar de falar, mas outra parte estava satisfeita por ele se sentir tão mal quanto ela. Mesmo que fosse só por um minuto. — É bem capaz de ela fazer isso de novo, sabe? Já vi os dois juntos mais de uma vez neste verão. Não é irônico? A gente tem isso tudo — gesticulou ela para o quarto espaçoso de Anders —, mas parece que a única coisa que aqueles dois querem é um ao outro.

— Isso seria um erro — disse Anders, calmo. Ele tirou o paletó do smoking da cadeira da escrivaninha e o vestiu. — Agora, cai fora do meu quarto.

Allison obedeceu, já se arrependendo de ter falado demais. Anders ficaria insuportável a noite toda. Ela voltou para seu quarto e fechou a porta, seguindo o caminho agora já familiar até a pilha de suéteres no closet que escondia o teste de gravidez. Então abriu a caixa e tirou o palito de plástico lá de dentro.

Resultado em cinco minutos!

Antes de conseguir pensar demais no que estava fazendo, Allison seguiu para o banheiro, apertando o teste em uma das mãos. Era difícil fazer xixi enquanto se usava um vestido de baile, mas não impossível. Depois, ela deixou o teste na parte de trás da privada, lavou as mãos e ficou esperando.

Após um minuto, a segunda linha apareceu, tão forte e escura quanto a primeira. O estômago de Allison se revirou, e o enjoo que a atormentava fazia semanas se tornou incontrolável. Ela vomitou com força dentro da privada, várias vezes, até as laterais do seu corpo doerem e sua garganta parecer em carne viva.

Quando sua barriga parou de se rebelar, ela deu descarga e pegou o teste de gravidez. Ela o enrolou em camadas grossas de papel higiênico e o jogou no lixo. Um pouco tonta, tirou a pasta de dente e a escova do suporte e passou três minutos escovando os dentes. Então fez um gargarejo com um enxaguante bucal, retocou o gloss, ajeitou o cabelo e arrumou seu pingente.

Ela não podia se dar ao luxo de desmoronar. Já estava quase na hora de sair para o Baile de Gala do Verão, e Allison sabia qual era a imagem que a mãe queria passar da família: ainda de luto por Abraham Story, é claro, mas forte e unida, com futuros brilhantes pela frente. Nada de medo, nada de rejeição, nada de amargura e, com certeza, nada de gravidez.

Allison desceu a escada curvada até o vestíbulo, onde mamãe mantinha todas as suas obras de arte favoritas. Um homem estava parado diante da estátua de bronze mais nova, a cabeça inclinada como se tentasse entender o que era. Allison reconheceu o advogado da mãe, Donald Camden, mesmo antes de ele se virar ao som dos passos dela.

— É uma mãe e seus filhos — disse Allison, levantando a saia enquanto descia os dois últimos degraus. — Mamãe encomendou de Paris.

— Sua mãe tem um gosto interessante — observou Donald, diplomático, voltando a olhar para a escultura. — Mas, verdade seja dita, não consigo enxergar uma família.

Claro que não, pensou Allison. Donald Camden era o clássico solteirão inveterado. Ele provavelmente não enxergava famílias em lugar nenhum.

— Você vai acompanhar mamãe ao baile hoje?

— Recebi essa honra, sim — respondeu Donald, fazendo uma pequena reverência.

Allison apertou os lábios contra uma nova onda de enjoo que, ainda bem, logo passou. Ela abriu seu melhor sorriso.

— Estamos animados para hoje.

— E com razão — disse Donald em um tom formal. — O Baile de Gala do Verão sempre é o momento em que a família Story mais brilha.

16

Milly

Não consigo resistir. Quando estou toda arrumada para o Baile de Gala do Verão, em um vestido perfeitamente ajustado e diamantes emprestados — *diamantes* de verdade! Mando uma foto para minha mãe.

Pronta para o baile, digito.

A resposta é imediata.

Ah, Milly, que maravilha! Você está linda! Como vai a mamãe?

Encaro a tela por um tempo antes de responder. Que pergunta difícil. No fim das contas, só digito:

Ainda não conseguimos conversar muito.

Me conta tudo quando conseguir!, responde ela.

Pode deixar, mando, antes de enfiar o celular no bolso do meu vestido. Esse vestido é a peça de roupa mais perfeita que já usei — não só porque é lindo e fica maravilhoso em mim, mas também porque tem bolsos fundos em que cabem um celular e um batom sem estragar o contorno da saia.

Aubrey sai do banheiro. Brittany, que vai trabalhar como garçonete hoje, a levou até lá para maquiá-la. Aparentemente, a luz é melhor lá dentro. Eu não sabia bem o que esperar, já que Brittany adora olhos esfumados e batons chamativos, mas ela pegou mais leve com Aubrey: só rímel, um pouco de blush rosado e gloss. Ficou perfeito, mas os olhos de Aubrey estão cheios de hesitação quando encontram os meus.

— Está exagerado? — pergunta ela.
— Nem um pouco — respondo.

Então me dou conta, como se tivesse levado um soco na barriga, de que *eu* devia ter maquiado Aubrey. Eu devia ter me oferecido na Boutique da Kayla, depois que vi como ela estava incomodada com a situação toda. Mas não fiz isso, porque ainda estava toda emburrada por causa do brunch com Mildred.

Passei a semana toda rabugenta, deixando Aubrey na defensiva e, agora, parece existir uma distância entre nós que não consigo recuperar. E eu quero voltar a ser amiga da minha prima, bem mais do que quero ser a neta favorita de Mildred. É como se essa predileção fosse a maçã envenenada de *Branca de neve*; um presente dado com maldade, que eu me arrependeria de aceitar na mesma hora.

Então por que ainda me sinto triste por não ser a favorita?
Afasto o pensamento e digo para Aubrey:
— Você está linda.
Ela abre um sorriso tímido.
— Você também. Está pronta?
— Mais pronta impossível.

Tenho a vontade repentina de segurar a mão dela, de deixar para trás toda a tensão da última semana e voltar a trabalhar em equipe. Caso contrário, não sei como vamos aguentar a noite de hoje, que dirá o verão todo. Mas, antes de eu fazer isso, Aubrey pega uma bolsa em cima da sua escrivaninha e sai para o corredor.

Jonah já saiu. Carson Fine nos contou de manhã que Mildred mandaria um carro diferente hoje — para acomodar as saias dos vestidos de baile sem amassá-las —, mas que só caberiam duas pessoas no banco de trás.

— Vocês vão ter que ir separados — explicou ele. — Aubrey e Milly em um carro, e Jonah no outro.

— Não posso ir no banco da frente? — perguntou Jonah.

Carson pareceu escandalizado.

— Não é assim que funciona.

A situação toda era ridícula, ainda mais levando em conta que a caminhada entre o dormitório e o resort levava cinco minutos. Mas Mildred sempre consegue tudo que quer. Assim, quando Aubrey e eu saímos, um carro reluzente estava parado na frente do dormitório à nossa espera, com um motorista com uniforme completo — inclusive luvas brancas.

— Srta. Story. Srta. Story-Takahashi — diz ele, abrindo a porta e assentindo para nós. — Boa noite.

Engulo uma risada inadequada.

— Boa noite — repito, sentando no banco.

O interior do carro tem um cheiro maravilhoso, tipo uma mistura de couro caro e floresta no inverno. Diante de mim, um painel abriga duas taças geladas de champanhe. Ajeito a saia ao meu redor enquanto o motorista fecha a porta e acompanha Aubrey até o outro lado do carro.

Quando chego à conclusão de que o vestido não vai amassar, pego uma das taças de champanhe e tomo um longo gole. Seria falta de educação recusar.

Aubrey senta com cuidado ao meu lado, arregalando os olhos ao ver minha taça.

— Você acha que isso é uma boa ideia? — pergunta ela.

Eu sei que ela só fez essa pergunta porque está nervosa com o baile. Não porque está me julgando ou porque acha que é melhor do que eu, ou qualquer outra das opções desagradáveis que começam a passar pela minha cabeça. Mas tomo metade da taça antes de responder, fria:

— Acho que é uma *ótima* ideia.

— Milly. — O rosto expressivo e cheio de sardas dela parece triste. — Eu odeio isso.

— Odeia o quê? — pergunto, apesar de eu saber do que ela está falando, porque também odeio. Mas, de algum jeito, o mesmo ressentimento que passou a semana inteira estragando nossas interações me faz inclinar a cabeça para trás e tomar o restante do champanhe. — É melhor você se animar. A gente está indo para uma festa — digo, colocando minha taça vazia ao lado da cheia de Aubrey. Então vejo as lágrimas surgindo em seus olhos.

Foi como um soco no meu estômago. Desta vez, seguro a mão dela.

— Não chora — digo, afobada. Há pelo menos uma dúzia de coisas que eu devia falar depois disso, mas a única coisa que sai é: — Seu rímel vai escorrer.

Aubrey funga.

— Estou pouco me lixando pro meu *rímel*.

— Chegamos — anuncia o motorista em um tom tranquilo.

Viro para olhar, e estamos estacionando no gramado diante da porta lateral do resort. Foi um trajeto de noventa segundos.

— Desculpa — sussurro para Aubrey, mas não tenho mais nada para dizer antes de minha porta abrir e revelar Donald Camden em toda sua glória grisalha, de smoking.

— Boa noite, senhoritas. Vim acompanhá-las até o baile.

O motorista e ele nos ajudam a sair do carro, e então Aubrey e eu seguimos Donald. Não podemos conversar, só responder às perguntas educadas dele enquanto entramos no resort, e me sinto inquieta e ansiosa sobre a situação interrompida no carro.

— E aqui estamos — diz Donald, parando na porta do salão de baile.

O espaço está cheio de música, risadas e pessoas elegantes, os lustres de cristal iluminam as tapeçarias nas paredes com um tom dourado imponente. Um quarteto de cordas toca em um palquinho centralizado entre as janelas, e mesas redondas, uniformemente espaçadas, ocupam uma extremidade do salão extenso. Por um segundo, eu me animo. Adoro festas. Mas, então, Donald diz:

— Sua avó pediu que eu levasse cada um de vocês para uma conversa em particular com ela antes do jantar. Ela gostaria de começar com você, Aubrey.

É claro que gostaria. Engulo as palavras, mas Aubrey as vê estampadas no meu rosto de toda forma.

— Talvez fosse melhor Milly ir primeiro — diz ela.

— Não, está tudo bem — falo, tensa, me soltando de Donald.

— Vou procurar alguém conhecido.

— Milly... — chama ela, triste, mas Donald a guia para a mesa principal.

Pego uma taça de champanhe de um garçom e tomo um gole muito maior do que seria recomendado pelas normas da etiqueta. Então caminho para dentro do salão.

O Baile de Gala do Verão. Eu costumava pensar que era um evento mágico, o suprassumo do glamour. Adorava ver as fotos da minha mãe em seu vestido branco, me imaginando em seu lugar. Agora que finalmente estou aqui, só consigo torcer para que ela não estivesse tão infeliz naquela noite quanto estou agora.

— Oi, Milly.

A voz baixa ao meu lado me dá um susto, e me viro para encontrar Hazel Baxter-Clement parecendo cansada e preocupada em um vestido vinho. Seu cabelo escuro está preso no alto da cabeça, e ela segura uma taça cheia de champanhe.

— Hazel, caramba. — Seguro sua mão livre. — Desculpa por não ter falado com você no funeral. — O enterro após a missa foi só para a família. — E meus sentimentos pelo seu avô. Ele era um homem muito gentil.

— Obrigada — diz Hazel. — Ele teve uma vida longa e feliz. E a demência estava avançando, então... — Ela suspira. — Minha mãe diz que talvez tenha sido melhor ele não ter precisado passar pelos estágios finais da doença. Sei lá. Eu só queria que ele tivesse morrido enquanto dormia ou de um jeito mais tranquilo.

Não consigo pensar em nada reconfortante para dizer, porque ela tem razão. Ter se afogado na floresta atrás da própria casa é uma morte terrível. Finalmente me decido por:

— Sei que falei poucas vezes com o Dr. Baxter, mas dava pra notar como ele se orgulhava de você. E você cuidava tão bem dele.

A expressão dela fica sombria.

— Não sei, não. Eu o deixei sair sozinho naquela manhã. Mas ele parecia lúcido e disse que ia encontrar um amigo, então...

Minha nuca formiga.

— Você sabe quem?

— Não. Bem que eu queria. Ninguém disse nada, e seria legal saber o que ele fez antes de...

Faço uma pausa, pensando na carta do Dr. Baxter para o tio Archer. *Há coisas que eu deveria ter contado para você há muito tempo.*

— Seu avô... mencionou meu tio Archer recentemente?

Hazel pisca.

— Sobre seu tio ter voltado para a ilha? — Um pouco do seu ânimo normal retorna enquanto ela acrescenta: — Ele voltou mesmo? As pessoas estão dizendo que o viram na sexta passada, mas ele não deu mais as caras depois disso. Mas não sei se meu avô ficou sabendo. Ele nunca falou nada. Vocês o viram? Archer, quero dizer.

Eu hesito. Faz mais de uma semana desde que conversamos com tio Archer, e Aubrey tem certeza de que ele fugiu da ilha. Nós passamos no chalé algumas vezes, mas as cortinas estão sempre fechadas e ninguém atende à porta. Então Aubrey deve ter razão, e não faria mal saciar a curiosidade de Hazel, ainda mais depois da semana que ela teve.

— Vimos. Ele estava ficando em um chalé nos fundos da casa de um amigo, Rob Valentine, mas...

— Querida. — Uma mulher surge ao lado de Hazel, parecendo sua versão de meia-idade. — Um dos colegas de faculdade de medicina do vovô quer conhecer você. Ele está na mesa da Sra. Story. Vem comigo? — Ela se vira para mim com um sorriso pesaroso, e seus olhos brilham em reconhecimento. — Ora, puxa vida, falando dos Story. Você deve ser Milly. Sou Katharine Baxter, mãe de Hazel. Vi uma foto linda de você e seus primos saindo do funeral do meu pai na *Gazeta de Gull Cove*.

— Sim, oi — digo, apertando a mão que ela esticou. — É um prazer conhecê-la. Meus sentimentos pelo seu pai.
— Obrigada. De verdade. Eu não queria interromper...
— Está tudo bem — prometo, feliz pela desculpa para fugir. Gosto de Hazel, mas já existem boatos suficientes rolando sobre o tio Archer sem a minha ajuda. Não devia ter falado tanto, então agora parece uma ótima hora para bater em retirada. — Preciso encontrar meus primos de qualquer forma. A gente se fala mais tarde.

Eu me afasto, quase esbarrando em um garçom segurando uma garrafa de champanhe. Ele a inclina para minha taça vazia.
— Posso encher? — pergunta ele.

Não respondo de imediato, tentando contar quantas já tomei, mas ele a enche mesmo assim.

Bem. Já estou aqui mesmo. Tomo um gole das bolhinhas efervescentes e continuo andando, meus olhos analisando a multidão elegante. Um pouco à frente, vejo uma cabeça loura conhecida: Reid Chilton, colega Pipilo e filho da senadora. Não tenho vontade nenhuma de falar com ele, então me viro e quase caio em cima da pessoa atrás de mim.

A mão de alguém se estica para me segurar.
— Eita. Foi mal. Eu só estava tentando... — É Jonah, lindo no seu smoking, e seus olhos se arregalam ao me ver. Ele não fala nada por um instante, seu pomo de adão subindo e descendo algumas vezes antes de acrescentar: — Esqueci o que eu queria fazer, porque... acho que todo o sangue do meu cérebro foi embora. — Ele engole em seco de novo. — Você está incrível, Milly.

Meu peito se enche de uma sensação quente e palpitante.
— Obrigada. Você também. — É verdade. Talvez seja porque ele passou a semana inteira com os melhores alfaiates da ilha à

disposição, mas Jonah parece ter sido feito para usar um smoking. Seu cabelo escuro está penteado para trás e, apesar de eu meio que gostar do visual bagunçado habitual, não dá para negar que o atual destaca os ângulos de seu rosto. Ergo minha taça antes de tomar outro gole. — Já provou o champanhe?

— Não. Tomei chocolate quente. — Levanto uma sobrancelha e ele dá de ombros. — É, tipo, um chocolate que importaram da França, com uma mistura de canela e noz-moscada moídas à mão. E um pouquinho de pimenta, acho. Foi o que Carson disse.

— É gostoso?

— O melhor chocolate quente que já tomei na vida — diz Jonah, tão empolgado que sorri.

— Mildred sabe dar uma festa. A gente precisa reconhecer isso. — Sinto que estou relaxando pela primeira vez esta noite, e pressiono a manga dele com as pontas dos meus dedos, sentindo uma onda repentina de carinho. — Que bom que está aqui.

Ele sorri, parecendo satisfeito e confuso ao mesmo tempo.

— Bem, eu precisava vir, né? Mildred mandou.

— Eu sei, mas não quero dizer só *aqui* aqui. Estou falando no geral. Na ilha. — Jonah ainda parece um pouco incerto, e eu entendo. Meus pensamentos não estão tão organizados quanto eu gostaria. — O que estou tentando dizer é que... que bom que eu conheci você.

Assim que as palavras escapam, meu rosto esquenta de vergonha. Não costumo dizer esse tipo de coisa e, apesar de não estar exatamente *arrependida*, talvez a terceira taça de champanhe tenha sido um erro.

Os olhos castanho-escuros de Jonah ganham uma expressão carinhosa.

— Que bom que eu conheci você também. Que bom mesmo. — Ele lambe os lábios, e sinto uma necessidade repentina de seguir o movimento com um dedo. Certo, a terceira taça de champanhe *com certeza* foi um erro. Mas saber disso não me impede de pegar a quarta quando um garçom passa. O olhar de Jonah foca a minha taça, e ele repuxa os punhos do paletó enquanto acrescenta: — O negócio é que...

— Achei você! — interrompe uma voz às nossas costas. — Estava te procurando, Milly. Oi, Jonah.

É Reid Chilton, exibindo uma gravata-borboleta grande demais e um sorriso bajulador. A gravata-borboleta maior está na moda este ano, de acordo com a *GQ*, e eu meio que me odeio por saber disso. É o tipo de informação inútil que passei anos acumulando, só esperando por uma chance de impressionar minha avó socialite negligente. Que piada.

— O quê? — pergunta Reid, franzindo o cenho.

Jonah também me encara com uma expressão estranha, e percebo que falei a última parte em voz alta.

— Eu disse que gostei da sua gravata.

É bem óbvio que não foi isso que eu disse, mas os dois são educados demais para me contradizer.

— Valeu — responde Reid, sem hesitar. — Mas ninguém aqui chega aos seus pés.

Ah, credo, penso. Então fico tensa. Eu também falei isso em voz alta? Mas Reid continua sorrindo para mim, então é provável que não.

— Acho que sentaremos à mesma mesa no jantar — continua ele. — Sua avó convidou minha mãe. Talvez você já tenha ouvido falar dela? A senadora Genevieve Chilton? Democrata de Massachusetts.

— Minha mãe é democrata de Nova York — digo. — Mas não é senadora. E não está aqui.

Jonah murmura alguma coisa baixinho que soa como "Isso está indo bem" enquanto o sorriso de Reid se torna um pouco tenso.

— A história da sua família é bem interessante — diz ele.

Eu não pretendia tomar mais champanhe, mas, de algum jeito, a taça na minha mão se esvaziou enquanto Reid falava. A culpa é dele por ser tão tagarela.

— Esse é um jeito de encarar as coisas — respondo.

Meu plano era seguir meu comentário com uma risada leve e sofisticada, mas o som sai todo pelo meu nariz. O que me faz rir ainda mais. Reid fica me encarando com o cenho franzido, e Jonah segura meu cotovelo.

— Minha prima e eu estávamos indo tomar um ar — diz Jonah. Continuo rindo. Quem diria que Reid era tão *engraçado*? — Está muito abafado aqui dentro. Vamos, Milly?

— Vamos — digo, tentando usar um tom de voz sofisticado, mas fracassando quando arrasto o *s*.

— A gente se vê no jantar — diz Reid.

— Não se a gente se encontrar antes — zombo antes de Jonah me guiar para longe.

— Quanto champanhe você tomou? — pergunta ele, baixinho.

Mais do que eu devia. Isso fica claro quando o salão começa a girar. Estou acostumada a bebericar drinques com minhas amigas ao longo de horas, não a entornar quatro taças de champanhe com a barriga vazia. Ou foram cinco?

— Não faz diferença — sussurro. — Mildred já me odeia.

— Ela não te odeia.

— Odeia, sim. Ela gosta mais de Aubrey do que de mim. Ela gosta mais de você do que de mim. E *você* — cutuco o peito dele com um dedo para dar ênfase — nem é parente dela.

— Shhh — murmura Jonah.

Ele me guia ao redor de um grupo de clones de Donald Camden, todos grisalhos e com rostos vermelhos, soltando risadinhas requintadas enquanto seguram copos cheios de líquido cor de âmbar. Quase aponto para eles. *Dá uma olhada nos Donalds!* Mas Jonah continua falando:

— Milly, não deixe sua avó magoar você. Não acho que ela seja uma pessoa muito boa. Talvez até tenha sido um dia, mas deixou de ser.

Chegamos a uma cortina dourada enorme e, quando Jonah a afasta, vejo portas duplas por trás. Jonah abre uma das portas e... Ah, que ar fresco maravilhoso! Saímos para uma varanda de pedra e, quando Jonah a fecha atrás de nós, aquele é o máximo de privacidade que teremos no Baile de Gala de Verão.

Eu me apoio na balaustrada da varanda, afastando meu cabelo para trás com a mão trêmula. A noite está bonita, e as estrelas parecem baixas contra o céu azul aveludado.

— Você está se divertindo na festa muito importante da minha avó? — indago.

— *Você* está? — pergunta Jonah.

— Super — digo, e preciso morder o lábio para não rir de novo. — Encher a cara fazia parte do plano. Missão comprida.

— Você só precisa tomar um pouco de ar — diz Jonah. E não me convence.

Eu me viro para encará-lo. O movimento faz a varanda girar, e estico as mãos para segurar a balaustrada. Não a encontro, mas Jonah segura meu braço antes de eu cair.

— Este piso... devia estar mais nivelado — digo, séria, e ele concorda com a cabeça.

— Estava pensando a mesma coisa.

— É um hotel velho — continuo. — Ele precisa de uma reforma.

Jonah pigarreia.

— Escuta, enquanto temos um minuto sozinhos, quero te contar uma coisa. Sobre por que estou aqui.

Minha cabeça ainda está zonza, e Jonah parece tão firme, então passo os braços em torno do seu pescoço para conseguir ficar parada. Bem melhor assim.

— Você veio pra me ajudar a ficar em pé?

— Não exatamente. — Jonah dá uma risadinha. — Mas que bom que posso ajudar. O negócio é que... — Ele se interrompe, lambendo os lábios de novo. Desta vez, cedo ao impulso e tiro a mão de trás do seu pescoço, passando um dedo por sua boca. Ele fica tenso, mas não se afasta. — Você não está deixando que eu me concentre.

— Você fala demais — digo, e me estico para roçar meus lábios sobre os dele.

Eu me afasto, só o suficiente para ver os olhos de Jonah se arregalarem e depois perderem um pouco o foco enquanto suas mãos se esticam para segurar meu rosto e me puxar para perto.

— Bom, eu tentei — murmura ele antes de sua boca cobrir a minha.

Ela é quente e minuciosa, e sinto uma onda de desejo tão forte e inesperada que fico paralisada. Quero dizer, eu *queria* aquilo. Fui eu que comecei. Mas eu não sabia, até este exato segundo, o *quanto*. Meus braços voltam a envolver o pescoço dele, meus dedos se prendendo em seu cabelo, meu coração disparando no peito. A língua de Jonah desliza para dentro da minha boca e o gosto dele, de chocolate e especiarias, me deixa louca.

— Ah, meu Deus!

A voz que nos interrompe está chocada e, no milésimo de segundo que Jonah e eu levamos para nos separar, fico completamente sóbria. O olhar dele encontra o meu, e vejo minha própria pergunta estampada ali: "O que foi que a gente fez?"

A resposta vem rápido. Eu me viro para encontrar Donald Camden nos encarando, boquiaberto, com uma Aubrey corada ao seu lado. A cortina pela qual passamos foi afastada, as portas duplas que se abrem para a varanda estão escancaradas, e todo mundo atrás de Donald — e tem *muita* gente mesmo lá dentro — nos encara.

Incluindo minha avó.

17

Aubrey

Eu nunca tinha visto um desastre tão grandioso. É difícil olhar para Milly e Jonah, mas também é impossível *não* olhar.

Ainda mais porque a culpa é meio que minha.

Eu sabia que Milly tinha ficado chateada quando Donald me levou para a mesa da minha avó. O tempo todo que nós conversamos, tentei ficar de olho na minha prima enquanto ela andava pelo salão, mas a perdia de vista o tempo todo. A última vez em que a vi, ela estava saindo para a varanda com Jonah. Então, quando minha avó pediu a Donald para chamar Jonah, falei: "Ele acabou de sair, posso ir buscá-lo." E minha avó respondeu: "Seria ótimo tomar um ar fresco, Donald e eu também vamos."

E aqui estamos nós.

Eu devia dizer alguma coisa. Não sei exatamente o quê, mas qualquer coisa seria melhor do que o silêncio horrorizado de duzentos convidados vestidos em roupas de gala, que acham que acabaram de pegar no flagra dois primos de primeiro grau se agarrando. Na verdade, agora seria o momento ideal para explicar que eles *não* são primos. Mas não faço ideia de como começar essa conversa e, antes de eu conseguir abrir a boca, minha avó fala:

— É isso que acontece quando eu não escuto os meus instintos — diz ela, fria. — Seus pais só me causaram decepção, e vocês são iguais. — Minhas bochechas esquentam ao ouvir esse comentário enquanto os olhos dela se estreitam para Jonah. — Não devia ser surpresa pra mim descobrir que o filho de Anders é um completo *depravado*.

Jonah, que parecia estar anestesiado desde que Milly e ele se separaram, retoma o foco ao escutar o nome do tio Anders. Seu rosto ganha uma expressão intensa de ódio enquanto ele se afasta de Milly e passa pelas portas duplas, parando a alguns metros de Mildred.

— É, bom, eu tenho um recado de *Anders* — diz ele. Sua voz é baixa e cheia de raiva, mas ecoa com facilidade pelo salão silencioso. — Ele te odeia pra caralho e sempre odiou.

Sons chocados atravessam o salão enquanto o rosto de minha avó fica manchado de roxo. Olho boquiaberta para Jonah, chocada e confusa, quase achando que entendi errado o que ele disse. Por que raios ele tentaria *piorar* uma situação que já é horrorosa? Donald puxa o ar com força ao meu lado, parecendo querer jogar Jonah da varanda.

A *varanda*. Onde a coitada da Milly ainda está parada, imóvel, completamente sozinha. Estou prestes a empurrar Donald e ir até ela quando outra voz ecoa pelos murmúrios que zumbem ao nosso redor.

— Que mentira maldosa. Mas não dá para esperar outra coisa de um *impostor*.

Eu me viro na direção da voz, mas não consigo ver quem falou. O corpo da minha avó enrijece ao meu lado, e ela segura o braço de Donald, seus olhos se arregalando, quase apavorados.

— Vai embora — diz Donald para ela, baixinho. — Eu cuido disso.

E minha avó simplesmente... vai. Ela segue na direção da sua mesa, andando tão rápido quanto seu vestido permite.

A pessoa que falou abre caminho pela multidão, parando ao ver Donald. Ele é baixo e magro, mas estranhamente imponente, vibrando com uma energia reprimida. Seu cabelo espetado é escuro, seu rosto parece o de uma doninha. Eu o reconheço na mesma hora.

— Oi, Donald — diz ele, enfiando as mãos nos bolsos do smoking com um sorrisinho. — Que prazer reencontrá-lo.

— O que está fazendo aqui, Anders? — rosna Donald. — Quem deixou você entrar?

Tio Anders dá de ombros, ainda com as mãos nos bolsos.

— O esquema de segurança daqui já foi melhor. Mas você devia me agradecer por esclarecer as coisas antes do salão inteiro ter uma crise histérica só de imaginar um incesto entre primos. Esse garoto? — Ele inclina a cabeça para Jonah. — Não é o meu filho. *Esse* é. JT!

Ele ergue a voz, e outra figura se aproxima, relutante. Mesmo sem o nome, eu teria reconhecido meu primo em qualquer lugar. Ele é uma cópia idêntica do pai, tirando que, em vez do sorriso arrogante, seu rosto estreito está espremido em uma expressão evasiva, dissimulada.

— Donald, este é Jonah Theodore Story.

— Puta merda. — Alguém arfa perto da minha orelha enquanto o salão de baile explode em conversas baixas, nervosas.

Viro e encontro Brittany ao meu lado, em seu uniforme de garçonete, e me estico para segurar seu braço. Sinto uma onda de gratidão quando faço contato. A situação toda é tão parecida com um sonho que eu não me surpreenderia se realmente fosse.

— Jonah não é Jonah? — pergunta ela.

— Ele é. Mais ou menos — murmuro de volta. — É complicado.

— Então Milly e ele não são... — Brittany começa a concordar a cabeça enquanto seus olhos se alternam entre Jonah e JT. — Tudo faz muito mais sentido agora.

— Pelo amor de Deus, que brincadeira é essa, Anders? — pergunta Donald.

— Brincadeira? — Tio Anders leva a mão ao peito. — Não é brincadeira. Infelizmente, vocês foram vítimas de uma fraude. Meu filho, JT, é o único da nova geração a estar a par. — Começo a sentir meu estômago se revirar enquanto tio Anders continua: — Imagino que você acredite que minha mãe convidou os netos pra virem à ilha. Mas não foi nada disso. Vou explicar o que aconteceu. — Ele é o foco das atenções do salão agora, e dá um suspiro profundo para causar mais comoção. — Meu irmão Archer abordou as crianças e ofereceu empregos para os três com más intenções, esperando que isso conquistasse a mamãe. JT foi o único neto que recusou, então Archer encontrou um substituto. Eu não fazia ideia do que estava acontecendo até ver a foto do filho do nosso vizinho no funeral de Fred Baxter. Perguntei para JT: "O que Jonah North está fazendo com as suas primas?" E entendemos o que devia ter acontecido.

Fecho os olhos por um instante, sentindo a frustração fervilhar pelas minhas veias. Descobertos pela *Gazeta de Gull Cove*. A gente devia ter imaginado que nossos pais ficariam de olho no jornal local. Quanto tio Anders viu a foto, deve ter entendido que foi enganado por JT. Nem imagino a rapidez com que ele obrigou JT a confessar tudo — não só a troca com Jonah, mas também o fato de que tio Archer estava por trás do convite original. Depois disso, ele só precisava jogar a culpa em nós e contar um monte de mentiras para tentar salvar sua chance de fazer as pazes com nossa avó.

E parece estar dando certo. A multidão ao redor adora a performance de Anders, sussurrando e murmurando por trás das mãos.

— Seu babaca mentiroso — diz Jonah, praticamente cuspindo as palavras. — Você está tentando manipular o salão inteiro, que nem manipulou meus pais. Foi o seu *filho* que me convenceu a vir, e ele...

— Sinceramente, Jonah — interrompe Anders com um sorriso que consegue ser forçado e paciente ao mesmo tempo. — Desista enquanto dá tempo. Ninguém aqui vai acreditar em nada do que você disser.

— Ele está falando a verdade — digo. Solto o braço de Brittany e agarro o de Donald Camden, balançando-o para obrigá-lo a olhar para mim. — Quero dizer, Jonah North está falando a verdade. JT pagou pra ele vir. E a gente só descobriu que foi o tio Archer quem convidou a gente na semana passada. Ele estava...

Paro de falar, porque, pela forma como Donald me encara, tenho certeza de que acabei de piorar a situação.

— Sério, Aubrey? É Aubrey, né? — Tio Anders vira seu sorriso arrogante para mim. — Então você admite que sabia que esse garoto não era seu primo, que sabia que foi Archer quem convidou vocês, mas preferiu não contar nada disso para sua avó? E, agora, você quer que as pessoas acreditem que o resto do que eu disse é mentira? — A voz dele fica untuosa. — Entendo por que aceitou o plano. Seu pai é complicado. É difícil conquistar o amor dele, não é?

As palavras roubam o ar dos meus pulmões. De algum jeito, apesar de não me ver desde que eu era pequena, tio Anders sabe exatamente como me atingir. Ao mesmo tempo, está tentando distorcer tudo para fazer parecer que JT e ele não têm culpa de nada, e que nós somos os interesseiros calculistas. A pior parte é que sua história não é muito mais absurda do que o que aconteceu de verdade.

— Cadê a mamãe? — pergunta tio Anders. Ele analisa a multidão com o cenho franzido, finalmente percebendo que a pessoa mais importante não está no meio da sua plateia. — Ela precisa saber que tem pelo menos um neto que dá valor ao respeito e à sinceridade.

— Sua mãe foi embora, graças a Deus, antes de precisar escutar essas besteiras. E eu já escutei mais do que o suficiente — diz Donald. Ele levanta a mão e estala os dedos. — Está na hora de você ir embora.

Homens de terno preto parecem se materializar do nada, segurando os braços do tio Anders. Seu rosto cora com um tom forte e irritado de vermelho.

— Qual é o seu problema, Donald? — grita ele. — Eu estou *te ajudando*.

— O filho dele também — diz Donald para os homens de terno. — E o outro garoto. Tirem todos daqui.

De repente, o caos toma conta de tudo em um emaranhado de movimentos e gritos. Tio Anders luta contra os homens que o arrastam para a saída, gritando, enlouquecido:

— Esta é a porra da minha casa, Donald! Não é sua! É *minha*!

Outros homens de terno aparecem, cercando JT e Jonah e os puxando para longe, enquanto Milly observa, inexpressiva.

Ah, meu Deus. Milly.

Ela continua na varanda. Abro caminho entre a multidão, passando pelas portas duplas, até alcançar minha prima. Só de olhar para seus olhos vítreos sei que a mistura de choque com champanhe emudeceu sua língua afiada. Em qualquer outra noite, Milly teria enfrentado tio Anders sem nem pestanejar. Mas, quando entrelaço meus dedos aos dela, ela só os encara como se sua mão fosse um objeto estranho nunca visto antes.

— Eu devia ter percebido — diz ela, a voz grave de álcool. — Sou tão *burra*.

— Não é, não. — Afasto uma mecha de cabelo do seu rosto. — O que devia ter percebido?

— Que foram os pais de Jonah.

— Ahn? — Ainda não entendi. Sei que Milly está meio bêbada, mas preciso que ela se concentre. — Dá pra me explicar?

Ela pressiona a testa com a mão, como se isso fosse ajudá-la a pensar.

— Li uma matéria no *The Providence Journal* sobre como um monte de famílias perdeu dinheiro por causa da consultoria financeira do tio Anders. Um homem disse que teve que declarar falência e... *meu Deus*. O nome dele era Frank North. Mas não liguei os pontos. — O rosto dela enrijece, os olhos exibindo um pouco do brilho de sempre. — Porque Jonah não me contou. Não contou pra *gente*. Esse tempo todo nós protegemos ele, não contamos quem ele era de verdade, e Jonah nunca se deu ao trabalho de dizer que, ah, aliás, tinha uma raiva imensa da nossa família.

O comentário de Jonah — "que nem você manipulou meus pais" —, que tinha passado completamente despercebido por mim no calor do momento, de repente surge na minha cabeça, e seu comportamento passa a fazer mais sentido. Não é de surpreender que ele tenha virado o Hulk quando ouviu o nome *Anders*.

— Então ele odeia o tio Anders!

— E nós, provavelmente. — Milly cruza os braços com força por cima do peito. — Ele estava usando a gente pra manter o disfarce. Estava nos enganando até conseguir fazer alguma coisa tipo o que aconteceu agora e humilhar nossa família. E eu dei a oportunidade perfeita, né?

— Não — digo no mesmo instante. — Ele não faria isso. — Milly não responde e eu aperto seu braço. — Milly, fala sério. Mesmo que Jonah fosse um babaca, e não acho que seja o caso, ele não é tão bom ator assim. Você descobriu quem ele era em um segundo, não foi?

— Eu não descobri essa parte — diz ela, desanimada.

Quero encontrar as palavras certas para consolá-la, mas, antes de eu conseguir dizer qualquer outra coisa, Donald Camden se inclina para fora das portas, seu rosto tomado por uma fúria gélida.

— Vocês duas, voltem para o dormitório! Amanhã verei o que fazer com vocês.

18

Jonah

De todas as formas que imaginei que minha temporada em Gull Cove terminaria, não pensei que seria com dois caras de terno parados ao meu lado no quarto do dormitório enquanto guardo tudo que tenho na bolsa.

— Vou ser preso? — finalmente pergunto.

O Sujeito de Terno Número Um solta uma risada. Os dois são louros e têm uns trinta e poucos anos, porém ele é mais alto e mais largo. E está segurando meu smoking alugado, que me mandaram tirar assim que chegamos ao dormitório. Pelo menos eles esperaram no corredor enquanto eu trocava de roupa.

— Não somos da polícia, garoto. Somos seguranças particulares. Nosso trabalho é tirá-lo dos limites do resort e levá-lo para um hotel no centro. Você tem uma noite pra resolver sua vida com seus pais ou quem quer que seja seu responsável. A Sra. Story quer que saia da ilha até amanhã à tarde. — A voz dele é tranquila, quase entediada, enquanto acrescenta: — Não é da nossa conta o que acontece com você depois disso.

Em resposta, fecho minha bolsa. O Número Dois encara isso como sua deixa para agarrar meu braço de novo.

— Certo, vamos logo — diz ele.
— Estou indo — informo, irritado, me soltando com um puxão. — Mas preciso mandar uma mensagem. Tenho que entrar em contato com meus *pais ou responsáveis*, né?
A expressão neutra dele não muda.
— Seja rápido.
Ele me empurra na direção da porta e a fecha atrás de nós. Pisco para as luzes fluorescentes do corredor, fortes demais depois do quarto pouco iluminado. Quando as manchas escuras diante dos meus olhos desaparecerem, vejo meia dúzia de rostos curiosos. Todos os Pipilos que não estão trabalhando ou participando do baile estão no corredor, assistindo à minha humilhação. A fofoca corre rápido em uma ilha de dezenove quilômetros.
— Tchau, Jonah — grita o colega de quarto de Reid Chilton.
— Se esse *for mesmo o seu nome*.
— Voltem para os seus quartos — diz o Número Dois. — O show acabou.
Ninguém obedece. Fico de cabeça baixa enquanto arrasto minha lista de contatos, mas não procuro o número do meu pai. Depois resolvo isso. Eu abro o de Milly.
Desculpa, digito. *Estraguei tudo.*
Toda vez que penso no que fiz, sinto vontade de vomitar. Quando Donald Camden interrompeu meu beijo com Milly, minha temporada como Jonah Story foi por água abaixo. Eu sabia, e uma parte de mim até ficou aliviada. O que eu devia ter feito era o seguinte: pegar a mão de Milly e anunciar para todo mundo ali que não éramos primos. Assim, podiam parar de olhar para ela com nojo e choque, e concentrar toda a sua energia negativa no alvo certo: eu. Então eu podia ter levado a culpa pelo que viesse a acontecer a seguir ou, talvez, Milly e eu teríamos enfrentado o

problema juntos. Que era a minha vontade desde que ela surrupiou minha carteira e descobriu tudo.

Em vez disso, me joguei naquela fantasia de vingança contra Anders Story. Apesar de eu já ter decidido, no dia do brunch na Casa da Gatária, que deixaria isso para lá. Que não valia a pena colocar Milly e Aubrey em uma situação complicada. Mas, hoje, humilhado, pressionado e provocado por Mildred, deixei minha mágoa tomar conta. Não só foi sacanagem fazer isso com Milly, mas *não deu certo*. A única coisa que consegui foi dar mais uma chance para Anders contar suas mentiras.

Estou tão perdido nos meus pensamentos que só percebo que chegamos ao centro quando vejo as luzes intensas do cais. O Número Um está dirigindo, e o Número Dois fala ao celular enquanto paramos diante de um prédio de tijolos vermelhos.

— Tudo certo — avisa ele ao aparelho antes de baixá-lo e virar para me encarar. — Esse é o Hotel Hawthorne, sua casa esta noite. Você pode pedir serviço de quarto, com um limite de cinquenta dólares. Tem um bilhete de embarque para amanhã, a qualquer horário, te esperando na bilheteria. A primeira barca sai às sete da manhã; a última, às quatro da tarde. Entendeu?

— E se eu perder a hora? — pergunto.

A voz dele continua no mesmo tom monótono da noite toda.

— Acho melhor isso não acontecer. Anda, vamos fazer seu check-in.

O Número Um fica no carro com o motor ligado enquanto entramos no Hotel Hawthorne. A recepcionista não dá nenhum sinal de achar estranho o fato de um cara de terno estar fazendo o check-in de um adolescente às nove da noite.

— Seu quarto é o 215 — diz ela, olhando para o computador à frente dela. — O elevador fica no fim do corredor à esquerda, ou você pode subir pela escada à direita, ali no canto. Precisa de ajuda com sua bagagem?

Puxo a alça da minha bolsa mais para cima no ombro.

— Não.

— Uma ou duas chaves? — pergunta ela.

O Número Dois responde antes de mim:

— Só uma.

Ela a entrega para mim com um sorriso radiante.

— Aproveite sua estadia!

Eu agradeço e me viro, com o Número Dois me seguindo de perto. Então a porta da frente se abre, e fico paralisado ao ver Anders e JT entrando. Os dois estão sozinhos, não acompanhados por seguranças como eu, e isso reacende minha raiva.

— Seus mentirosos de merda — rosno.

Anders Story parece tranquilo e recomposto. Ninguém diria que ele acabou de ser expulso da festa da própria mãe. Ele espia uma tigela prateada atrás de mim, sobre a recepção, e pega uma bala de menta.

— Eu tentei, Jonah — diz ele, abrindo a bala e a jogando na boca. — Foi a única opção que você e JT deixaram pra mim.

Olho com raiva para JT, que continua se escondendo na sombra do pai.

— Isso tudo foi ideia *sua*.

JT dá de ombros com uma migalha da ousadia de Anders.

— Foi você que não conseguiu ser discreto. Deixar alguém tirar sua foto num funeral e ficar se atracando com a minha prima não fazia parte do acordo. Tecnicamente, a culpa foi toda sua.

— Tecnicamente, a culpa é dele — digo, passando a encarar Anders. — Eu não teria aceitado nada disso se você não tivesse destruído meus pais. Você é um mentiroso *e* um ladrão.

Fico esperando que ele negue, mas Anders só levanta um ombro, mastigando e engolindo a bala com uma lerdeza proposital.

— Seus pais são adultos e decidiram o que fazer com o dinheiro deles por conta própria. Pare de ficar jogando a culpa nos outros. É patético.

— Chega. — O Número Dois puxa meu braço. — Hora de você ir pro quarto. Vamos de elevador ou pela escada?

— Posso ir sozinho — digo, tentando me soltar.

Não dá certo. O Número Dois não me larga.

— Recebi ordens de deixar você no quarto, em segurança — diz ele, calmo. — Elevador ou escada?

— Escada — digo com os dentes cerrados. Porque a única coisa pior do que ser escoltado para o meu quarto na frente de Anders e JT seria esperar pelo elevador enquanto eles ficam olhando.

Número Dois e eu subimos a escada em silêncio, empurrando a porta no segundo andar para um corredor vazio. O quarto 215 é fácil de achar — fica bem do lado da escada e na frente de uma máquina de venda automática. Deve ser o quarto mais barulhento e, portanto, mais barato do lugar. Uma luz verde se acende no painel da porta quando coloco minha chave, e faço uma pausa depois de virar a maçaneta.

— Por favor, diz que você vai embora agora — imploro.

— Vou. — O Número Dois deixa um brilho divertido surgir em seu olhar. No mínimo, hoje deve ter sido uma quebra em sua rotina. — Boa sorte, garoto.

Dou um suspiro de alívio quando a porta se fecha atrás de mim. Finalmente a sós. Tiro meu celular do bolso, torcendo para encontrar uma mensagem de Milly ou Aubrey, mas não há nada. Penso em mandar uma última mensagem para Milly, mas não tenho coragem de ficar enchendo seu saco. Se ela quisesse falar comigo, já teria respondido.

O quarto não é tão luxuoso quanto os do Resort Gull Cove, mas é melhor do que o dormitório. Há duas camas de solteiro cobertas por lençóis com listras náuticas, uma escrivaninha diante da janela e uma televisão grande que ocupa boa parte de uma das paredes. O ar-condicionado é barulhento e tão forte que arrepia meus braços. O banheiro é limpo e bem iluminado, e os músculos nos meus ombros doem só de pensar em um banho quente. Eu devia ligar para o meu pai, mas isso pode esperar outros cinco minutos.

No fim das contas, acaba sendo uns vinte. Tomar banho foi uma ideia brilhante, porque me permitiu agir no automático, repetindo uma rotina que já segui um milhão de vezes. Por um tempo, posso fingir que está tudo bem. Até normal. Porém, depois que termino de usar todos os frasquinhos disponíveis e o banheiro inteiro está coberto por uma nuvem de névoa, chega a hora de abandonar o conforto do boxe. Saio e me seco com uma toalha. Carson Fine levou nossas roupas para serem lavadas e passadas no dia anterior, então minhas coisas estão limpas. A calça de moletom está estranhamente dura por ter sido engomada, mas tudo bem.

Depois que me visto, não consigo mais adiar. Sento na beira de uma das camas, segurando o celular, e me pergunto como começar a conversa. "Então, pai. Sabe aquele meu emprego legal de verão?"

Talvez eu devesse começar com algo simples. Abro minhas mensagens e pisco quando percebo que não vi uma que ele enviou mais cedo. A prévia diz "Oi, Jonah, o pedido de recuperação judicial foi", e solto um gemido. Eu estava tão preocupado com o Baile de Gala do Verão que esqueci que a audiência dos meus pais tinha sido adiada para hoje.

— Desgraça pouca é bobagem — resmungo, abrindo a mensagem.

É um clássico do meu pai, um parágrafo gigante em vez de várias mensagens separadas.

Oi, Jonah, o pedido de recuperação judicial foi melhor do que a gente esperava hoje. Parece que sua mãe e eu vamos conseguir manter a Império aberta por mais tempo, no fim das contas. Ainda temos que resolver algumas coisas, mas estamos otimistas pela primeira vez em muito tempo. Enzo está trabalhando na Home Depot. A gente se fala todo dia, e achamos que vamos conseguir recontratá-lo antes do fim do ano. Tente não se preocupar, tá? Aproveite seu fim de semana, e a gente se fala em breve.

Jogo o celular na cama e solto um suspiro fundo, trêmulo. Meus olhos ardem quando os pressiono com as palmas. Eu não me deixei ter esperança, mas... eles conseguiram. Meus pais estavam fazendo de tudo para convencer o juiz de que conseguiriam pagar os credores e continuar administrando um negócio, e acho que ele foi compreensivo.

"Pare de ficar jogando a culpa nos outros." Anders Story podia ser um babaca sem consciência, mas talvez não estivesse errado. "Vocês não podem provar que foi fraude. E não vão conseguir recuperar o dinheiro", tinha dito o advogado que meus pais consultaram. "A única opção é tentar sair do buraco e seguir em frente." Por muito tempo, meus pais não quiseram aceitar isso, e eu também não. Era *bom* sentir raiva. Mas não ajudava em nada, e não mudava nada. Sinto outra onda enjoativa de arrependimento quando penso em Milly, em como as coisas poderiam ter sido diferentes hoje à noite se eu tivesse me livrado dessa raiva inútil antes.

Uma batida forte à porta interrompe meus pensamentos.

— Ah, fala sério — resmungo, ainda segurando a cabeça. — O que foi agora? — A batida soa de novo, mais alto desta vez. — Calma lá — grito, me esforçando para abrir um sorrisinho em homenagem a Enzo.

Quando abro a porta, imagino que vou encontrar o Número Dois, querendo ver se não fugi pela janela ou algo assim, mas não é ele que está parado diante de mim.

Quase não o reconheço. Ele está de barba feita, com uma camisa de manga comprida e calça jeans limpas, olhos lúcidos e um sorriso cansado no rosto.

— Oi, Jonah — diz Archer Story. — Posso entrar?

Archer atacou o frigobar antes de começarmos a conversar. Agora há quatro garrafinhas alinhadas na mesa à sua frente. Apenas uma delas está aberta, a de vodca, e ele tomou dois goles pequenos.

— Desculpa por beber na sua frente — diz ele. — Estou tentando melhorar, mas não posso parar completamente, ainda mais antes de uma conversa difícil. Senão, vou acabar voltando pro fundo do poço. — Ele olha para a fileira de garrafas. — Não pretendo tomar todas. Nem a maioria delas. Mas é reconfortante saber que posso, se quiser.

— Não tem problema — digo. — Como sabia onde eu estava?

Não há muito lugar para sentar no quarto, então estou esparramado em uma das camas, e Archer ocupa a cadeira da escrivaninha.

— Ainda tenho amigos no resort — diz ele. — Não porque eu mereça, mas ainda tenho amigos. — Ele esfrega seu rosto magro, anguloso, com a mão. Ainda não me acostumei com a ausência da barba de homem das montanhas. — Só pra deixar tudo claro, porque tive que processar um monte de informações novas hoje: você não é meu sobrinho, certo?

— Certo — digo.

Ele abre um sorriso pesaroso, como se desejasse que eu fosse, e me vejo contando toda a história sórdida de como vim parar aqui. Quando termino, ele balança a cabeça e toma um golinho de vodca.

— Verdade seja dita, você nunca pareceu ser filho do Anders.

— É o que todo mundo fala — digo. — Você foi ao baile hoje?

— Ah, não. Eu não fui convidado. Mas fiquei sabendo do que aconteceu. Inclusive da volta do meu irmão. — Outro golinho. — Preciso tentar falar com Milly e Aubrey. Pelo que sei, as duas voltaram para o dormitório. Mas preciso ver se elas estão bem. E pedir desculpas — acrescenta ele, sua voz ficando tensa. — É por isso que vim aqui. Preciso me desculpar com você também. Eu desapareci depois que a gente conversou. Li a matéria sobre mim na *Gazeta de Gull Cove* no dia seguinte e não reagi bem. Achei que tinha estragado tudo, entrei em pânico. E quando eu entro em pânico, bem... Costumo perder o pouco de controle que tenho. — Archer parece desesperado por outro gole de vodca, mas não bebe. — Eu trouxe vocês pra cá, e então sumi. E isso é inaceitável. Vocês são só *garotos*. Desculpe por eu ter me recusado a agir como um adulto durante as últimas semanas, durante as últimas décadas, na verdade, e acabar causando a noite terrível que você teve.

Fico em silêncio por um momento, absorvendo as palavras.

— Esse é um pedido de desculpas bem abrangente.

O vislumbre de um sorriso passa pelos lábios dele.

— Achei que precisava cobrir vários pontos.

— Está tudo bem. Quero dizer, eu menti pra você o tempo todo, então acho que estamos quites. — Espero até Archer pegar a garrafa de vodca de novo, e então pergunto: — Você conseguiu falar com o Dr. Baxter sobre a carta antes de ele morrer?

Ele para antes de tomar outro gole.

— Não. Eu estava destruído demais naquele dia pra sair de casa.

— O que será que ele queria contar?

Archer solta um suspiro pesado.

— Não faço ideia.

— E agora? Você vai voltar pra casa do Rob?

— É, mas por pouco tempo. Já abusei muito da boa vontade dele. Só preciso de alguns dias pra me organizar, e depois vou embora da ilha. — Ele suspira de novo. — Voltar pro mundo real, seja lá qual for.

Uma ideia surge na minha cabeça, tão de repente que fico um pouco tenso.

— Posso ir com você? — pergunto.

Archer pisca.

— Como é?

— Posso ir com você? — repito. — Ainda não liguei pros meus pais. E eu... Bem, as coisas entre Milly e eu ficaram bem ruins. — Fico corado, me lembrando da expressão paralisada no rosto dela quando ataquei Mildred. — Preciso pedir desculpas.

— Eu entendo essa necessidade — diz Archer, cauteloso. — Mas você pode fazer isso de casa, quando os ânimos tiverem se acalmado. Acho que seria melhor pra você ir embora, conforme o planejado.

— Por favor? É só por um ou dois dias.

Ele me encara, sério.

— Jonah, caso ainda não tenha ficado muito claro, eu sou alcoólatra.

— Eu sei — digo.

— Você não pode contar comigo. Não posso cuidar de você.

— Eu tenho quase dezoito anos. — Só daqui a dez meses, mas falta pouco. — Posso cuidar de mim mesmo. Estou fazendo isso desde que cheguei aqui. — Archer hesita, e insisto: — Vamos. Você prefere que sua mãe consiga o que quer sempre que manda Donald Camden expulsar alguém da ilha?

— Bem. — Um sorriso curva os cantos da boca de Archer. — Uma coisa é certa: você tem talento pra convencer os outros.

19

Milly

Estou me sentindo cheia de energia quando entro no escritório de Carson Fine no começo da manhã. Ser convocada tão cedo não é um bom sinal, mas já tomei três xícaras de café e estou usando o vestido vermelho da minha mãe. Não sei o que vai acontecer com a gente agora, mas estou pronta para me defender.

Infelizmente, o homem atrás da mesa não é nosso simpático gerente de hospitalidade e amante de gravatas náuticas.

— Sentem-se — diz Donald Camden. Ele sorri. Na verdade, ele *mostra os dentes*. — Vamos conversar sobre a noite passada.

Nossa. *Noite passada*. Não consigo pensar nisso sem ter vontade de vomitar. Depois que Jonah foi escoltado para fora, Aubrey e eu fomos levadas para o dormitório por duas mulheres que nunca vi antes. Como já era de esperar, desmaiei assim que Aubrey tirou meu vestido. Acordei com duas mensagens do tio Archer — surpreendentemente, ele continua na ilha — e seis de Jonah:

Desculpa.
Estraguei tudo.
Eu nunca devia ter dito aquilo.

A gente pode conversar?
Preciso te pedir desculpa.
E explicar as coisas.

Mandei uma única mensagem de volta:

Você veio aqui pra se vingar do tio Anders? Só diz sim ou não.

Ele respondeu em uma questão de segundos.

Sim.

Então mandou mais um monte de coisa, mas ainda não olhei. Ele é tão mentiroso quanto qualquer Story, e não posso confiar em nada do que diz.

Ainda não acredito que não liguei os pontos sobre a família de Jonah. E não acredito que... mas não. Não vou pensar nele quando preciso manter o foco no que está prestes a acontecer com Donald.

Ele olha para mim e Aubrey sem disfarçar a irritação, esperando que a gente faça o que ele mandou. Nós permanecemos de pé.

— O tio Anders é um mentiroso... — começo, mas Donald levanta a mão.

— É, sim. E vocês duas também. Então o que vai acontecer é o seguinte: a partir de hoje, vocês não são mais funcionárias do Resort Gull Cove. Mas vão receber como se tivessem trabalhado durante o verão todo, o que, em minha opinião, é muito generoso. — Os lábios dele se apertam na última palavra. — Vocês têm três dias pra organizar sua volta pra casa com seus pais, e providenciaremos um bilhete de barca para hoje, amanhã e terça, em qualquer horário. Porém, antes de irem, a Sra. Story gostaria de conversar com *você*, Aubrey. — O olhar dele se foca nela, que fica tensa ao meu lado. — Um carro estará esperando para te levar à Casa da Gatária à uma da tarde em ponto, na entrada do resort.

— O quê? — pergunta ela.

— Só Aubrey? Eu não? — pergunto ao mesmo tempo.

— A Sra. Story quer conversar a sós com Aubrey, como uma representante dos primos — diz Donald. As narinas dele se alargam. — Eu fui contra, levando em consideração todo o estrago que já fizeram, mas ela insiste.

Aubrey parece horrorizada, e eu pergunto:

— Uma *representante*? O que isso significa? Por que não eu?

Os lábios de Donald se curvam.

— Ela não explicou. Em minha opinião, seu comportamento na noite passada torna você... menos adequada.

— Adequada pra *quê*? — praticamente grito, o que deve provar a ele que está certo.

— Não quero ir — diz Aubrey.

— Isso, é claro, cabe a você decidir — diz Donald. — O carro vai chegar a uma da tarde e esperar quinze minutos.

— E se a gente não for embora da ilha? — pergunto.

Sinto uma pontinha de satisfação quando a expressão calma de Donald rapidamente se transforma em surpresa.

— Se vocês não forem embora? Bom, isso é... quero dizer... vocês precisam ir.

Cruzo os braços.

— Acho que a gente não *precisa* fazer nada. Você não manda na gente. E nem Mildred. Se quisermos, nós podemos ficar.

Aubrey me fita com um olhar nervoso enquanto Donald recupera a compostura.

— Como eu disse, seu quarto no dormitório do resort só ficará disponível até a manhã de terça. Depois disso, vamos recolher suas chaves, e vocês não terão mais acesso ao prédio.

— Existem outros hotéis — digo.

— E a maioria deles pertence à sua avó — argumenta Donald. — Além disso, o pagamento de suas verbas rescisórias depende do cumprimento das condições da Sra. Story.

— Não queremos o dinheiro dela — digo. — Você pode ficar com tudo.

Então lanço um olhar arrependido para Aubrey, percebendo que falei em nome dela sem pensar. Sei que a questão financeira na casa dela é muito mais apertada do que na minha, principalmente com a ameaça de um divórcio. Mas ela concorda.

O pescoço de Donald fica muito vermelho, e a visão é belíssima. Mas ele apenas diz:

— Vocês não têm para onde ir além da própria casa.

— Então você não tem com que se preocupar, né?

Eu me viro para a porta, e Aubrey também. Não vou conseguir pensar em nada melhor para dizer, ainda mais porque ele tem razão.

Aubrey agarra meu braço enquanto andamos rápido pelo corredor.

— Você não estava falando sério, estava? — sussurra ela. — Sobre ficar na ilha?

— Não — admito. — Só queria aporrinhar Donald, mas ele tem razão. A gente não tem pra onde ir. — Pego meu celular, pronta para mandar uma mensagem para minha mãe, e surge uma do tio Archer. Franzo o cenho, irritada por um segundo, e então tenho uma ideia. Mostro a tela para Aubrey com um sorriso. — Por outro lado, talvez a gente tenha. Quer dar uma volta? Eu ainda não devolvi as chaves do jipe.

Uma hora depois, estamos sentadas na sala de estar do chalé, já atualizadas sobre a situação do tio Archer. Infelizmente, ele ganhou um colega de quarto inesperado, que já devia *ter ido embora*.

Aceitei o pedido de desculpas do tio Archer, mas interrompi a tentativa de Jonah com um olhar. Sempre que penso em como ele me largou naquela varanda para revidar um rancor pelo tio Anders — e que nunca se deu ao trabalho de me contar —, meu peito dói.

— Então vocês vão pra casa? — pergunta Jonah.

— Acho que não temos opção — resmungo.

Quando pensei no chalé do tio Archer como um refúgio temporário, não achei que teríamos que dividi-lo com Jonah.

— O que sua mãe acha disso tudo? — pergunta tio Archer para mim, e depois inclina a cabeça para Aubrey. — E o seu pai?

Tio Archer parece muito melhor do que da última vez que nos vimos. Na sua frente, há um copo de plástico vermelho cheio pela metade com um líquido transparente que ele beberica o tempo todo enquanto conversamos, e suas mãos não param de tremer, mas ele continua coerente.

— Eles não sabem — digo. — E não vamos contar. Pelo menos não por enquanto. — Tio Archer parece nervoso, e acrescento: — Primeiro, queremos ver o que Mildred diz pra Aubrey.

Aubrey fica pálida.

— Só uma de nós quer isso.

Alguém bate à porta, e tio Archer franze o cenho.

— Quem será?

— Talvez seja o tio Anders. Voltando pra outra rodada — digo, lançando um olhar maldoso para Jonah.

Ele tem o bom senso de corar, e odeio como isso o deixa mais bonito.

— Ah, meu Deus — diz tio Archer, seguindo para a porta.
— Espero que não. Estou tentando melhorar de verdade, e isso iria... Ah, oi. — Ele dá um passo para trás, confuso, e revela Hazel parada na porta. — Você...? A gente se conhece?

— Não — responde ela, apertando um envelope marrom contra o peito, sua expressão introspectiva ficando um pouco mais suave ao ver que Aubrey, Jonah e eu estamos ali. — Mas eu sei quem *você* é, e conheço eles. Meu nome é Hazel Baxter-Clement, sou neta do Dr. Baxter.

— É claro. Seja bem-vinda. — Se tio Archer está surpreso por Hazel saber onde encontrá-lo, não demonstra. Como fui eu que contei a ela, espero que ele ignore esse pequeno detalhe e simplesmente presuma que ela ficou sabendo pelo avô. — Por favor, entre, sente — acrescenta ele, gesticulando para a sala. — Meus sentimentos pelo seu avô. Fred era um homem maravilhoso.

— Sim, é mais ou menos por causa disso que estou aqui. — Hazel dá alguns passos para dentro do chalé enquanto Archer fecha a porta, parando ao lado do sofá em vez de se apertar no espaço que Aubrey e eu tentamos abrir para ela. — Eu só... não sabia pra onde ir.

Archer inclina a cabeça, preocupado.

— Está tudo bem?

— Não sei. — Hazel brinca com uma cordinha no envelope. — Encontrei isto na mesa do meu avô ontem. Estava endereçado a mim, mas... é sobre você.

Troco um olhar com Aubrey enquanto tio Archer pergunta:

— Sobre mim?

— Bom, uma parte. É... — Ela abre o envelope e tira uma folha de papel. — Talvez seja melhor eu ler. — Ela pigarreia. — "Querida Hazel, sinto tanto orgulho da moça que você se tornou.

Bondosa, gentil, dedicada. Para ser sincero, você é um legado que não mereço. E há coisas de que você não sabe." — Sua voz falha, e ela engole em seco antes de continuar. — "Tenho medo de encarar as consequências dos meus atos, mas tenho mais medo de esquecê-los em um futuro próximo. Então talvez eu deva começar com algo que ainda possa ser solucionado. Cometi uma grande injustiça com Archer Story."

Ela para. Acho que todos na sala prendem a respiração. Espero o máximo que aguento, para deixar Hazel se recompor, e então solto:

— *Que* injustiça?

— Não sei — diz Hazel. — A carta termina aí.

Solto um gemido, e tio Archer esfrega o rosto com a mão.

— Pouco antes de morrer, seu avô pediu que eu me encontrasse com ele — conta ele para Hazel. — Eu não consegui responder a tempo. Não faço a menor ideia sobre o que ele queria conversar, nem o que achava que tinha me feito. Para mim, nunca existiu problema. Ele era o médico da nossa família e sempre me tratou bem. Só isso. Posso? — Ele gesticula para a carta, e Hazel a entrega. Tio Archer a analisa rápido, franzindo o cenho. — Ele nunca tocou nesse assunto com você?

— Não — diz Hazel. — Ele nunca nem mencionou seu nome. Mas tem outra coisa. — Ela enfia a mão no envelope e tira uma folha fina de papel. — Isso estava junto.

Tio Archer pega o papel, franzindo a testa.

— O resultado de uma autópsia?

— Pois é. Tem, tipo, uns vinte anos. — Começo a ficar nervosa quando Hazel acrescenta: — Vinte e quatro, pra ser mais exata. É de uma mulher chamada Kayla Dugas.

— Kayla? — repito, olhando para Aubrey. — Kayla, a irmã de Oona?

Tio Archer olha para mim.

— Vocês conhecem Oona?

— Compramos nossos vestidos com ela — respondo. — E ela nos contou sobre a irmã. Que ela namorou o tio Anders na escola e na faculdade. E então morreu. Bem no ano em que vocês foram deserdados. A gente notou que foi na mesma época. — Olho de soslaio para Aubrey e fico vermelha, me lembrando de como fui grossa com ela na biblioteca. — Bom, a Aubrey notou.

Tio Archer franze a testa para a autópsia.

— Não tinha um bilhete junto? Nada que explicasse por que ele queria que você ou eu víssemos isto?

— Nada — diz Hazel.

— Talvez eu devesse falar com Oona — diz ele. — Faz mais sentido ele ter deixado isto pra ela, não pra mim. Mas imagino que a família tenha recebido uma cópia na época.

Aubrey se manifesta:

— E a época em que tudo aconteceu, tio Archer? Vocês receberam a carta do "vocês sabem o que fizeram" do Donald Camden pouco depois da Kayla morrer, não foi?

— Antes — responde ele. — Não me lembro do intervalo exato de tempo, mas foi um soco atrás do outro. Primeiro, as cartas. Depois, a morte de Kayla. Nós voltamos pro funeral, e a mamãe se recusou a falar com a gente.

— Hum. — Aubrey morde o lábio. — Achei que tinha sido uma questão de causa e efeito. Tipo, alguma coisa sobre a morte de Kayla deixou a vovó irritada o suficiente pra deserdar vocês.

— Não. — Archer parece confuso com a ideia. — Foi só uma coincidência. Pra ser sincero, a mamãe nunca gostou muito de Kayla. Ela queria que Anders encontrasse uma menina de boa família em Harvard. O que ele fez, por sinal. — Archer se vira para Hazel. — Seu avô deixou mais alguma coisa pra você ou pra mim?

— Não que eu tenha encontrado. Posso procurar de novo. Preciso voltar pra casa, de qualquer forma. — Hazel suspira e guarda a carta no envelope. — Estamos guardando as coisas do vovô.

— Posso ficar com isto? — pergunta tio Archer, mostrando o relatório da autópsia. — Quero mostrar pra Oona. Talvez ela veja alguma coisa que passou despercebido por mim.

— Claro — diz Hazel. — A gente se vê por aí.

Ela enfia o envelope embaixo do braço, passa por Archer e sai. Aubrey puxa minha manga.

— A gente precisa sair daqui a uns dez minutos, mais ou menos — diz ela. — O carro vai chegar logo. A menos que queira ficar aqui.

— Não, vou com você — respondo.

— Vocês vão voltar depois? — pergunta Jonah.

— Provavelmente não — respondo, ríspida.

Uma pequena parte do meu cérebro registra que estou falando igual à minha mãe quando está prestes a cortar alguém da sua vida por decepcioná-la. O restante de mim está chateado demais para se importar.

— Milly, por favor. — Jonah se inclina para a frente, sua voz baixa e insistente. — A gente pode conversar?

Tio Archer pigarreia.

— Vou passar um café, se alguém quiser — diz ele, seguindo para a cozinha.

— Eu quero! — Aubrey, aquela traidora, dá um pulo para fora do sofá e o segue.

O espaço ao meu lado está vazio agora, mas Jonah é esperto o suficiente para não sentar ali.

— Milly, desculpa — diz ele. — Eu devia ter contado sobre meus pais e Anders. Acredite ou não, eu ia fazer isso...

— Eu *não* acredito — interrompo.

— Eu ia fazer isso no baile — continua ele. — Eu tentei, quando a gente estava na varanda. Mas você... — Ele puxa a gola da camisa. — Você queria falar de outras coisas.

Minhas bochechas queimam. A noite passada está bem nebulosa na minha cabeça, mas não a ponto de eu ter esquecido que meu plano não era *conversar* na varanda, mas ficar cambaleando bêbada e dar em cima de Jonah.

— É meio tarde demais, não acha? Você devia ter contado pra gente desde o começo. Aubrey e eu merecíamos isso, depois de toparmos guardar seu segredo. Mas você não podia fazer isso, né? Sua *vingança* iria por água abaixo. — Tiro os olhos do chão e o encaro. — Fiquei surpresa por ter esperado até o baile. Você podia ter atacado Mildred na Casa da Gatária.

— Eu ia fazer isso — diz Jonah, e fico tão surpresa que não consigo falar. — Quando ela me perguntou como estava Anders. Eu já tinha um discurso pronto. Mas não consegui. Não *quis*. Eu não queria mais sacanear o Anders. Não se isso prejudicasse vocês também.

Ignoro o calor que toma conta do meu peito.

— Você não pareceu muito preocupado com isso ontem.

— Eu cometi um erro — diz Jonah, apenas. — Aquela situação foi tipo um pesadelo, e eu só... deixei a raiva tomar conta. Você não sabe como é, quando alguém feito Anders...

— Não sei mesmo — interrompo, levantando. — Porque você não me contou. — Argh. Não quero continuar brigando com ele sobre isso, mas também não consigo deixar para lá. — Primeiro, você mentiu sobre quem era. Quando eu descobri *essa* mentira, então mentiu sobre por que veio pra cá. — Levanto uma mão antes de ele conseguir rebater. — Omitir é mentir. Você contou um monte de meias-verdades e me deixou achar que éramos... amigos...

Minha voz falha na última palavra. De repente, meus olhos estão cheios de lágrimas, o que me deixa furiosa. Eu nunca choro. Sou filha de Allison Story, afinal de contas.

Jonah também levanta e segura minhas mãos.

— Nós *somos* amigos — diz ele, rápido. — Amizade é o mínimo que eu sinto. Milly, você não sabe o quanto eu gosto...

Eu me afasto ao mesmo tempo que tio Archer e Aubrey voltam para a sala.

— Não sei mesmo. E por quê? Porque você não me contou.

Aubrey parece triste enquanto me oferece um copo de plástico vermelho cheio de líquido marrom leitoso.

— Seu café pra viagem, Milly. Desculpa, mas, se a gente não sair agora...

— Tudo bem — digo, esfregando os olhos. — Estou pronta.

Tio Archer chega perto de mim e me envolve com um braço só. É quase como se ele soubesse que eu não aguentaria mais contato físico do que isso agora. Ele me afasta um pouquinho dos outros e inclina a cabeça para perto da minha.

— Você tem motivo pra estar magoada, Milly — sussurra ele. — Você tem o direito de se sentir assim. Mas não descarte o perdão, está bem? Essa é uma característica que eu queria que a família Story tivesse mais.

ALLISON, DEZOITO ANOS

Agosto de 1996

— Anda — diz Anders, irritado. Sentado à mesa diante da vitrine da Cafeteria da Arabella, bem na frente da Floricultura Brewer, ele cutuca Allison. — Ele está bem ali. Sozinho. Vai fazer o que você veio fazer.

Allison engole em seco, observando Matt arrumar vasos de flores nas prateleiras. Ela não acreditava que iria pedir aquilo, mas...

— Vem comigo?

— Ah, pelo amor de Deus — gemeu Anders. — Não. Eu te dei uma carona. Já fiz a minha parte. Não me mete nisso.

O olhar de Allison permaneceu fixado em Matt, seu estômago se revirando. Ela não sabia o que faria sobre a gravidez. Em certos dias, tinha certeza de que a única resposta era um aborto. Em outros, imaginava ir para a faculdade, sem contar para mamãe, e entregar o bebê para adoção. Às vezes, até pensava em ficar com ele. Por que não? Ela tinha uma condição de vida melhor do que a maioria das pessoas.

Sua única certeza era que contaria para Matt. Aquilo era um problema dos dois. Ela não o encararia sozinha.

— Eu só... — Allison parou de falar quando Matt abriu a porta da frente da floricultura, se virou para trancá-la e saiu para a rua. — Esquece. Ele vai embora. Vou resolver isso outro dia. — O alívio a dominou, mas logo foi substituído pelo pânico quando ela viu a direção em que Matt seguia. — Ele está vindo pra *cá*. Ah, não. Não posso contar pra ele no meio de uma cafeteria. — Ela saiu do banco alto e puxou o braço de Anders. — A gente precisa ir embora.

— Para de ser ridícula — reclamou ele. — Você vai dar de cara com ele se sair agora. Deixa de ser covarde e chama o Matt pra dar uma volta.

— Certo. Isso. Boa ideia — disse Allison enquanto Matt entrava.

Ele com certeza viu Anders e a irmã — os dois estavam bem na sua linha de visão —, mas passou direto.

— Matt — chamou Allison. Sua barriga doía. Ela já detestava cada segundo do que ia acontecer.

Ele se virou, relutante.

— Ah, oi, Allison. Não vi você.

— Mentiroso — tossiu Anders. Grande ajuda que ele era.

Allison queria ser engolida pelo chão, mas precisava resolver aquilo.

— Será que a gente pode, hum, dar uma volta rapidinho? — perguntou ela.

— Não posso — disse Matt. — Só vim buscar dois cafés, e depois tenho um compromisso.

— Posso ir com você então?

Matt suspirou.

— Escuta, Allison... A gente se divertiu na festa do Rob, mas foi só isso. Diversão. Então, sei lá, talvez fosse melhor você parar de me ligar. Tá bom? — Allison apenas o encarou, sem conseguir falar de tanta humilhação. — Não estou interessado.

— *Você* não está interessado? — Anders soltou uma risada grosseira. — Ah, essa é boa. Você devia estar agradecendo minha irmã por te dar atenção, seu caipira de merda.

A mandíbula de Matt trincou.

— Deixa eu te fazer uma pergunta: se eu sou tão merda assim, por que Kayla prefere ficar comigo?

Anders semicerrou os olhos.

— Ela não prefere ficar com você. Vocês ficaram uma vez. Grande coisa.

— A gente não ficou *uma vez* — disse Matt. — Nós estamos juntos. Há semanas. Você não percebeu que ela parou de retornar suas ligações?

Allison olhou de soslaio para Anders. Quase não dava pra notar que seus lábios estavam apertados nos cantos, mas ela percebeu que as palavras de Matt o tinham machucado. Mas seu irmão morreria antes de admitir isso.

— Eu não presto atenção se a Kayla me liga — disse ele, desdenhoso. — Ela sempre acaba voltando pra mim. Divirta-se enquanto durar.

— Ela não vai... Quer saber de uma coisa? — Matt balançou a cabeça como se estivesse enojado consigo mesmo. — Não vou entrar nessa. Você acha que pode mandar nas pessoas só porque tem dinheiro, mas não é bem assim. Existe uma ilha inteira cheia de gente que está pouco se lixando para Anders Story. Para *qualquer* Story — acrescentou ele. Allison sentiu um soco na barriga de tanta vergonha por ser incluída daquele jeito. O que ela tinha feito, além de gostar dele?

— Você está tão errado que chega a ser engraçado — disse Anders.

— Que seja. Vou embora — disse Matt.

Ele se virou e foi embora sem os cafés, não se dando ao trabalho de olhar para Allison.

— Que *babaca* — arrematou ela, fervilhando de raiva, quando a porta se fechou. A mágoa fez uma dor aguda e latejante atravessar sua barriga.

— Finalmente a gente concorda com alguma coisa — lançou Anders.

Mesmo assim, ela *ainda* precisava falar com Matt. Allison tirou a bolsa da bancada enquanto observava as costas tensas dele pelo vidro, então ficou paralisada quando o viu esticar os braços de repente para abraçar uma garota que vinha correndo pela rua. Kayla Dugas.

"Só vim buscar dois cafés", tinha dito Matt. Ah, meu Deus. Era um encontro.

Matt e Kayla se beijaram na rua, bem na frente deles. Parecia que Matt estava se exibindo, e Allison conseguia sentir o ressentimento que exalava de Anders.

— Anda — rosnou Anders, se levantando. — Mudei de ideia. Estou louco pra sair daqui e contar pra ele que você está prenha.

— Não! — exclamou Allison, fincando os pés no chão. — Não vou fazer isso na frente de Kayla.

Kayla se virou e, por um segundo, Allison achou que ela tinha escutado os dois, apesar de estarem distantes demais para isso ser possível. Mas ela com certeza os *viu*. Com um braço enroscado no pescoço de Matt, ela jogou um beijo dramático para a vitrine. Então voltou a se agarrar com ele, ainda mais empolgada do que antes.

Allison nunca tinha visto Anders tão irritado. Seu rosto estava vermelho, com a mandíbula trincada, quando disse em uma voz baixa, perigosa:

— Ela vai se arrepender disso.

— Vamos embora — chamou Allison. Ela pendurou a bolsa no ombro e arfou quando olhou para uma das pernas. Sua coxa direita estava cheia de sangue por baixo do short bege. — Como foi que eu...?

Ela analisou o banco, procurando algo afiado em que poderia ter se arranhado, e quase se curvou quando uma onda de dor tomou conta da sua barriga. E então entendeu.

Ela não estava nervosa por causa do comportamento de Matt. Aquilo era algo completamente diferente.

Levou uma semana para o sangramento passar. E quando aconteceu, Allison fez outro teste de gravidez. Uma linha. Ela devia estar aliviada — e provavelmente ficaria em um futuro próximo —, mas, por enquanto, só se sentia vazia.

Depois, ela seguiu para o andar de baixo, atraída pelo som de vozes. Sua mãe, Donald Camden, o Dr. Baxter e Theresa Ryan estavam sentados ao redor da mesa da cozinha, com uma garrafa de vinho. Allison parou no corredor enquanto Donald erguia uma taça.

— Um brinde a você, Mildred, e seu espírito imbatível — disse ele.

Todos brindaram. Então, Donald levantou uma das mãos de Mildred e a beijou.

Allison franziu a testa. A teoria mais recente de Anders, que repetia o tempo todo para os irmãos, era que o Dr. Baxter e Donald Camden estavam dando em cima da mãe agora que ela era uma viúva rica. O fato de o Dr. Baxter ser casado não fazia diferença.

— É pra isso que serve o divórcio — argumentava Anders. — Até parece que ele não largaria a esposa se quisesses.

— A mamãe não está interessada — sempre dizia Archer.

— Eles são homens pacientes — respondia Anders.

Allison pigarreou, e a mãe abriu um sorriso radiante para ela.

— Olá, querida. Não ouvi você chegar. Sente-se conosco.

Allison queria companhia, mas não seria capaz de bancar a sorridente agora. Ela desejou com todas as forças que a mãe estivesse sozinha. Se fosse o caso, tinha certeza de que finalmente conseguiria desabafar.

— Estava procurando pelos meninos — disse ela.

— Archer saiu com os amigos. Adam e Anders foram à praia.

Com uma das garrafas de uísque de quinhentos dólares do pai, sem dúvida.

— Acho que vou atrás deles — avisou Allison.

Quando mamãe sorriu, quase parecia a pessoa que era antes. Fazia bem a ela conviver com outras pessoas, mesmo que fossem apenas aquelas três.

— Leve um casaco. Está frio lá fora.

— Pode deixar.

Allison saiu de casa e seguiu para o luxo favorito do pai: o elevador externo que permitia que evitassem a longa, íngreme e serpenteante trilha até a praia. Ele zumbiu baixinho enquanto descia e se abriu com um farfalhar suave. Allison saiu para a areia e seguiu para a grutinha escondida que era o lugar favorito dos irmãos para beber.

Ela ouviu suas vozes antes de vê-los.

— ...dar um jeito de os dois serem demitidos, sabe? — dizia Adam.

Anders soltou uma risada irônica.

— Que diferença faz se eles perderem uns empreguinhos que

pagam um salário mínimo? Pra mim, nenhuma. — Seguiu-se o tinido de uma garrafa batendo em um copo. Seus irmãos eram incapazes de levar copos de plástico para a praia, como pessoas normais. Os copos tinham que ser de cristal. Boa parte das vezes, acabavam esquecendo de levá-los de volta, e Allison os encontrava enfiados na areia. — Aqueles dois merecem coisa pior.

— Foi uma babaquice o que ele fez com a Allison — disse Adam, e Allison ficou paralisada.

Não, pensou ela. *Por favor, Adam não pode estar falando de Matt. Anders não pode ter contado pra ele.*

— Allison nem devia ter dado bola pra aquele idiota — disse Anders, desdenhoso.

É claro que ele tinha contado. Anders contava tudo para Adam. Allison queria bater a cabeça de Anders em uma pedra.

— Ele não devia ter ousado encostar nela — disse Adam. Apesar de nada daquilo ser da conta dele, Allison sentiu uma pontada de carinho diante da defesa do irmão mais velho. Infelizmente, ele continuou falando: — Até parece que Matt não se deu conta de que nossa família está muito acima da dele. Imagina só, a mamãe tendo que dividir um neto com sua *assistente*. Não é assim que a próxima geração devia começar. Ainda bem que o problema foi resolvido.

Allison fechou os olhos, sentindo lágrimas de raiva em seus olhos. Ela não devia ter esperado nada além daquilo. Mesmo assim, doía saber que Adam conseguia fazer até o aborto dela girar em torno dele.

— Ainda não acabou — disse Anders. — Ele ainda está com a piranha da minha namorada.

— Você não larga o osso, hein? — bocejou Adam.

Allison já tinha escutado o suficiente. Ela se virou para o elevador, e a resposta de Anders veio flutuando pouco antes de ela estar longe demais para escutar.

— O mundo ficaria melhor sem aqueles dois.

20

Aubrey

— Lá vamos nós de novo — murmura Milly quando o motorista de nossa avó guia o Bentley para a estrada principal que leva à Casa da Gatária.

— Obrigada por vir — digo. — Estou tão nervosa.

— Sem problema. Mas acho que não vou conseguir entrar. Ela especificou que era *só* você.

— Eu sei. Mas por que ela acha que pode mandar em tudo, o tempo todo?

Os lábios de Milly se curvam.

— Provavelmente porque ela é cheia da grana.

Minha prima está calma e com os olhos vermelhos de lágrimas desde que saímos do tio Archer, mas se recusa a falar sobre qualquer coisa além do encontro com Mildred. Mesmo assim, existe uma melancolia emanando dela que aperta meu coração, então faço outra tentativa.

— Você acha que Jonah...? — começo.

Milly olha para a janela.

— Ainda não, tá?

Analiso o perfil do seu rosto. Não fiquei surpresa com o fato de Jonah e ela terem se beijado no Baile de Gala do Verão. Se muito, fiquei surpresa por não ter acontecido *antes*. E não estou irritada com Jonah por não ter contado sobre o tio Anders. Afinal de contas, também cheguei aqui com meus segredos, e não sei se teria contado para Milly sobre meu pai e a treinadora Matson se ela não estivesse comigo em um momento de crise.

Há algo sedutor e perigoso nos segredos da família Story. Eles rastejam feito uma cobra até entrarem em seu coração e sua alma, se escondendo tão fundo que você sente que está perdendo uma parte de si mesmo só de pensar em revelá-los. No mínimo, o fato de Jonah planejar se vingar do tio Anders ao mesmo tempo que se apaixonava por Milly o torna um de nós muito mais do que uma certidão de nascimento emprestada seria capaz.

Mas entendo por que Milly não enxerga as coisas dessa forma.

Ficamos em silêncio enquanto o carro segue suavemente pela estrada. Dou uma olhada nas minhas mensagens, lendo uma nova do meu pai sobre como sou ingrata e o decepcionei, além de uma notícia da minha mãe sobre o tipo de coisa que ele prefere não mencionar: a treinadora Matson contou para todo mundo que está grávida. Minha mãe não chega a comentar que a cidade inteira sabe quem é o pai, mas não precisa. Eu sei como aquele lugar funciona. Segredos não duram por muito tempo.

Ah, e vai ser um menino.

Espero que não tenha problema eu ter contado por mensagem, escreve minha mãe. *Não estou conseguindo falar com você ultimamente, e não queria que descobrisse por outra pessoa.*

Sinto uma pontada de culpa, porque ela tem razão. Desde que parei de falar com meu pai, também evito as ligações de minha mãe. Não porque estou irritada com ela — meu Deus, não, nada disso —, mas porque me afastar do sofrimento da gravidez da treinadora Matson foi um alívio imenso. Com tudo que aconteceu na última semana, quase consegui me esquecer desse assunto.

São umas dez da manhã no Óregon, então minha mãe está no hospital, no trabalho, e vai passar horas sem olhar o celular. Mesmo assim, mando um monte de mensagens:

> *Obrigada por me contar.*
> *Desculpa eu estar sumida. Tem um monte de coisas acontecendo aqui.*
> *Vou te ligar pra explicar.*
> *E também, só pra avisar, não importa o que decidir fazer sobre essa bagunça toda: estou do seu lado.*
> *Tipo, se você quiser se mudar, vou junto.*
> *FELIZ.*
> *Desculpa por eu não ter dito isso antes.*
> *Te amo muito.*

Assim que aperto ENVIAR, meu celular toca. Encaro o número de Thomas sem acreditar.

— Isso só pode ser brincadeira — resmungo.

— Quem é? — pergunta Milly. Mostro a tela, e ela faz uma careta ao ver o nome. — Aff. Você vai atender?

— É melhor — suspiro. — Vou me livrar de todas minhas pendências hoje. Oi, Thomas.

— Cara. — A palavra me faz trincar os dentes. Nunca gostei quando Thomas me chama de "cara", como se eu fosse um dos seus colegas da equipe de vôlei. — Seu pai engravidou a treinadora de natação?

Estamos nos aproximando do portão da Casa da Gatária. O motorista diminui a velocidade e tira do quebra-sol o cartão prateado que usa para abrir o portão. Ele está prestes a ouvir um monte de coisas que provavelmente preferiria ignorar, mas paciência.

— Você me ligou para perguntar isso? — digo para Thomas.

— Cara, fala sério. Isso é, tipo, muito doido.

— Que bom falar com você também, Thomas. O trabalho vai bem, obrigada. O que *você* anda fazendo neste verão?

Milly sorri para mim enquanto Thomas começa um monólogo detalhado chatíssimo. Não é de surpreender que ele tenha confundido meu sarcasmo com interesse real.

— Thomas — finalmente interrompo. — Que ótimo. Que bom que as coisas estão dando certo na Best Buy. Por que me ligou?

— Porque o seu pai...

— Não. — Pela primeira vez na vida, não tenho paciência com Thomas. — Já entendi que você quer saber da fofoca. Mas nós dois terminamos.

— Terminamos? — diz ele, incerto, mas não chateado. É mais como se ele estivesse surpreso por eu tocar no assunto.

— Você passou a ignorar todas as minhas mensagens desde que cheguei aqui.

— Eu estava ocupado — diz ele, na defensiva. — De toda forma, quando eu *mandei* algumas, você me ignorou também.

— Sei — digo, pensando no que Oona disse na loja. *A vida é complicada na era digital.* — E isso significa que nosso namoro acabou, né?

— Então você *quer* terminar?

— Você não quer?

— Bom, quero — admite ele. — Já faz um tempo, na verdade. Mas não achei que *você* quisesse.

Engulo um suspiro. A gente podia ficar discutindo sobre como ele é um idiota por me deixar na reserva, mas não tenho tempo para isso. E não faz diferença. Desde que cheguei à ilha, fui me dando conta da realidade do meu namoro com Thomas: eu devia ter terminado poucos meses depois que a gente começou a sair no oitavo ano, quando ele passou a me tratar com indiferença. Mas não fiz isso, porque havia algo *confortável* naquilo. Era algo com que eu estava acostumada.

O motorista para o Bentley diante da Casa da Gatária.

— Bom, ainda bem que resolvemos tudo — falo para ele. — Aproveite o resto do verão.

Eu desligo, e Milly começa a aplaudir devagar.

— Podemos só tirar um minuto pra observar como sua capacidade de brigar com as pessoas pelo celular melhorou? — diz ela, sorrindo.

Faço uma mesura desajeitada, sentada.

— Obrigada.

— Vou abrir sua porta, Srta. Story — avisa o motorista.

Ele faz isso e nem pestaneja quando Milly sai pela outra, sem ajuda.

— Vamos ver o que Mildred quer — diz ela, entrelaçando o braço com o meu enquanto subimos os degraus largos de ardósia.

Antes de chegarmos ao topo, a porta se abre e revela Theresa.

— Olá, Aubrey. E… Milly. — Seu sorriso calmo vacila quando ela olha para minha prima. — A Sra. Story está esperando por você, Aubrey. Por favor, entre. — Ela dá um passo para o lado, depois volta para nossa frente quando Milly faz menção de passar também. — Milly, o convite era só pra Aubrey.

— Ah, desculpa — diz Milly, doce. — A gente achou que devia ter sido um engano.

— Não foi — responde Theresa. — Você pode esperar no carro. Vai ser rápido.

Bom, isso não parecia promissor. Milly abre um sorriso simpático para ela.

— Você está assistindo ao jogo? Talvez eu possa ficar com você até Aubrey estar livre. — Theresa não expressa qualquer reação, e Milly acrescenta: — A rodada dupla? Yankees contra Red Sox? A primeira já começou.

— Não gosto de beisebol — responde Theresa, irritada. — Preciso insistir pra você ir embora. Venha, Aubrey.

Lanço um olhar impotente para Milly enquanto Theresa praticamente me arrasta para dentro da casa, fechando a porta na cara da minha prima.

— A Sra. Story está na varanda — diz Theresa, me guiando até o mesmo lugar em que foi o brunch.

É como se fosse um déjà-vu: minha avó sentada sob um guarda-sol de tecido fino, toda arrumada, bebericando chá.

— Olá, Aubrey — cumprimentou ela. — Por favor, sente-se.

— Vou esperar lá dentro, Mildred — informa Theresa, e fecha a porta de vidro atrás de mim.

Sento na cadeira mais distante da minha avó, com o coração disparado. Só porque, no carro, lidei com Thomas com uma facilidade que até me impressionou, não significa que estou pronta para *isto*. No centro da mesa uma bandeja grande abriga um bule, uma jarra fumegante que parece conter café, tigelas de porcelana de leite e açúcar. Mas nada para comer. Obviamente, este não é um momento para brunch.

Minha avó gesticula para a mesa.

— Pode se servir do chá. Ou do café, se preferir.

— Café — murmuro.

Só não sei como mexer na jarra — a abertura é uma dessas complicadas, que você precisa girar de várias formas até abrir —, e minha avó deixa eu me digladiar com ela. Quando finalmente começo a me servir, o café sai tão rápido que minha xícara enche de repente, transbordando para o pires. Nós duas fingimos que não percebemos.

— Imagino que queira saber por que a convidei — diz minha avó, tomando um golinho do chá.

Seu chapéu de hoje é menor do que o normal, tipo um fedora elegante inclinado para baixo sobre um olho, em um tom de marrom que combina com seu terninho xadrez. Ela parece estar tirando uma folga de uma missão de espionagem da Segunda Guerra Mundial.

— Sim — digo, tomando um gole grande de café puro, para abrir espaço para o leite. E então quase engasgo, porque está *escaldante*. Minha língua queima, meus olhos lacrimejam, mas consigo não cuspir nada.

— Quis conversar sem seus primos. Você parece uma menina sensata. Tenho a impressão de que Milly é instável, e quanto ao *outro*... — A expressão dela fica sombria. — É nítido que JT é uma víbora igual ao pai.

A surpresa se mistura ao meu nervosismo.

— Então a senhora não acredita nele e no tio Anders?

— Não acredito em nenhum de vocês. — Minha avó toma outro gole de chá, depois deposita a xícara com cuidado sobre o pires. Ela coloca as mãos sobre o queixo, me encarando com tanta intensidade que preciso desviar o olhar. — Eu devia ter mandado vocês embora assim que chegaram. Era isso que Donald e Theresa queriam, e eles estavam certos. Mas fiquei curiosa. *Especialmente sobre você.* — A ênfase me faz olhar para ela de novo, e me retraio.

Se algum dia tive a impressão de que minha avó prestava atenção em mim porque eu era sua favorita... Bom, me enganei. Ela está me encarando como se me odiasse. — Adam sempre teve um lugar especial na minha memória. Com o passar dos anos, me perguntei se você seria igual a ele.

Minha boca está seca como o deserto.

— Não acho que eu seja.

— Não. — Minha avó não desvia o olhar. — Ele deve estar muito orgulhoso de você.

Não muito, penso, mas fico quieta.

Ela espera pela minha resposta. Como nada é dito, suspira.

— De toda forma, minha curiosidade foi saciada. Agora, o que quero deixar claro é que, 24 anos atrás, cortei relações com meus filhos para sempre. Foi um erro permitir que vocês entrassem na minha vida, e não é algo que irá se repetir. Não posso forçá-los a sair da ilha, é claro, mas espero que partam. Este é o meu lar, e vocês não são bem-vindos aqui.

Eu esperava por isso, então não sei bem por que sinto como se tivesse levado um tapa na cara. Talvez seja porque ninguém nunca tenha me dito, com todas as letras, o que sempre senti sobre fazer parte da família Story. *Vocês não são bem-vindos aqui.*

Minha avó beberica seu chá enquanto penso em uma resposta adequada. Por fim, simplesmente digo o que estou pensando:

— A senhora nem quer conhecer a gente? Ou nossos pais, do jeito que são agora?

Os olhos da minha avó são frios e avaliadores.

— Você acha que seu pai é um homem que vale a pena conhecer? — pergunta ela.

Meu celular pesa no meu bolso, cheio de motivos para responder que não. Meu pai traiu minha mãe, mentiu e nunca —

nunquinha — pensa em qualquer outra pessoa além de si mesmo, independentemente da situação. Mas então penso na foto dele e da minha avó na Samambaia Doce: a mão dela posicionada com carinho sobre a bochecha dele, os dois exibindo sorrisos radiantes, verdadeiros. Do tipo que meu pai nunca me deu, não importa o quanto tento agradá-lo.

— Ele poderia ter sido — respondo.

Minha avó enche a xícara de novo.

— Mas não vivemos do mundo do que poderia ter sido, não é? Nós vivemos neste mundo.

— A senhora *causou* este mundo. — Sou tão direta que surpreendo nós duas.

— Eu não tive outra opção — responde minha avó, olhando para mim de cima a baixo. — Tente entender. Como eu disse, você me parece uma menina sensata.

— Sensata — repito.

A palavra paira entre nós, e entendo o que ela significa de verdade. *Dócil.* Eu sou a que não vai causar problemas, que não vai tentar manipulá-la, como JT, ou desafiá-la, como Milly. Sou a opção segura, alguém que vai engolir qualquer coisa que ela me disser e informar os outros, obediente. De repente, tenho vontade de fazer algo inesperado e *não* sair dali sem criar estardalhaço.

— Tudo bem — digo. — Vou embora. Mas talvez a senhora possa me explicar uma coisa antes. — Ela levanta as sobrancelhas perfeitamente moldadas. — A morte de Kayla Dugas foi estranha?

Eu queria que Milly estivesse ali para ver a cara da nossa avó. Ela me encara em choque, baixando a xícara tão rápido que o chá espirra em suas luvas.

— Como é que…? — arfa ela, antes de fazer um esforço visível, determinado, para se recompor. — Do que está falando?

Faço uma pausa, sem saber o quanto revelar. Não quero causar problemas para Hazel ou o tio Archer. Para ganhar tempo, estico a mão para a jarra de café. Mas estou nervosa demais para acertar a mira, e minha mão acerta a lateral da garrafa com força. Por um milésimo de segundo, ela se inclina, e quase consigo endireitá-la. Mas então vira, jogando o líquido quente diretamente na minha avó.

— Meu Deus! — As palavras são gritadas enquanto ela se levanta na mesma hora, arrancando as luvas, que foram as mais atingidas, e segurando a saia para longe do corpo.

Encaro a bagunça por alguns segundos, horrorizada, antes de ter a presença de espírito de pular para fora da cadeira também.

— Desculpa! Não foi de propósito! Desculpa! — balbucio, impulsionando meu guardanapo na direção dela.

— Mildred? — Theresa aparece na porta. — O que houve? — Então ela entende a cena e vem correndo para a mesa, jogando o gelo de um copo vazio em um guardanapo e o envolvendo em torno das mãos da minha avó. — Você se queimou?

— É provável — diz minha avó, tensa.

— Vamos dar uma olhada — diz Theresa. Ela se vira para mim. — Aubrey, por favor, vá embora. *Agora*.

— Tudo bem — digo, engolindo em seco. O rosto da minha avó é pura dor. — Desculpa mesmo.

Theresa leva minha avó para dentro da casa, e tento me lembrar do caminho de volta. Mas acabo virando para o lado errado e entro em um cômodo que é tipo uma biblioteca, com prateleiras cheias de livros do chão ao teto e uma escrivaninha enorme posicionada bem na frente das janelas. Há uma mesa de canto entalhada bem ao lado da porta, abrigando uma série de vasos e tigelas decorativas. Quando olho para eles, vejo algo familiar aconchegado em uma bandeja de bronze — um cartão prateado fino, igual ao que o motorista usa para abrir o portão da Casa da Gatária.

Não penso duas vezes. Faço aquilo que minha avó jamais esperaria de mim, e o enfio no bolso.

21

Jonah

Às cinco da tarde do domingo, perdi minha barca para Hyannis. Não sei qual será o próximo passo do nosso grande plano, mas, por enquanto, vamos fazer um churrasco. O que chega a ser estranho de tão normal, levando em consideração tudo que aconteceu nas últimas 24 horas, mas é verão, e precisamos comer.

— Não cozinho muito bem — diz Archer, virando os hambúrgueres na churrasqueira que ele encontrou em um barracão no quintal e conseguiu acender. — Mas é difícil estragar um churrasco.

Milly e Aubrey também estão aqui. Efram as trouxe no jipe do resort. Carson Fine finalmente confiscou as chaves, um gesto que teria sido digno de Donald Camden se ele não tivesse as entregado no mesmo instante para Efram e pedido a ele que desse uma carona para as duas. Eu queria ter tido a chance de me despedir de Carson, que, no fim das contas, era um chefe bem legal.

Efram recusou o convite de Archer para ficar.

— Parece ser um evento de família — disse ele, e depois sorriu para mim. — E família emprestada. Mas valeu.

Antes de ir embora, ele me ajudou a arrumar as cadeiras jogadas pelo quintal em um círculo no pátio de concreto. Milly continua se recusando a falar comigo, mas sentou ao meu lado. Não sei se estou me iludindo, mas sua postura parece menos fria.

A porta de madeira no muro que cerca o quintal balança, depois abre, e uma mulher entra. Ela tem cabelo escuro, é um pouco mais nova que Archer e carrega uma panela grande, coberta com papel-alumínio.

— Oona! — chama Archer. — Valeu por vir. Mas você não precisava trazer nada.

— Bem — diz a mulher, atravessando o pátio e colocando a panela sobre a mesa de ferro fundido. — Eu não sabia direito o que você ia dar pra essas pobres crianças comer.

— Estou me esforçando — alega Archer, virando um hambúrguer que vai direto para a grama.

Oona balança a cabeça e abre um sorriso carinhoso para Milly e Aubrey.

— Olá, meninas. Fiquei chateada quando me contaram o que aconteceu no baile. — Meu rosto queima de culpa de novo quando ela acrescenta: — Vocês duas mereciam ser tratadas de forma melhor.

Eu me preparo para receber outro olhar mortal de Milly, mas nada acontece. Ela só joga o cabelo para trás e diz:

— Pelo menos estávamos lindas quando fomos expulsas.

Oona senta e se vira para mim.

— E você deve ser Jonah.

— Sou — digo, grato por ela não dizer mais nada.

Ela se inclina para a frente, levantando a pedra que impede o relatório da autópsia de ser soprado para fora da mesa.

— Era isto que você queria que eu visse? — pergunta ela para o tio Archer.

— É — responde ele, pegando um hambúrguer com a espátula e o colocando com cuidado em um pão aberto no prato ao lado da churrasqueira. — Desculpa por estar sendo bizarro ou mórbido, mas não consegui entender por que o Dr. Baxter quis me dar isso. — Ele repete o processo com outro hambúrguer. — E Aubrey mencionou que minha mãe reagiu de um jeito estranho quando ouviu o nome de Kayla hoje à tarde.

— Estranho como? — pergunta Oona, passando os olhos pela autópsia.

— Bem. — Aubrey faz biquinho. — Eu perguntei se a morte de Kayla foi esquisita, e ela pareceu... sei lá. Não *surpresa*, como seria de esperar quando alguém pergunta algo assim do nada. Ela parecia mais assustada por eu ter perguntado. Mas derrubei café em tudo antes de ela me responder.

— Que curioso — diz Oona, ainda encarando o papel. — E isto aqui também.

Archer fecha a churrasqueira e começa a distribuir os hambúrgueres.

— O quê? — pergunta ele.

— Aqui diz que Kayla tinha vestígios de lorazepam no organismo. O relatório que minha família recebeu não mencionava isso.

— Loraze... quem? — pergunto, antes de dar uma mordida enorme no meu hambúrguer.

— Lorazepam. É um sedativo, acho — diz Oona, franzindo a sobrancelha.

Milly já pegou o celular e está pesquisando.

— É, sim — confirma ela.

Oona franze ainda mais a testa.

— Não estou entendendo. Kayla bebia, e infelizmente bebeu naquela noite. Mas ela não usava drogas. Nem sei onde arrumaria uma coisa dessas. E por que isso está *nesta* versão da autópsia, mas não na nossa?

— E se...? — Milly hesita, brincando com a borda do pão de hambúrguer. Só eu estou comendo. — E se alguém deu o remédio pra ela? — Ela lança um olhar preocupado para Oona, que empalidece. — E o Dr. Baxter encobriu? Ele disse que cometeu "uma grande injustiça", não foi?

— *Comigo* — diz Archer. — E eu não estava... quero dizer, eu gostava de Kayla, claro, mas se algum de nós sofreu alguma injustiça, teria sido Anders. Ele ficou arrasado quando ela morreu. Apesar de ela ter acabado de dar outro pé na bunda dele.

— Eu me lembro disso — afirma Oona. Ela baixa o relatório da autópsia com mãos trêmulas. — Ela foi visitar Anders em Harvard no Dia de Ação de Graças e voltou toda nervosa. Mas não quis me contar o motivo. Tudo que dizia era: "Preciso falar com a Sra. Ryan."

— Com a Sra. Ryan? — pergunta Milly. — Com a assistente da minha avó?

Oona assente.

— É. Não sei por quê. As duas não eram próximas. Kayla namorou o filho de Theresa por pouco tempo, mas... — Um canto da boca de Oona se levanta em um sorriso amargurado. — Não era o tipo de relacionamento em que os dois passavam muito tempo com os pais um do outro.

— Calma. Espera. — O cérebro de Milly parece prestes a explodir. — A Sra. Ryan tem um *filho*?

— Tinha — corrige Archer. — O nome dele era Matt. Ele também morreu. Um ano antes de Kayla.

— Então Anders namorava com Kayla, que namorava com Matt, e agora... tanto Kayla quanto Matt morreram? — pergunta Milly. Ela encara Archer com os olhos arregalados. — Como Matt morreu?

— Ele se afogou na praia do Cachimbo — responde Archer, e Aubrey engasga. Ele dá umas palmadinhas nas costas dela antes de perceber que Aubrey não está comendo. — O que houve?

— Na praia do Cachimbo? — arfa ela. — Meu pai, ele... ele meio que escreveu sobre essa praia, no seu livro. E minha mãe disse que ele nunca gostou de lá.

— Bem, a morte de Matt foi muito traumática — diz Archer. — Aconteceu durante uma festa, e todos nós estávamos lá. Foi uma noite muito louca, chovia, todo mundo estava bebendo. Ninguém percebeu que Matt tinha sumido até ser tarde demais. A gente procurou por ele em todo canto. Allison ficou tão preocupada que insistiu para chamarmos a polícia. No fim, a Guarda Costeira foi chamada e... Bem, eles passaram a noite toda procurando, mas só encontraram o corpo no dia seguinte. Foi horrível. — Ele esfrega o rosto com a mão. — Por que estamos falando sobre isso mesmo? Estou perdendo o fio da meada.

— Também não sei — afirma Oona. Ela está cada vez mais pálida. — Mas perdi o apetite. Só de pensar que Kayla pode ter sido *drogada* por alguém...

— A gente não sabe se foi isso que aconteceu — diz Archer, rápido. — Nós só sabemos que Fred Baxter tinha duas cópias diferentes do relatório da autópsia. Talvez esta versão esteja errada.

— Talvez — diz Oona com uma expressão preocupada. — Passei todos esses anos me sentindo culpada pela morte de Kayla. Eu sabia que ela estava passando por um período difícil, mas, em vez de tentar ajudar, eu brigava com ela por beber demais. Quando ela morreu daquele jeito...

Archer lançou um olhar cansado, compadecido, para Oona.

— Você não podia ter feito nada — observa ele. — Ninguém consegue segurar uma pessoa que está determinada a beber.
Ela olha nos olhos dele com um sorriso triste.
— Talvez não. Mas podemos tentar, não podemos?

22

Milly

Depois que Oona vai embora, tio Archer cai no sono no sofá enquanto Aubrey, Jonah e eu cuidamos da arrumação depois do churrasco. Não há muita coisa para fazer além de limpar a churrasqueira, guardar os poucos utensílios que usamos e jogar os copos e pratos de papel em um saco de lixo. Quando terminamos, Jonah vai atrás de uma lixeira para jogar o saco, e Aubrey e eu vamos para o pátio.

— Estou cansada de sentar nessas cadeiras — diz Aubrey, analisando, com aversão, os encostos duros de metal. — Elas não são confortáveis. Espera um pouco.

Ela entra na casa e volta um minuto depois com um cobertor grande e fofo. Eu a ajudo a abri-lo sobre a grama, e nós duas deitamos de costas, encarando as estrelas.

— Sabe, até que aqui é bem legal — digo, soltando um bocejo enquanto falo. — Que pena que a gente vai embora.

— Pois é — suspira Aubrey. As juntas dos dedos dela batem de leve no meu braço. — Vou sentir saudade de você.

Um bolo se forma na minha garganta.

— Também vou sentir saudade. — Ficamos em silêncio por alguns instantes, perdidas nos próprios pensamentos, até questões mais práticas começarem a surgir. — Você sabe como a gente vai voltar pro dormitório hoje? — pergunto.

Aubrey ri.

— Não faço ideia. Será que devemos mandar uma mensagem pro Efram? — Sua voz se torna reflexiva. — Ou a gente pode ficar aqui. Tem um quarto livre.

— A gente não trouxe roupa pra dormir — argumento.

Ela puxa seu short de malha.

— Só você tem esse problema.

A grama farfalha ao nosso lado, e me viro para ver os tênis de Jonah se aproximando do cobertor. Ele para.

— Essa é uma conversa só de primas? — pergunta ele.

Eu sento, jogando meu cabelo para trás dos ombros. Que é meu gesto instintivo, habitual, de "olha como meu cabelo é bonito", para dar em cima de alguém. Meu subconsciente já fez as pazes com Jonah. Então, talvez, eu também deva fazer.

— Não. Vem, fica aqui com a gente.

Ele se esparrama ao meu lado, e Aubrey também senta. Com o movimento, seu celular cai do bolso, junto com um cartão prateado fino. Ela pega o aparelho, mas não vê o cartão, então o tiro do chão e lhe entrego.

— Você deixou cair.

— Ah. Valeu. — Mesmo sob a luz da lua, vejo sua careta. — Esqueci que peguei isso.

A culpa em sua voz chama minha atenção.

— Pegou o quê?

— Hum, então. É o cartão que abre o portão da Casa da Gatária. Eu acho. É parecido com o que o motorista usa. Eu o peguei na casa da nossa avó, quando a Sra. Ryan me mandou embora.

— Você *pegou* o cartão? — pergunto, enquanto Jonah começa a rir.

— Caramba, Aubrey — diz ele. — Isso que é vingança. Você fez planos de voltar no meio da madrugada e roubar tudo?

— Na verdade, eu não tinha um plano — admite Aubrey. — Foi só um impulso. — Ela guarda o cartão no bolso de novo e estica os braços acima da cabeça. — Que dia esquisito. E a noite também.

— Eu já perdi o fio da meada de tudo que aconteceu — diz Jonah.

— É interessante como tudo parece ter relação com Anders, né? — pergunto.

Enquanto a gente arrumava as coisas, não consegui parar de pensar no sorrisinho do meu tio no Baile de Gala do Verão na noite passada. Como ele parecia quase ter prazer em contar todas aquelas mentiras.

Fico esperando Jonah concordar, animado, levando em consideração o quanto odeia o tio Anders. Mas ele diz:

— Não só com seu tio. — Eu me viro para encará-lo, surpresa, e ele acrescenta: — Tudo também parecer ter relação com Theresa Ryan. E, ao contrário de Anders, ela nunca foi embora da ilha. Ficou aqui esse tempo todo, sussurrando no ouvido de sua avó.

Eu me remexo no cobertor.

— O que está dizendo?

— Olha, talvez a mulher seja... desequilibrada. Quem sabe a morte do filho tenha a feito perder a cabeça e fazer alguma coisa contra Kayla Dugas, e o Dr. Baxter encobriu. E talvez sua avó tenha descoberto, mas era dependente demais de Theresa pra tomar uma atitude. Tipo, ela já tinha cortado relações com todos os filhos. Quem mais a ajudaria? — Ele dá de ombros para minha expressão incrédula. — Não é uma teoria impossível diante de tudo que aconteceu aqui nos últimos vinte anos, é?

Preciso admitir que ele tem razão.
— Mas por que a Sra. Ryan machucaria Kayla?
— Sei lá — diz Jonah. — Mas sua avó teve um treco quando Aubrey tocou no nome dela, não foi? Alguma coisa aconteceu.

Aubrey tenta segurar um bocejo, sem conseguir.
— Estou exausta, gente. Não consigo ficar com os olhos abertos. Você vai ficar chateada se a gente dormir aqui, Milly? Aquela cama vazia está me chamando. E é de casal, então a gente pode dividir. Não vou te chutar, prometo.

— Claro — respondo, puxando a saia do meu vestido vermelho. Não é a melhor roupa para dormir, mas acho que consigo aguentar por uma noite.

Jonah percebe o gesto e diz:
— Você pode pegar alguma coisa minha emprestada, se quiser. Está tudo limpo — acrescenta ele, rápido.

— É, tudo bem — digo, e Aubrey levanta com um suspiro aliviado.

— Então vou deitar. A gente se fala amanhã.

Fico olhando Aubrey abrir a porta de vidro e entrar. Então me viro para Jonah com um sorriso discreto.

— Obrigada por me emprestar suas roupas. Eu não estava muito animada pra dormir de vestido.

— Ainda mais sendo uma herança de família, né? — diz Jonah. Eu inclino a cabeça, confusa, e ele acrescenta: — Esse vestido é da sua mãe, não é?

Solto uma risada surpresa.
— É, mas como você sabia?
— Você contou pra gente, no primeiro dia. Você estava usando-o na barca.
— Não acredito que você se lembra disso.

— Eu me lembro de mais do que isso — diz Jonah. — Você estava de óculos escuros, mesmo com a chuva. E me chamou de "modelo" e "gnomo com prisão de ventre" quase na mesma frase.

— Solto uma risadinha, porque essa foi uma das minhas melhores tiradas. — Depois comprou gins-tônicas pra todo mundo e tentou fazer a gente confessar nossos segredos. Eu tinha três. O primeiro era que não sou seu primo de verdade. O segundo era que seu tio levou minha família à falência, e eu tinha um plano ridículo de me vingar dele.

— Não foi completamente ridículo — admito. — Eu podia ter ajudado, se tivesse me contado.

— Eu devia ter feito isso. — Jonah me encara, e a intensidade súbita da sua expressão me faz prender a respiração. — Mas eu estava distraído com o terceiro segredo. Que você era a garota mais bonita que já vi. Então, sabe — diz ele, sua mão roçando a minha —, eu me lembro de tudo.

A mistura das palavras dele e seu toque fazem minha pele formigar, mas me afasto.

— Você não quer se envolver com uma Story — digo. — Nós somos problemáticos.

Ele abre um sorriso torto.

— É, bem, eu também sou. Não consegui nem fingir ser um de vocês. E fomos expulsos do Baile de Gala do Verão por causa disso.

Sim e não. O que o tio Archer tinha dito mais cedo? *Mas não descarte o perdão, está bem? Essa é uma característica que eu queria que a família Story tivesse mais.* Ele tem razão, mas, de repente, percebo que não estava falando apenas de perdoarmos outras pessoas — como Mildred parece incapaz de fazer. Pela conversa que teve com Oona hoje, acho que meu tio também estava falando sobre perdoar a *nós mesmos*. E é impossível fazer isso sem reconhecer que você errou.

— A culpa também foi minha — admito. — Eu me joguei em cima de você, que só estava tentando me ajudar. Quero dizer, o tio Anders já estava a caminho pra estragar tudo, então a gente teria rodado de toda forma. Mas a situação seria bem menos vergonhosa se eu não tivesse te beijado no meio da festa da minha avó.

Jonah sorri.

— Engraçado... essa é a única parte de que eu *não* me arrependo.

Meu coração acelera quando estico o braço e brinco com a barra da camisa dele.

— Eu também não me arrependo, tirando o excesso de champanhe. E a plateia.

— Bom, não tem ninguém aqui agora. — O dedão dele traceja minha maçã do rosto e faz um calafrio descer pelas minhas costas. — Se quiser tentar de novo.

E eu quero.

23

Aubrey

Assim que me cubro com o lençol no quarto livre do tio Archer, sei que vou demorar a cair no sono. Isso acontece comigo às vezes. Fico tão cansada que recupero o ânimo sem querer, incapaz de fechar os olhos quando mais preciso que fechem. Só que não quero voltar lá para fora, porque desconfio que Milly e Jonah prefiram ficar sozinhos.

Pego meu celular na mesa de cabeceira. A bateria está baixa, e eu não trouxe o carregador. Talvez ele aguente uma ligação. Eu devia falar com a minha mãe, explicar tudo que aconteceu e planejar como voltar para casa. Principalmente porque preciso dar um tempo para ela organizar a logística da viagem. Minha passagem de avião para o Óregon é só para o fim de agosto, e não faço ideia se será fácil trocá-la.

Mas meu cansaço frustrado alimenta um ressentimento, e me faz ligar para outro número. Até fico feliz quando ele atende.

— Ora, mas que surpresa — diz ele.

— Oi, pai — respondo, ajeitando o travesseiro fino contra a cabeceira para apoiar minhas costas. — Queria dizer que estou com muita raiva de você ter traído minha mãe e por fazer isso com minha treinadora de natação. Acho que mereço um pedido de desculpas. Se você se desculpar, de verdade, então talvez eu possa começar a tentar te perdoar.

— Você não entende a complexidade da situação — diz meu pai. Eu imaginava que ele falaria isso, mas meu peito ainda se aperta diante do seu tom. — Um casamento não depende apenas de uma pessoa. Sua mãe...

— Não. — Eu o interrompo sem hesitar, algo que jamais ousaria fazer há um mês. A sensação é boa. — Você não vai colocar a culpa nela.

— Se não vai me ouvir...

— Não vou. — Eu interrompo de novo e me sinto estranhamente calma, meu coração batendo em um ritmo estável e não em disparada, como da última vez que nos falamos. — O que você fez com a minha avó?

— Como é?

— O que você fez pra ela deserdar você?

Um tom amargurado surge na voz dele.

— Já falei um milhão de vezes. Porcaria nenhuma.

— Não acredito. — Minha mente se divide em duas. Por um lado, vejo a foto antiga do meu pai e minha avó na Samambaia Doce, o sorriso dela resplandecendo amor maternal e orgulho. Do outro, vejo minha avó como a encontrei hoje, seu rosto cheio de lembranças sofridas mesmo antes de eu jogar o café escaldante em seu colo. *Você acha que seu pai é um homem que vale a pena conhecer?* — O que aconteceu com Kayla Dugas?

— Como você sabe quem é Kayla Dugas? — quer saber ele.

— O pessoal daqui vive falando dela.

— Ela encheu a cara e bateu com o carro numa árvore — diz meu pai.

Ele parece impaciente e irritado com a pergunta, não abalado. Então tento uma tática diferente.

— O que aconteceu na praia do Cachimbo? — pergunto.

Uma pausa.

— O que aconteceu... onde? Você não está falando nada com nada hoje, Aubrey. Deve estar cansada. Acho melhor você ir dormir.

— Você colocou uma praia parecida no livro. É o único lugar de Gull Cove que aparece nele. Por quê? Tem alguma ligação com o afogamento de Matt Ryan?

A arfada súbita, chocada, do meu pai soa alta em meu ouvido.

— Como você...? Aubrey, entenda uma coisa. Não sei por que você está obcecada com tragédias antigas, mas o que aconteceu com Matt foi um acidente horrível e não tem ligação alguma com a minha mãe.

— Discordo — digo.

Não sei *por que* eu discordo. Algo nos limites do meu subconsciente me diz que meu pai está errado, mas não consigo determinar por quê. Porém ele tem razão sobre uma coisa: *estou* cansada. Meus olhos começam a fechar como estavam fazendo lá fora, mas não permito que o sono interfira no meu tom de voz.

— Por que não me quer me contar o que aconteceu, pai? O que você fez? Seja sincero comigo pelo menos uma vez na vida.

— Aubrey. — A voz dele é gélida. — Nada. *Aconteceu.*

— Você está mentindo — digo antes de desligar e puxar o travesseiro para o colchão. Posso estar prestes a desmaiar de sono, mas sei que tenho razão.

Quando acordo, Milly está dormindo profundamente ao meu lado. Seja lá o que aconteceu com Jonah e ela, não durou a noite toda. Meu celular está meio enterrado sob seu cabelo, e eu o liberto com cuidado, guardando-o no bolso. Então saio da cama e vou de fininho para a sala.

Tio Archer saiu do sofá. Ele deve ter acordado no meio da madrugada e ido para o quarto. Há um copo de plástico vermelho sobre a mesa de canto, cheio pela metade com um líquido transparente. Dou uma cheirada, hesitante. Com certeza não é água. Tenho vontade de jogar tudo fora, mas devolvo o copo para a mesa. Minha interferência boba não vai fazer diferença na batalha que tio Archer está travando consigo mesmo.

A casa está silenciosa, com exceção dos tiques do relógio de pêndulo em um canto. São oito da manhã, cedo demais para acordar os outros. Vou para a cozinha e reviro os armários até encontrar café e filtros. Não preciso tomar café pela manhã, mas sei que Milly tem dificuldades para acordar sem uma xícara. Depois que preparo um bule, calço os chinelos que deixei perto da porta de vidro ontem à noite e a abro.

O dia está lindo. Uma manhã de verão fresca perfeita, o céu de um azul brilhante, mesclado com nuvens ralas. Ontem, quando estávamos procurando pela churrasqueira, notei uma bicicleta apoiada na parede do barracão do quintal. Não lembro se ela tinha cadeado ou não. Se não tiver, posso dar uma volta pela vizinhança enquanto todo mundo dorme. Talvez ir até a praia mais próxima.

Sorrio quando vejo que a bicicleta está livre. Os pneus estão cheios, e o banco, na altura perfeita para mim. Eu a empurro para fora do barracão e para o quintal, vibrando com a animação de me mexer e esticar as pernas. Talvez a melhor lembrança que tenho do meu pai seja do dia em que ele me ensinou a andar de bicicleta. Eu tinha seis anos, suas mãos grandes cobriam as minhas pequenas enquanto eu agarrava o guidão da minha bicicleta cor-de-rosa, e... *Ah.*

Quase solto a bicicleta enquanto encaro minhas mãos. De repente, meu cérebro é tomado por uma compreensão chocante. Na noite passada, eu achei que tinha entendido, pensando na foto do meu pai com a minha avó na Samambaia Rosa, mas associei a lembrança com a imagem errada. Meu foco era o rosto da minha avó: sempre meio escondido nas sombras de seu chapéu, tenso de tristeza. Eu devia ter me concentrado nas *mãos* dela. Sem luvas pela primeira vez, enrugadas e com manchas de idade, mas, fora isso, sem marcas.

Reviro meu bolso em busca do cartão do portão da Casa da Gatária. Continua comigo. Então pego meu celular, que tem um por cento de bateria. Ele nunca esteve tão baixo antes. Será que consigo mandar algumas mensagens? Mando apenas uma para o tio Archer antes de a tela apagar.

Não faz diferença. Vou conseguir uma prova de que estou certa, e então contarei tudo para eles. Empurro a bicicleta pelo portão, pulo no assento e vou embora.

24

Jonah

Acordo com o cheiro de bacon fritando, o que me faz levantar na mesma hora. Quando entro na cozinha, Archer está parado diante do fogão, e Milly senta à mesa, segurando uma xícara de café fumegante com as duas mãos. Ela está com a camisa que emprestei na noite passada, o cabelo um pouco bagunçado.

— Cadê a Aubrey? — pergunto, sentando ao lado de Milly.

— Não sabemos — responde Archer. Ele usa uma pinça de cozinha para transferir as fatias de bacon da frigideira para um prato forrado com papel-toalha na bancada ao seu lado. — Ela saiu e me mandou uma mensagem esquisita que causa mais perguntas do que respostas.

— O que ela disse? — pergunto.

Archer vem até a mesa e coloca o prato de bacon ao lado de uma edição enrolada da *Gazeta de Gull Cove*.

— *Não havia marca de nascença.*

Milly pega uma fatia de bacon antes de Archer conseguir afastar a mão. Eu pego duas e pergunto:

— O que isso significa?

— Passamos a manhã inteira tentando entender — diz Milly, quebrando sua fatia de bacon no meio e mordiscando uma das beiradas. — Quero dizer, Aubrey *tem* uma marca de nascença, então... — Ela dá de ombros. — Não tem por que ela mandar uma mensagem falando disso.

Archer senta, parecendo pensativo.

— Eu queria que ela atendesse minhas ligações.

— A bateria deve ter acabado — diz Milly. — A minha está quase acabando.

Archer abre a *Gazeta de Gull Cove* e começa a folhear as páginas.

— Quando eu for embora, não vou sentir falta de metade das notícias ser sobre a minha mãe — murmura ele.

Milly se retrai.

— Não estão falando sobre o baile de novo, estão?

— Não. É sobre um quadro que ela vendeu na Sotheby's por uma fortuna. — Ele vira uma página. — Sabe, a mamãe sempre teve um péssimo gosto para arte. A gente costumava brincar sobre isso. Theresa deve ter sido uma boa influência durante esses anos, pra ela ter se tornado uma especialista.

Milly e eu trocamos um olhar, e vejo no seu rosto que ela está pensando a mesma coisa que eu. *Theresa, de novo.* A gente acabou se distraindo do assunto na noite anterior, mas acho que minha teoria sobre Theresa ser desequilibrada faz sentido. É esquisito ver uma mulher que passou boa parte da vida em uma mansão à beira-mar, apenas na companhia da chefe. Mas, antes de qualquer um de nós conseguir falar alguma coisa, a campainha toca.

Archer franze o cenho enquanto ele levanta.

— Talvez seja Aubrey.

— A porta está trancada? — pergunta Milly.

— Acho que não, mas... — Ele para de falar enquanto sai da cozinha.

Minha atenção volta para Milly, que ainda está comendo sua fatia de bacon.

— Oi — digo, sentindo um choque elétrico, rápido, diante da ideia de ficar sozinho de novo com ela. Mesmo que seja só por um minuto.

Ela engole e toma um gole de café.

— Olá.

— Gostei da sua camisa.

— Obrigada. Ela é muito confortável.

Meus olhos passam para suas pernas.

— Estou tendo... ideias — admito.

— É melhor elas ficarem só na sua cabeça. — Mas Milly sorri ao falar isso.

O murmúrio no fundo de vozes indistintas aumenta, e Archer entra na cozinha, seguido de perto por Hazel.

— Não queria interromper seu café da manhã — diz ela antes de nos ver e acenar, se desculpando. — O café da manhã de vocês todos. Oi, pessoal.

— Oi — dizemos ao mesmo tempo enquanto Archer indica uma cadeira vazia.

— Não tem problema — diz ele. — Quer comer alguma coisa?

— Não, obrigada. Só passei pra deixar isto. — Hazel abre o zíper da bolsa grande pendurada em seu ombro e revira suas profundezas. — Você perguntou se havia mais alguma coisa nos arquivos do vovô pra algum de nós dois. Bom, eu mexi em um monte de documentos ontem, e este tinha um Post-it com meu nome, então... aqui.

Ela pega uma folha de papel e entrega para Archer. Milly se inclina para a frente.

— O que é? — pergunta ela.

Archer analisa o papel, depois o vira e continua lendo o verso.

— Parece um relatório médico pra minha mãe — diz ele. — É um diagnóstico de... — Ele se interrompe, franzindo a testa. — Isso não pode estar certo.

— O quê? — Milly se levanta para espiar por cima do ombro dele. — O que é cardiomiopatia hipertrófica? — pergunta ela, pronunciando as palavras devagar e com cuidado.

— É uma doença em que os músculos do coração têm uma grossura anormal — responde Archer. — Pode ser leve ou fatal, dependendo do grau. Meu pai tinha, mas só descobrimos depois que ele morreu. Então isto deve ser um erro. O nome da minha mãe em um diagnóstico da autópsia do meu pai.

— Quando ele morreu? — pergunta Hazel.

Archer faz uma pausa para pensar.

— No final de 1995.

— Isso é de 1996 — avisa Hazel. — Fizeram um ecocardiograma e tudo.

— Hum — diz Archer, a ruga entre seus olhos ficando ainda mais franzida. — Então, se eu entendi direito, minha mãe tem a mesma doença que meu pai? Mas está vivendo com isso por... o quê? Vinte e cinco anos? Ela deve estar se cuidando. Não sei por que o Dr. Baxter iria querer que visse esse documento, Hazel. — Ele devolve o papel para ela com um sorriso bondoso. — Fiquei me perguntando... Será que a carta dele pra você e o resultado da autópsia podem ter sido sinais da demência? Confusão e desorientação fazem parte da doença, né?

— Pode ser — diz ela, incerta.

— Quando conversamos com Donald Camden pela primeira vez, ele disse que a Sra. Story estava doente — conto. — Ele queria que a gente fosse embora da ilha por causa disso. Mas ela parecia bem quando nos conhecemos.

Milly revira os olhos.

— Acho que não podemos acreditar em nada que Donald diga, a menos que isso o beneficie, porque ele só parece se importar com... *Ah*. Espera — acrescenta ela em um tom mais baixo, nitidamente pensando em alguma coisa. De repente, seu rosto se enche de cor, seus olhos ficam aguçados e brilhantes. — Tio Archer, você disse que o mau gosto de Mildred pra arte melhorou com os anos, né? Que era péssimo antes?

— Sim. E daí? — pergunta Archer.

— E ontem... Eu nem prestei muita atenção, porque tudo estava tão esquisito, mas perguntei a Theresa se ela queria assistir ao jogo do Yankees e Red Sox comigo, e ela disse que não gostava de beisebol.

— Sério? — pergunta Archer. — Que estranho. Theresa era fanática pelo Yankees quando a gente morava aqui. Allison e ela eram as únicas que torciam pra eles.

— Eu sei — diz Milly, sua voz ficando mais nervosa. — E Kayla queria contar alguma coisa pra Theresa, não foi? E logo depois ela morreu. E o Dr. Baxter queria contar alguma coisa pra você, e logo depois *ele* morreu. Então e se... eles não foram as únicas pessoas que morreram?

O rosto de Archer é completamente inexpressivo.

— Desculpa, Milly, mas acho que não estou entendendo.

Ela pega o relatório médico da mão de Hazel e o balança na direção dele.

— Mildred tinha uma doença cardíaca fatal, não tinha? Diagnosticada em 1996. Um ano depois, ela cortou relações com todos os filhos, e vocês nunca souberam o motivo. Bom, e se ela não fez isso? E se ela *não podia* fazer isso?

Archer e Hazel encaram Milly como se ela tivesse enlouquecido. Mas estou começando a entender aonde ela quer chegar. Olho para o celular de Archer, largado sobre a mesa da cozinha, e a ficha cai.

— A mensagem — digo. Por um segundo, não consigo respirar. — A mensagem de Aubrey. "Não havia marca de nascença."

— Eu sei — diz Archer. — Eu li a mensagem pra você.

Milly gira para me encarar.

— Ah, meu Deus! Você tem razão. Ela estava falando de *Mildred*. — Milly vira de novo para Archer, com a voz ofegante. — Aubrey derrubou café quente em Mildred ontem, e ela tirou as luvas. Aposto que Aubrey não viu a marca de nascença. A marca roxa-escura enorme que Mildred tem na mão, e Aubrey tem no braço? Aubrey deve ter notado que ela não estava lá. — Milly faz uma pausa, esperando Archer demonstrar que entendeu, mas nada acontece. — Talvez... a mulher que está morando na Casa da Gatária não seja a sua mãe. Não seja a minha avó. Ela é outra pessoa. Alguém tomou o lugar de Mildred.

A cozinha fica tão silenciosa que consigo ouvir meu coração batendo disparado no peito.

— Tomou o lugar dela — diz Archer com uma voz pesada.

— Milly, isso é loucura. Você não pode... uma pessoa *não pode tomar o lugar de outra*.

— Por que não? — pergunta Milly.

— Porque... porque... — gagueja Archer. — Porque as pessoas saberiam!

— Não se você se recusar a encontrar com os outros — argumenta Milly.

A expressão de Archer é tensa e atormentada.

— Para, Milly. Você está descontrolada. — Ele solta uma risada trêmula, passando uma das mãos pela boca. — Preciso beber alguma coisa. Isso é... você está... não posso... — Ele vira e começa a revirar os armários. — Pelo amor de Deus, minha mãe não morreu. As pessoas saberiam. Theresa, Donald Camden, o Dr. Baxter...

— Você escutou os nomes que saíram da sua boca? — interrompo. Milly precisa de apoio, porque Archer está perdendo a cabeça. — Donald Camden? O único trabalho dele parece ser garantir que ninguém com o sobrenome Story chegue perto de Mildred. O Dr. Baxter? Ele estava tentando te contar que havia alguma coisa errada. E Theresa? Ela...

— Por quê? — Archer gira e quase grita as palavras. Seus olhos estão enlouquecidos, suas mãos apertadas em punhos na lateral do corpo. — Por que alguém faria algo assim? Com ela, com a gente?

— Bom. — A voz de Milly é baixa e calma, como se tentasse acalmar um animal assustado. — O dinheiro é uma motivação poderosa, né? Aposto que seria um incentivo para Donald Camden. E talvez... — Ela se vira para Hazel, que parece atordoada. — Desculpa, mas não existe um jeito melhor de perguntar isto. Seu avô recebeu uma grana 24 anos atrás?

— Milly, *para com isso* — diz Archer, brusco. — Você está exagerando.

Hazel molha os lábios.

— Mas ele recebeu.

Archer murmura algo incompreensível e volta a revirar os armários com mais dedicação. Milly arregala os olhos.

— Sério? — pergunta ela.

— Eu ainda não tinha nascido, é óbvio, mas minha mãe conta que meu avô era viciado em jogo quando ela estava na faculdade. A situação ficou tão ruim que eles iam perder a casa. Ela não teria como bancar as mensalidades da faculdade, e minha avó ameaçou pedir o divórcio. Mas então ele começou a ganhar. — Hazel engole em seco. — Ela diz que, depois disso, ele sempre ganhava.

— Hum — diz Milly, pensativa. — E Theresa também receberia uma grana, é claro, mas talvez ela tivesse outros incentivos. Talvez você esteja certo, Jonah, e ela tenha mudado depois que o filho morreu. Ou talvez seja como Aubrey disse e... Ah, meu Deus! — Pela primeira vez nesta conversa bizarra, a voz dela se enche de pânico. — Ah, não. Aubrey. Aubrey está *lá*.

— Pelo menos ela não está aqui — diz Archer com uma risada engasgada. Ele finalmente encontra uma garrafa de vodca e abre a tampa, enchendo o copo de plástico vermelho mais próximo até a boca. — Aqui é o lugar problemático.

— Tio Archer, não! Você não está entendendo. — Antes de Archer conseguir levantar o copo, Milly agarra seus braços e o vira com todas as forças. — Aubrey pegou um cartão pra abrir o portão da Casa da Gatária. Ela encontrou um enquanto estava lá ontem, e o pegou. — Meu coração provavelmente fica tão acelerado quanto o de Milly, porque sei o que ela está pensando. — tenho certeza de que Aubrey foi até lá — continua Milly, sua voz se tornando desesperada enquanto ela agarra Archer pelos ombros. — Ela está na Casa da Gatária. O pai dela passou o verão inteiro dizendo que ela precisa ser mais proativa. Aubrey quer confirmar o que viu.

Archer fica em silêncio. Milly sacode seus ombros uma vez, com força.

— Mesmo que não acredite em nada do que eu disse, por favor, acredite que *essa situação é ruim* — diz ela, tensa.

— Jesus. — O rosto de Archer se suaviza. Ele se vira nos braços de Milly para lançar um olhar desejoso para o copo, e quase espero que estique a mão e o agarre. Em vez disso, ele respira fundo e olha para Hazel, que continua congelada. — Você veio de carro?

Hazel pisca como uma sonâmbula tentando acordar.
— Estacionei aqui na frente. É um Range Rover.
Ela tira as chaves do bolso e as joga para Archer. Ele as pega com a mão antes de sair correndo para a sala e pela porta.

ALLISON, DEZOITO ANOS

Agosto de 1996

Jess, amiga de Archer, tinha um cachorro novo. Archer estava apaixonado pelo animalzinho.

— Eu mataria por você, Sammy — disse ele em uma voz cantarolada, agachado ao lado do pequeno terrier, sobre a areia grossa da praia do Cachimbo. Sammy, louco de felicidade por receber atenção, tentou lamber seu rosto. — Mataria, sim.

— Que exagero — disse Allison.

— Bom, não mataria uma pessoa — refletiu Archer, coçando atrás da orelha de Sammy. — Ou outro cachorro, é óbvio. Nem um gato. Mas eu mataria um roedor. Se ele já estivesse doente e fosse morrer de toda forma.

— Viu só, Sammy? — Allison sentou ao lado de Archer enquanto o cachorro subia no colo dele. — Se um rato doente te perturbar, seu defensor está bem aqui!

Ela olhou para o monte de gente que se aglomerava em torno de duas fogueiras pequenas na praia do Cachimbo. Nos últimos anos, a amiga de Archer, Jess Callahan, que morava na casa mais perto do centro da praia em forma de meia-lua, dava sua festa de aniversário ali. O irmão mais velho dela era um policial da ilha, e ele garantia que, contanto que a festa não saísse de controle, ninguém encheria o saco. Chris Callahan tinha até deixado dois barris de cerveja lá antes de começar seu turno na delegacia. "Viva a polícia de Gull Cove", tinha dito Archer na hora. Agora, ele observava:

— Acho que nós somos os únicos que não estamos bêbados.

— Bem provável. — Allison sabia por que ela não estava bebendo. E por que estava sentada atrás de uma pedra com o irmão e um cachorro em vez de participar da festa. Mas não tinha certeza sobre Archer. — Por que você acha que é o caso?

— Bom. Você não estava errada, antes do Baile de Gala do Verão, quando me lembrou de que eu tenho o hábito de virar um bêbado babaca.

— Não foi *bem* isso que eu disse — corrigiu Allison. — E pedi desculpa, lembra? Eu só estava nervosa antes de uma noite tão importante. Só falei da boca pra fora.

— Mas é verdade. Estou exagerando — disse Archer. — Toda festa é a mesma coisa. Acho que vou beber só um pouquinho e, quando dou por mim, estou muito doido. — Sammy virou de costas, com as pernas para o ar, e Archer obedeceu a sua vontade, coçando sua barriga. — Talvez eu só quisesse ver se consigo me divertir sem beber.

— E você está se divertindo?

— Na verdade, não. — Archer abriu um sorriso torto. — Sem querer ofender.

— Tudo bem.

Allison também não estava se divertindo. Ela não queria ter ido. Ao mesmo tempo, não queria *não* ir. Ela sabia que Matt estaria ali e não pretendia passar a evitar os lugares por causa dele. No fundo, achava que talvez pudesse conversar com ele, finalmente contar sobre o bebê. Mas, assim que chegou, viu que Matt era uma causa perdida. Ele estava trocando as pernas pela praia, perguntando a todo mundo se tinham visto Kayla, bêbado demais para lembrar que ela trabalhava até tarde no escritório de Donald Camden nos fins de semana.

— As ondas estão bizarras — disse Archer.

— É o frio — respondeu Allison, puxando as mangas do suéter para cobrir as mãos quando um vento mais forte bateu nos dois.

— Deixa a maré agitada.

Archer só usava uma camisa de manga comprida, e estremeceu.

— Deixei meu moletom no carro. Vou buscar. — Ele levantou com Sammy dançando ao seu redor. — Você quer vir, amiguinho? — cantarolou ele para o filhote. — Quer, sim. Você é um bom menino. Bom menino.

— Você é um bobo — disse Allison, rindo.

— Quer alguma coisa?

Quero ir para casa, pensou ela, mas disse:

— Não, vou procurar Adam.

Talvez ele estivesse disposto a sair da festa por quinze minutos para levá-la de volta à Casa da Gatária. Já fazia quase uma hora que ela estava ali, o que parecia uma pequena vitória.

Allison foi analisando a multidão enquanto caminhava, querendo evitar Matt, mas ele tinha desaparecido. Seus irmãos mais velhos também. Ela deu a volta nos grupos em torno das fogueiras duas vezes, mas não encontrou ninguém. A essa altura, Archer tinha voltado e conversava com Rob Valentine, com o moletom por cima dos ombros e segurando um copo. Só Adam, Anders e

Matt haviam sumido, mas não tinham ido embora. A BMW de Adam e a moto verde-fluorescente de Matt estavam no estacionamento da praia.

Allison foi ficando cada vez mais nervosa enquanto andava pela praia, as ondas batendo com força na orla. Ela torceu para os irmãos não estarem arrumando briga. O comportamento de Matt na Cafeteria da Arabella ainda a incomodava, mas dois contra um seria injusto.

Ela chegou aos limites da área da festa, um grupo de cabanas de aluguel que separavam a área mais pedregosa da praia. As pessoas geralmente iam ali para dar uns amassos, mas o lugar estava vazio. Ela passou direto, fazendo uma careta quando o vento jogou areia em seu rosto.

Depois das cabanas, um píer se estendia para o mar, com barquinhos a remo subindo e descendo nas laterais. E ali, finalmente, Allison viu duas figuras paradas na extremidade do píer. Ela reconheceu a altura de Adam se agigantando sobre o corpo menor de Anders, e acelerou o passo.

Os dois encaravam as ondas agitadas, sem perceber que ela se aproximava.

— Está vendo alguma coisa? — gritou Adam por cima do vento uivante.

— Não. E nem vamos ver. Não com essa ressaca — disse Anders.

— Meu Deus, Anders! — A risada de Adam parecia ríspida e nervosa. — Preciso me lembrar de nunca irritar você.

A conversa rápida, junto com o olhar focado dos irmãos na água raivosa, arrepiou os pelos na nuca de Allison. Ela achava que seria melhor não saber sobre o que os dois estavam falando, e quase se virou de volta para a festa. Mas algo a fez parar, esticar a mão.

— Oi! — Allison balançou o ombro de Adam enquanto gritava em seu ouvido, e ele deu um pulo. — O que estão fazendo?

Anders se virou com os olhos brilhando sob a luz da lua.

— Resolvendo um problema.

25

Aubrey

Depois que entro pelo portão, paro a bicicleta atrás de um emaranhado grosso de arbustos de madressilva e me aproximo da estrada que leva à Casa da Gatária, pensando no que vou fazer agora. Não posso bater à porta e mandar um: "Ah, oi, será que você pode cuspir em um potinho pra mim? Só vim buscar um pouco do seu DNA, e depois vou embora."

Só de pensar nessas palavras, já acho que estou enlouquecendo. Pessoas mentalmente sãs não invadem mansões em busca de provas de que sua avó é uma impostora. No caminho até aqui, fiquei me perguntando se poderia haver uma explicação para a ausência da marca de nascença na mão da minha avó.

Talvez ela tenha removido com laser?

Na pré-adolescência, quando viviam zombando de mim por causa da mancha, perguntei se eu podia removê-la. "Você devia ter orgulho", disse meu pai. "Sua avó tem. Ela jamais removeria uma parte de si mesma pra agradar os outros." O que foi um bom conselho, só para variar, mas minha mãe concordou em marcar consultas com alguns cirurgiões plásticos. Todos disseram a

mesma coisa: a cor era forte demais e profunda demais. Talvez ela desbotasse um pouco, mas jamais desapareceria por completo.
Talvez ela tivesse passado maquiagem?
Mas, então, por que usar luvas? Por que usar luvas sempre, mesmo em um dia quente de verão?
Talvez você não tenha visto a mancha.
Mas sei que não foi isso. Eu conheço aquela marca de nascença como a palma da minha mão, exatamente onde deveria estar no corpo da minha avó. É a única característica que compartilho com ela, e não estava lá. Tenho certeza.

O paisagismo exuberante do quintal permite que eu me esconda atrás de arbustos enquanto acompanho a estrada e dou a volta para os fundos da casa. Então paro e noto o pátio ensolarado. Ele é surpreendentemente grande, levando em consideração o quanto a Casa da Gatária parece próxima do penhasco quando vista de longe, e menos bem-cuidado do que a parte da frente. A grama está alta demais, os arbustos, selvagens demais, e as flores, largadas e precisando de poda. Escuto o rugido do mar batendo contra as pedras atrás da casa e os gritos distantes das gaivotas circulando lá em cima.

O que estou fazendo?

Começo a dar meia-volta, subitamente horrorizada comigo mesma. O que estou fazendo é invadir uma propriedade, com a intenção de entrar em uma casa da qual fui explicitamente orientada pela dona a ficar longe. Posso ser presa por causa disso, e para quê? Eu devia contar minhas suspeitas para alguém e deixar a polícia, ou sei lá quem, resolver o problema.

Então eu vejo: uma janela no primeiro andar, a menos de um metro e meio do chão, aberta. Quase parece um convite.

Eu me aproximo de fininho até parar embaixo do peitoril, e então fico na ponta dos pés para olhar o interior. É um cômodo lindo, com o teto de gesso decorado e um candelabro cheio de detalhes, mas parece estar sendo usado como depósito. Não tem nada lá dentro além de montes de caixas, tapetes enrolados e cadeiras empilhadas umas em cima das outras.

Eu vou mesmo fazer isso? Eu *sou capaz* de fazer isso? Curvo a palma das mãos sobre o peitoril, pensando. Desde que cheguei na ilha, não malhei como faço quando estou me preparando para as competições de natação, e é fácil perder força muscular. Mas sempre fui boa na barra fixa.

Respiro fundo e ergo meu corpo, surpresa com a facilidade com que me levanto. Meus pés buscam um apoio na lateral da casa e quase perco o equilíbrio, mas consigo passar um braço pela janela, o que me ajuda a impulsionar metade de mim para dentro do cômodo. Fico assim por alguns segundos, arfando, depois me arrasto para entrar totalmente.

Aterrisso agachada, flexionando minhas palmas doloridas. *Viu só, pai?*, penso quando levanto. *Às vezes, é útil ter força nos braços.*

Não faço ideia em que parte da casa estou. Tiro os tênis e os deixo ao lado da janela, então sigo devagar pelo piso de madeira até chegar à porta. Não faço barulho enquanto sigo pelo corredor, parando a cada passo, e encontro uma escada. Fico parada ali por um bom tempo, prestando atenção em qualquer som que indique a presença de alguém por perto, mas não escuto nada.

Subo a escada com cuidado, com passos leves, até chegar ao segundo andar. Não reconheço essa parte da casa, mas o silêncio é tão absoluto que ganho mais coragem e acelero meu passo. Talvez eu tenha tido sorte, e ninguém esteja aqui.

Subo uma segunda escada, mais íngreme e estreita, e paro diante da porta no topo. Coloco a mão sobre a maçaneta e a giro devagar, o máximo que consigo. Então empurro. Ela abre com um rangido baixíssimo, e espio um corredor largo. Há portas dos dois lados, e meu coração dispara quando me dou conta de que posso ter encontrado a escada dos fundos para a ala dos quartos. É o lugar onde preciso ir. Só posso ter certeza de que algo pertence à minha avó se eu pegar do quarto dela.

Eu me aproximo da primeira porta sem fazer barulho e a abro rápido, entrando. De cara, sei que ninguém usa aquele quarto; ele tem um clima vazio, bolorento. Sem mencionar as cortinas antigas e os lençóis que parecem não terem sido trocados há anos. Vejo um cobertor vermelho com as palavras ESCOLA PREPARATÓRIA MARTINDALE em letras brancas ao pé da cama, e dois tacos de lacrosse apoiados em um canto.

Espera um pouco. Será que este era o quarto do meu pai? Entro um pouco mais e vejo uma foto emoldurada na parede ao lado da janela. É a mesma imagem do meu pai e da minha avó que vi na Samambaia Doce: os dois segurando aquele quadro feio e sorrindo para a câmera. Meu olhar vai para a mão da minha avó, dominada pela marca de nascença proeminente.

— É uma foto bonita, não acha?

Eu me viro e encontro minha avó, ou seja lá quem ela for, parada na porta. A primeira coisa que noto é que, pela primeira vez, ela não está toda arrumada nem usando luvas. Então vejo a pequena pistola com cabo de madrepérola em uma de suas mãos. É uma arma tão bonita que quase não parece...

— Ah, é de verdade. E está carregada — diz ela, entrando no quarto. — Duas mulheres idosas que moram sozinhas precisam tomar cuidado. — O olhar que ela lança para mim é quase solidário. — Você acha mesmo que não somos alertadas quando o portão abre?

Molho os lábios, que, de repente, ficaram secos.

— Então... o quê? Você me deixou entrar?

— Eu abri a janela pra você.

Burra, burra, burra, brigo comigo mesma.

— Bom, você me pegou — digo, fingindo uma risada culpada. Parece mais que estou bufando. — Eu queria ver a casa pela última vez. Tentar encontrar o quarto do meu pai. E fiz isso, então... vou embora agora.

— Não vai, não. — Meu coração aperta quando ela dá outro passo à frente. — Eu fiquei me perguntando ontem se você viu minha mão. Imagino que sim? — Estou paralisada demais para conseguir concordar com a cabeça. — E cá está você. A filha de Adam. Seria uma tragédia poética se eu a confundisse com um ladrão e desse um tiro em você no antigo quarto dele, não seria?

— Eu contei para as pessoas — digo, me esforçando para soar convincente. — Contei pra todo mundo o que vi. Pro tio Archer, pra Milly, pro Jonah, pra... todo mundo.

Minha avó, ou Mildred, ou — nem sei mais como chamá-la — inclina a cabeça para o lado.

— Mesmo assim, você veio sozinha.

Meu sangue gela. Consegui mandar uma mensagem para o tio Archer, e não há muita chance de ele entender o que eu quis dizer.

— O que fez com minha avó? — pergunto, minha voz trêmula.

— Nada — responde ela, com uma segurança tão rápida que até acredito. — Sua avó morreu de causas naturais há 24 anos. Eu a encontrei aqui. Ela gostava de passar tempo no quarto de Adam quando ele estava fora. — Os olhos dela brilham. — Ele sempre foi seu favorito, apesar de ser o menos atencioso.

— Você é Theresa — digo. Ela não nega. — E a outra Theresa...? — Não faço ideia de como terminar essa frase.

Minha curiosidade não é saciada.

— É estranho — diz ela, pensativa. — Eu tirei tudo que podia de Adam, mas nunca senti que fosse o suficiente. Talvez tirar a vida de sua filha seja. — Meu coração para. Quase digo "Não sou a única filha dele" antes de ela acrescentar: — Afinal, ele tirou a vida do meu.

O mundo perde o prumo.

— Meu pai... matou seu filho?

— De certa forma.

Um barulho alto, explosivo, nos assusta. Por instinto, sigo para a janela, chegando apenas ao peitoril antes de Theresa gritar:

— Pare!

Mas consigo enxergar um SUV preto grande atravessando o gramado. É uma visão tão bizarra, tão fora de contexto, mas extremamente bem-vinda, que quase dou uma risada.

— Tess! — chama a voz de uma mulher, alta e nervosa, vinda do andar de baixo. — Tess, tem um carro vindo. *Tess!*

— Estou vendo — grita Theresa de volta.

Ela parece muito calma para alguém cuja casa pode ser invadida por um carro a qualquer segundo. Mas o SUV para a alguns metros da porta da frente e, em um misto de alívio e apreensão, vejo tio Archer sair do lado do motorista.

— Então você não estava mentindo — diz Theresa. — Bem, até que conseguimos durar bastante. — A mão que segura a arma baixa um pouco, e sinto uma onda de esperança antes de o rosto dela se enrijecer. — Posso muito bem seguir em frente até a conclusão inevitável. Venha. — Ela sai para o corredor, gesticulando para que eu a siga, e atravessa até a escada cujo patamar tem vista para o segundo andar da casa. — Leve nosso visitante para o solário — grita ela para o andar de baixo. — Diga que Aubrey já vai.

— O que vai fazer? — pergunto, ansiosa. — Por favor, não machuque ele.

Fico enjoada só de pensar que tio Archer pode se machucar porque veio atrás de mim.

— Desça — ordena ela.

O brilho nos seus olhos é tão mortal que obedeço. Ela me guia — esquerda depois da escada, direita para o corredor, outra direita — até chegarmos à porta de um cômodo com janelas do chão ao teto em três lados. No centro, tio Archer está parado ao lado da mulher que eu acreditava ser Theresa Ryan.

— Aubrey! — grita ele.

Meu tio dá um passo para a frente, com a boca aberta para falar mais alguma coisa, até a Theresa de verdade surgir ao meu lado, segurando a pistola. Archer para de imediato, olhando nos olhos dela.

— Ah, meu Deus — diz ele, com a voz embargada, colocando a mão sobre o peito. — É verdade. É verdade mesmo. Achei que devia haver algum engano, mas... você não é a minha mãe. — O músculo em sua mandíbula pulsa. — Se eu tivesse chegado a três metros de você antes, saberia na mesma hora.

— Talvez não — diz Theresa. — As pessoas veem aquilo que querem ver. Mas imagino que você entenda agora por que precisei cortar relações. — A voz dela não se torna suave, mas é menos dura ao acrescentar: — Até com você, que é relativamente inocente nisso tudo.

— Que *tudo*? — pergunta Archer. — Por que você faria uma coisa dessas? O que a gente fez pra você? — O olhar dele passa de Theresa para a arma, da arma para mim. — Isso tem alguma coisa a ver com o que aconteceu com Kayla? Ou com Matt?

— Paula — diz Theresa. Não faço ideia de com quem ela está falando até a segunda mulher dar um passo à frente. — Está frio aqui. Acenda a lareira no salão sul, e então deixe a gente conversar sobre... — Ela faz uma pausa, seus olhos brilhando. — O... o que aconteceu com Matt.

— Tess, tem certeza? — pergunta a outra mulher, nervosa.

— Absoluta — responde Theresa.

Paula passa por nós e sai para o corredor. Tio Archer respira fundo.

— Matt se afogou, e foi terrível, mas...

— Matt não se *afogou* — diz Theresa, ríspida. — Ele foi morto. Aquela noite na praia do Cachimbo? Matt jamais entraria na água sozinho. Ele estava bebendo, mas não era idiota. Ele sabia o que a ressaca faria em uma noite daquelas. A cobra do seu irmão, Anders, disse a ele que Kayla tinha sido levada pela maré e precisava de ajuda.

— Kayla? — Tio Archer parece perplexo. — Ela nem estava lá.

Os lábios de Theresa se curvam.

— Não. E Anders sabia muito bem disso. Ele mentiu para Matt entrar na água. Sabendo que era bem provável que ele não voltasse. E Adam... ficou parado ao lado dos dois e deixou Matt ir. — Ela está tremendo agora, com os olhos arregalados e brilhantes. — Adam simplesmente o deixou ir.

Adam simplesmente o deixou ir. As palavras ecoam tão alto nos meus ouvidos que quase não escuto a próxima pergunta do tio Archer.

— Como você saberia de uma coisa dessas?

— Kayla — diz Theresa. — Uma noite, Anders ficou bêbado e revelou tudo pra ela. Acho que ele nem se lembra de ter feito isso. Mas ela me contou. Disse que ele sempre teve ciúme de Matt, que ficou ainda mais ressentido quando Matt engravidou Allison no verão em que morreu. — Ela dá uma risada amargurada ao ver a expressão chocada do tio Archer. — Você não sabia? Nem eu. Meu neto, imagina só. E da sua mãe. Mas Allison perdeu o bebê.

— Perdeu? — pergunta tio Archer, confuso.

— Sim. — A boca de Theresa se aperta em uma linha fina. — E ela sabe o que aconteceu com Matt. Anders contou pra ela naquela noite, e vou dizer uma coisa a seu favor: pelo menos Allison avisou que ele havia desaparecido e chamou ajuda. Mas protegeu os irmãos depois. Deixou todo mundo acreditar que tinha sido um acidente.

— Kayla te contou isso tudo — diz tio Archer devagar. — E aí... o quê? Você a matou? Você drogou Kayla e a colocou no carro? — Theresa se assusta, e tio Archer pressiona. — Fred Baxter me deu o relatório oficial da autópsia. Ela ingeriu um sedativo na noite em que morreu.

— Então foi por isso que ela perguntou sobre Kayla — diz Theresa, olhando para mim.

De repente, eu me tornei *ela*; um objeto na conversa.

— Você matou uma garota inocente e tem coragem de bancar a vítima? — pergunta tio Archer, aumentando a voz.

— Não fui eu — insiste Theresa. — É só que... tudo aconteceu ao mesmo tempo. Descobri sobre Matt, fiquei arrasada e furiosa. A única coisa que eu queria no mundo era fazer com que seus irmãos pagassem pelo que aconteceu. E, então, sua mãe morreu. — Os olhos dela ficam distantes. — Nós duas estávamos sozinhas na casa. Eu liguei pra Donald Camden, porque, bem... a gente ligava pra Donald por tudo na época. Ele comentou que vocês iriam gastar a fortuna de Abraham e Mildred em um segundo. E tive uma ideia.

Os cantos da boca dela se curvam em um sorriso, e é uma visão terrível.

— Parecia ridículo no começo, mas Donald adorou. Ele sempre quis colocar as garras no dinheiro dos seus pais. A gente chamou Fred Baxter, que estava todo endividado, e prometemos que faríamos todas as suas dívidas desaparecerem se ele continuasse sendo meu médico. Enterramos Mildred aqui, no quintal da Casa da Gatária, e chamei minha irmã, Paula, pra assumir meu lugar. Então Donald mandou a carta pra todos vocês.

A expressão de Theresa endurece.

— Mas Kayla ficava querendo falar comigo. Queria saber se a Sra. Story tinha deserdado os filhos por causa do que ela me contou. Nós conversamos por telefone algumas vezes, tentei amenizar seu nervosismo, mas nada resolvia. Parei de atender suas ligações, e ela foi falar com Fred Baxter. Ele disse para que não se preocupasse, não comentasse sobre aquilo com ninguém. Mas, então, ela foi atrás de Donald. E Donald... bom, ele achou que, se Kayla continuasse se metendo, nós teríamos um problema. Que as pessoas descobririam que eu tinha motivo pra odiar os filhos dos Story. Então ele resolveu a situação. — Um tom defensivo surge na voz dela diante do olhar horrorizado do tio Archer. — Fred e eu não teríamos concordado com algo assim, mas, quando ficamos sabendo do que aconteceu, era tarde demais.

—Nossa, você e Fred são dois santos mesmo — diz Archer, gélido. Então ele puxa o ar de repente, chocado. — Puta merda. Foi isso que aconteceu com Fred também? Ele começou a dar com a língua nos dentes este verão, tentando organizar uma confissão dentro do seu cérebro confuso, e Donald "resolveu a situação"? Afogando o homem no próprio quintal?

Ele dá um passo para a frente, e algo frio e duro pressiona a lateral do meu pescoço. Solto um gemido automático, e tio Archer fica imóvel.

— Não vamos esquecer quem manda aqui — diz Theresa.

Tio Archer levanta as duas mãos em um gesto de rendição.

— Não vou chegar mais perto, tá? Mas acabou. Você precisa entender isso. Desta vez, não vai dar pra enganar todo mundo de novo.

— Provavelmente não — diz Theresa. — Mas discordo que tenha *acabado*. Porque o negócio é o seguinte: Adam é o pior de todos, acho. Anders nunca teve nada de bom, e Allison é fraca. Mas Adam... eu adorava Adam. Sempre o defendi quando seus pais o pressionavam demais. Eu teria feito qualquer coisa por aquele menino. E então, quando teve a chance de proteger meu filho, ele não fez isso. Adam só precisava dizer "pare" para Anders ou Matt. Eles escutariam, e Matt ainda estaria vivo.

Que rapaz tolo. Ele podia ter mudado tudo com uma palavra. Finalmente entendo o que o Dr. Baxter quis dizer quando falou isso sobre o meu pai, e sinto uma súbita onda de pena pela mulher ao meu lado. Então, um clique ameaçador soa ao lado da minha orelha e todas minhas emoções além do medo somem.

— O problema de Adam é que ele não sofreu o *suficiente* — diz Theresa, tensa. — Ele não sabe como é perder um filho.

Os olhos do tio Archer ficam arregalados e nervosos.

— Theresa, não.

— O que mais eu posso fazer com a filha de Adam? — pergunta ela. — Simplesmente vou deixar a garota ir embora? Como Adam deixou Matt ir embora?

Minha respiração acelera. No fundo da minha cabeça assustada, percebo o cheiro de gasolina. Ou é de fumaça?

— Eu entendo que tenha raiva da minha família. E tem todo direito de se sentir assim — diz Archer, rápido. — Mas, se acha que ainda precisa acertar as contas com alguém... acerte *comigo*. Não com Aubrey. — As mãos dele, que estavam para cima esse tempo todo, se fecham sobre o seu coração como se ele oferecesse um alvo. — Desconte em mim. Eu estava lá. Eu podia ter ajudado, e não fiz nada. Fui assim por toda a porcaria da minha vida.

— Não — digo. Meu coração está quase saindo pela boca.

— Kayla disse que ninguém te contou — responde Theresa, ríspida. O cheiro de fumaça está mais forte. — Você está dizendo que sabia de tudo?

O olhar do tio Archer passa entre Theresa e a arma antes de finalmente voltar para mim. A tensão em sua mandíbula ameniza. Meu coração se aperta e depois infla, sofrido, quando reconheço o olhar em seu rosto. Nunca recebi esse olhar antes. Ele é *paternal*.

Então meu tio responde:

— Sim.

Depois disso, tudo acontece em um turbilhão, na velocidade da luz. A arma sai do meu pescoço. Theresa move o braço, e reajo por instinto. Jogo o ombro contra o dela, desequilibrando-a, e a jogo no chão. Uma explosão ensurdecedora toma conta da sala, seguido por um grito agudo de sofrimento. Uma dor aguda sobe pelo meu cotovelo quando acerto o chão, com metade do corpo por cima de Theresa, e alguém grita de novo. Um líquido vermelho forma poças ao meu lado enquanto viro o pescoço para todos os cantos, procurando loucamente pelo tio Archer.

— Aubrey! — Ele está em cima de mim, com a arma de Theresa em uma das mãos, e quase desmaio de alívio. — Você se machucou?

— Acho que não. — Saio de cima de Theresa, e ela geme. Sua perna esquerda está coberta de sangue, assim como o chão. Seu rosto está escondido na curva do braço. Ela não se move. Sua respiração está pesada. — Acho que atirei nela.

— Ela atirou em si mesma — diz ele, com raiva. — É melhor chamarmos ajuda. Você está com seu celular? Esqueci o meu.

— A bateria acabou.

Eu me levanto, com a adrenalina que atravessa meu corpo desaparecendo rápido, e o fedor da fumaça finalmente me acerta com tudo. O ar fora do solário parece pesado e enevoado.

Acenda a lareira no salão azul.

Foi isso que Theresa disse, pouco antes de a irmã sair do cômodo. Enfio metade do corpo para fora da porta e espio o corredor. Assobios e estalos vêm de algum lugar. O chão está escorregadio e molhado.

Tess, tem certeza?
Absoluta.

— Tem alguma coisa errada — digo.

Então o corredor explode em chamas.

— Jesus! — grita tio Archer enquanto cambaleio para trás, voltando para o solário. — Precisamos sair daqui! Venha. — Ele se estica para baixo, levantando Theresa. Ela geme em protesto, mole como uma boneca de pano, e ele a pega nos braços. — Escada, Aubrey! À esquerda.

— Não dá!

Em uma questão de segundos, a cena diante de nós se transforma. O fogo toma conta de tudo, as chamas dançando e atravessando o corredor. A fumaça vem na nossa direção. Eu engasgo quando a primeira onda me acerta, me mandando de volta para o solário com os olhos lacrimejando.

— É nossa única opção — diz tio Archer, passando por mim enquanto segura Theresa. Ele volta de costas com a mesma rapidez, arfando. — Certo. Novo plano.

Ele larga Theresa em uma das poltronas de couro em um canto da sala, depois pega uma cadeira e a joga contra a janela mais próxima. O vidro estraçalha, voando por todos os lados.

Cubro o nariz e a boca com as mãos enquanto a fumaça entra no cômodo. Tio Archer pega uma sombrinha comprida, velha, de um suporte decorativo e bate com ela nas bordas da janela, tirando os pedaços de vidro que não caíram. Meu coração aperta.

— É alto demais.

— Vamos fazer uma corda — diz ele, tirando um lençol das costas de um sofá.

Arranco as cortinas transparentes da janela e me viro para ver o que mais tem na sala. Um estrondo vem da porta. Horrorizada, observo as chamas cercarem o batente, depois se espalharem para a estante mais próxima. No começo, é apenas uma linha laranja passando pela última prateleira, e então todos os livros pegam fogo.

O sofá mais próximo da janela quebrada é antigo e pesado. Tio Archer amarra uma extremidade do lençol em um dos seus pés em um nó duplo apertado, e a outra extremidade à cortina que seguro. Ela não pesa nada.

— Vai dar certo? — arfo. Ele amarra as extremidades com força, testa o nó, faz outro. — Está forte o suficiente? — pergunto.

Tio Archer olha ao redor da sala. A estante foi tomada pelo fogo, o teto acima dela também. A fumaça é cinza e preta agora, tirando nosso ar mesmo com o vento fresco que entra pela janela. As chamas lambem um tapete e se espalham por sua superfície.

— Tem que estar — diz ele, jogando a ponta solta do tecido amarrado pela janela. — Vai primeiro, Aubrey. Mantenha o corpo relaxado e tente aterrissar de pé.

Não há tempo para discutir. Agarro a coberta e me jogo pela janela. Pedaços de vidro cortam meus braços e pulsos, sujando o tecido verde-claro de sangue. Eu desço o mais rápido possível. Quando vejo, o lençol acabou, depois a cortina, e nem me afastei tanto assim. Não sei se estou muito perto do chão, mas não faz diferença. Minha única opção é descer.

Solto a cortina e caio.

Bato com os pés no chão, meus joelhos cedendo, e aterrisso de lado com força. Tudo dói, mas consigo virar e olhar para a casa. O térreo está completamente aceso. Fumaça sai pela janela da qual acabei de pular. A cortina paira solta, seu final a dois metros do chão. Não há sinal do meu tio ou de Theresa.

Cerco minha boca com as mãos e grito:

— Tio Archer! Pode vir! — Luto contra o pânico cada vez maior, tento levantar. A dor sobe pela minha perna direita, me obrigando a ajoelhar de novo. — Está tudo bem, não é distante. Anda logo!

A janela permanece vazia. Meus pulmões doem, e é difícil gritar. Mas continuo, repetindo o nome do meu tio sem parar, sem parar, até minha garganta arder.

E então, graças a Deus, ele aparece. Theresa está jogada sobre seu ombro, tornando sua saída pela janela tão lenta que fico agoniada. Ela desmaiou ou se recusa a ajudar, não sei. Enquanto observo ele atravessar as nuvens cada vez mais grossas de fumaça, um pensamento furioso surge no meu cérebro.

Larga ela. Só larga ela.

Ele não faz isso. Tio Archer desce devagar pela corda improvisada até o que resta da janela assumir um brilho laranja e o lençol ceder. Os dois caem, e escuto um som que parece o grito horrorizado de um animal moribundo. Levo alguns segundos para entender que ele saiu de mim.

— Tio Archer! — Eu me arrasto até o monte inerte de membros e roupas que aterrissou a alguns metros de distância. O rosto de Theresa está virado para mim, seus olhos vazios, encarando o nada. Solto outro som animalesco involuntário e passo reto até alcançar o braço do meu tio. — Por favor — sussurro, puxando seu pulso para virar a palma para cima. — Por favor.

Quando sinto seus batimentos de leve contra meu dedão, começo a chorar pela primeira vez naquele dia.

26

Milly

A Casa da Gatária foi completamente incendiada naquele dia.

A irmã de Theresa, cujo nome real é Paula Donahue, jogou gasolina em tudo antes de riscar um fósforo e fugir. A polícia passou a semana inteira passando um pente-fino pela ilha e vigiando aeroportos locais, mas não há sinal dela. Tenho certeza de que ela saiu do país com um passaporte falso e está vivendo do dinheiro que roubou de Mildred e escondeu em alguma conta no exterior. Fico para morrer com isso. Pelo menos Donald Camden, que não recebeu qualquer alerta sobre o que estava acontecendo, foi preso no seu escritório e está na cadeia, esperando o julgamento.

Aubrey torceu o tornozelo na queda da janela, e tio Archer sofreu uma concussão e deslocou o ombro. De acordo com o legista, Theresa Ryan provavelmente morreu por inalação de fumaça antes de cair no chão.

O terreno em torno da Casa da Gatária agora é a cena de um crime, então não podemos entrar lá. Mas, no dia depois do incêndio, Aubrey, Jonah e eu fomos de carro até a curva na estrada em que vimos a casa pela primeira vez. De longe, não dá para enxergar a destruição, mas há algo extremamente perturbador em ver o céu onde antes se agigantava uma casa. Toda a história do legado de Abraham e Mildred e a casa da infância da minha mãe simplesmente... desapareceram.

Minha mãe chegou no dia seguinte, tomando o controle de tudo, como sempre.

— Vocês não podem ficar aqui — insistiu ela assim que pisou no chalé do tio Archer. — É muito exposto. A imprensa está enlouquecida.

E, simples assim, nos mudamos para uma casa de aluguel chique da família Story. Desde então, minha mãe é o principal contato da polícia, de legistas, jornalistas e advogados, tentando desvendar mais de duas décadas de fraude.

A única coisa que ela não fez ainda foi falar sobre o que aconteceu com Matt Ryan na praia do Cachimbo naquela noite de verão 25 anos atrás.

Eu queria perguntar isso assim que ela saiu do avião que a trouxe para o aeroporto de Gull Cove. Mas ela me deu um abraço tenso e pediu:

— Nada de perguntas, está bem? Vamos só sobreviver ao dia de hoje.

E está repetindo isso desde então. Quero ser paciente, porque sei que, além de tudo que precisa resolver, ela precisa lidar com o fato de que a mãe com quem sempre torceu para se reconciliar morreu há 24 anos. E que, no fim das contas, Mildred Story não era a vilã, mas uma mulher que foi tirada dos filhos sem ter a chance de se despedir.

Tio Anders foi embora da ilha assim que a primeira matéria foi publicada. Ele deu uma única entrevista desde então, para a Fox News.

— É tudo mentira — disse ele sobre a história de Kayla. — Invenção de uma ex-namorada amargurada. Que ela descanse em paz, é claro.

Tio Adam não deu entrevistas, mas afirmou a mesma coisa por meio de um porta-voz. A grande ironia é que, quando a história caiu na imprensa, as vendas do seu livro, publicado há dez anos, dispararam. Agora mesmo, às cinco da tarde, Aubrey recebeu uma mensagem dele dizendo que entrou para a lista dos mais vendidos do *The New York Times*.

Ela joga o celular para o lado, franzindo o cenho.

— Pelo visto, algumas pessoas nunca sofrem as consequências de nada — resmunga ela.

Com exceção da minha mãe, estamos todos na cozinha preparando guacamole para o jantar. É o último fim de semana de julho, então a temporada de verão ainda está longe do fim em Gull Cove, mas acabou para nós. Aubrey e Jonah vão embora amanhã, e devo ir logo em seguida. Meus pais querem que eu fique com papai e Surya enquanto minha mãe lida com os problemas daqui.

— Não sei — diz Archer, franzindo a testa enquanto corta os abacates, desajeitado. Seu ombro ainda dói bastante, mas ele se recusa a tomar os analgésicos. — Seu pai ainda precisa viver com a consciência pesada. Tenho a sensação de que esse sempre foi o problema dele.

Parece que esse é o unico castigo que tio Adam e tio Anders vão sofrer pela morte de Matt Ryan. Porque o tio Anders tem razão: as palavras de uma garota morta há 24 anos, repetidas por uma mulher que cometeu fraude gigantesca antes de morrer em um incêndio que pediu que outra pessoa começasse, não são convincentes.

Mas o tribunal da opinião pública tem pegado pesado. O *The New York Post* estampou a pergunta FOI ASSASSINATO? na primeira página alguns dias atrás, e as redes sociais responderam com um sonoro: "É óbvio." Tio Adam pode ter ganhado um aumento temporário nas vendas do livro, mas, para a maioria das pessoas, é uma leitura motivada pela raiva.

Aubrey ainda parece aborrecida, então tio Archer muda de assunto.

— Conta pra gente sobre a casa nova — diz ele, jogando pedaços desiguais de abacate dentro do processador.

Ela se anima. Sua mãe passou um dia aqui e depois precisou ir embora de novo, para terminar os preparativos da mudança para o apartamento em que as duas irão morar assim que Aubrey voltar para o Óregon.

— É um apartamento de três quartos bem fofo. Mais ou menos na metade do caminho entre a minha escola e o hospital onde minha mãe trabalha — diz ela.

— Parece perfeito — afirma tio Archer.

Aubrey abre um sorriso tímido para ele.

— Talvez você possa visitar a gente. Se quiser.

Tio Archer e ela têm passado muito tempo juntos desde que resgataram um ao outro na Casa da Gatária. Sei que parte de Aubrey sempre vai desejar ter o tipo de relacionamento entre pai e filha que o tio Adam é incapaz de ter, mas uma ligação entre tio e sobrinha também vale a pena.

— É claro que eu vou — diz tio Archer. — Mas não por enquanto. — A expressão de Aubrey fica desanimada, e ele acrescenta rápido: — Vou me internar em um centro de reabilitação em Cape Cod na semana que vem. Não sei quanto tempo vou passar lá, mas uns dois meses no mínimo.

— Que ótimo — dizemos Aubrey e eu ao mesmo tempo.
— Já passou da hora — diz tio Archer. Seu copo de plástico vermelho está sobre a ilha da cozinha, como sempre, mas ele não o toca desde que sentamos. — Depois disso... não sei. Um dia de cada vez. — De repente, ele parece exausto e se levanta do banco. — Vocês podem acabar aqui? Vou tentar tirar uma soneca.

Nós concordamos com um murmúrio, e tio Archer vai embora. O silêncio domina a cozinha por alguns minutos até Jonah perguntar:

— Então. O que vão fazer quando voltarem pra casa?

— Fisioterapia — responde Aubrey na mesma hora. — Acaba que nadar ajuda a melhorar torções de tornozelo. E quero continuar nadando. — Ela pega um dente de alho e começa a descascá-lo. — Talvez eu até volte pra equipe.

Fico tão surpresa que acabo jogando azeite demais no processador e preciso tirar um pouco com uma colher.

— Sério?

— Vão contratar uma treinadora nova — diz Aubrey. — Já que a antiga precisa tirar *licença maternidade*. — A expressão dela fica sombria por um instante, mas depois seu ânimo reaparece. — Participei de uma escolinha de verão que a treinadora nova organizou uma vez. Gosto muito dela. — Aubrey me cutuca com o ombro. — E você? Como vão ser as coisas na casa do seu pai? Ele também mora em Nova York, né?

— É — digo, tampando a garrafa de azeite. — Minhas instruções são pra não aprontar.

— Como assim? — Os olhos dela se arregalam com uma inocência falsa. — Quer dizer que não vamos mais ver fotos de vocês dois se agarrando na praia?

— *Uma vez* — digo, minhas bochechas ardendo. A praia aqui é particular, mas helicópteros ficam pairando sobre nós, tentando tirar fotos. Um deles conseguiu um zoom surpreendentemente nítido de Jonah e eu nos beijando no mar. — Isso aconteceu uma vez.

Jonah pigarreia.

— Acho que isso não aconteceria se estivéssemos em um lugar mais cheio, onde conseguíssemos nos misturar. — Levanto minhas sobrancelhas para ele, que acrescenta: — Tipo uma cidade. Providence e Nova York não são tão distantes uma da outra. Tem um ônibus que só custa treze dólares... pelo que fiquei sabendo.

— Depois de pesquisar obsessivamente no site das empresas de ônibus? — pergunta Aubrey em um tom alegre.

Ele dá de ombros.

— Talvez.

Tento não sorrir.

— Achei que você tivesse que trabalhar o verão todo.

— Não é o verão *todo* — diz Jonah. Sua expressão fica pensativa. — Mas agora vocês são praticamente herdeiras, então... Sei lá. Talvez seja estranho demais.

Não tocamos muito no assunto do espólio dos Story desde que Theresa e Donald foram descobertos, mas é algo que sempre paira no ar. Minha mãe trouxe o colar com o pingente de gota de diamante que me prometeu, mas só o coloquei uma vez. Por algum motivo, ele não ficou tão bonito em mim quanto eu imaginava. Guardei o relógio do meu avô também. É estranho, mas não de um jeito ruim, como meu braço ficou mais leve sem ele.

Nada sobre a fortuna dos Story parece real por enquanto. Mas Jonah parece, e não estou pronta para me despedir para sempre, e nem ele.

— Não seria estranho. Nem um pouco — digo. Ele sorri, e pego uma colher para apontar na sua direção e dar ênfase. — Mas não vou viajar de ônibus. Nunca. Essa parte não está aberta a discussão.

Horas mais tarde, depois que Aubrey foi deitar e enquanto Jonah está distraído com algum jogo de videogame com os amigos de casa, saio para o quintal e vejo minha mãe e tio Archer sentados em duas cadeiras de madeira posicionadas sobre um trecho de praia perto da casa. Quase volto para dentro, sem querer incomodar os dois, mas minha mãe me vê e acena para eu me aproximar.

— Vou pegar uma cadeira pra você. — Tio Archer já está meio levantado quando gesticulo para que fique sentado.

— Não tem problema. Não gosto dessas cadeiras.

Há uma toalha jogada sobre a beirada da cadeira da minha mãe, e a abro no chão, sentando aos pés deles.

— Eu estava dizendo pro Archer como fico feliz por você e Aubrey terem virado amigas — diz minha mãe. Há uma mesa entre os dois com uma única taça de vinho. Minha mãe a pega e toma um gole antes de acrescentar: — Ela é uma graça. Nem acredito que passei anos sem incentivar que conhecesse seus primos.

Uso um tom despreocupado, porque estou tentando não pensar que Aubrey vai pegar um avião para o outro lado do país. A gente vai passar o dia todo trocando mensagens.

— Bom, no caso de JT, essa decisão foi boa.

Tio Archer balança a cabeça.

— Ainda tenho esperanças para aquele garoto. Ele só estava tentando aproveitar o verão do jeito que queria. Aposto que, no fundo, ele se arrepende do que aconteceu.

— Bem no fundo — digo. — Bem no fundo mesmo.

— Você sempre se recusou a enxergar o pior lado das pessoas, Archer — diz minha mãe.

Foi esquisito ver os dois voltarem a se comportar como antigamente essa semana — *muito* antigamente, como na época em que eram adolescentes —, e não com a frieza tensa de que me lembro quando era pequena. Eu já tinha visto como os dois eram próximos em vídeos antigos, mas nunca na vida real. Quase acreditei que fosse uma impressão que as filmagens passavam. Mas não é.

— Acho que temos isso em comum — diz Archer. Ele fecha a mão em punho e dá um soco leve no braço da minha mãe. — A gente se enganou até com nos nossos irmãos.

Minha mãe se remexe na cadeira, inquieta.

— Não posso mais dar a desculpa de "depois falamos sobre isso"?

— Você não precisa falar sobre nada se não quiser — responde tio Archer. — Mas eu quero dizer que sinto muito por tudo que você passou naquele verão, com a gravidez e tal. Eu sabia que havia alguma coisa errada, mas nem imaginava o que seria.

— Bom, como você poderia saber? — pergunta minha mãe. — Eu não te contei. E tudo acabou quase antes de começar. — Ela toma outro gole de vinho. — Fiquei triste e aliviada ao mesmo tempo. Por um tempo, achei que odiava Matt, mas isso não era verdade. Eu só estava com raiva pela forma como ele agiu. E aí Anders me contou o que fez, e Matt morreu de um jeito tão horrível, e eu só... não sabia o que fazer.

Tio Archer espera um instante. Como minha mãe não continua, ele pergunta baixinho:

— Você pensou em contar pra alguém?

— Todos os dias. — Ela segura o cabo da taça com tanta força que fico com medo de o vidro quebrar. — Fiquei tão dividida. Eu me sentia culpada, porque provoquei Anders, falando sobre Kayla e Matt. E porque Anders quase fez parecer como se tivesse feito aquilo *por* mim. Eu só conseguia pensar: será que, de algum jeito, dei a entender que *queria* aquilo? A culpa foi minha? Levei mais de um ano pra entender que Anders agiu, como sempre, por interesse próprio. Àquela altura, eu não sabia mais como tocar no assunto. E que diferença faria? E, então, Donald Camden mandou as cartas. — Minha mãe termina o vinho e coloca a taça sobre a mesa com a mão trêmula. — Achei que a gente merecia aquilo. Bom, todos nós, menos você. Apesar de parecer impossível que a mamãe tivesse descoberto sobre Matt. E, é claro, ela não descobriu. — Ela solta a risada menos alegre que já ouvi. — Agora, só consigo pensar que... e se eu tivesse dito alguma coisa na época? As coisas seriam diferentes agora? Talvez a mamãe ainda estivesse aqui e...

— Allison — interrompe tio Archer. — Ela não estaria. Ela tinha um problema de coração.

— Não sei. Parece um efeito borboleta. — A voz da minha mãe embarga. — Especialmente agora, quando sei que Kayla morreu por minha causa...

— Kayla morreu porque Donald Camden é um desgraçado ganancioso e desalmado — corrige tio Archer. Pela primeira vez na noite toda, ele parece irritado. — E se alguém iniciou esse efeito borboleta, foi Anders. O que é de uma ironia horrível. Acho que ele amava Kayla de verdade, tanto quanto Anders é capaz de amar alguém. Deve ser doloroso saber que as ações dele contra Matt acabaram causando a morte dela. — Tio Archer tamborila sobre o braço de madeira da cadeira, um dedo de cada vez. Do indicador ao mindinho, depois ao contrário. *Um, dois, três, quatro. Quatro, três, dois, um.* — Eu não te julgo, Allison. Estou com raiva de Adam por não dizer nada quando poderia ter feito diferença, mas não por você ficar em silêncio depois que nada mudaria. Nem imagino o que eu faria na mesma situação. Você sabe o que o papai dizia. Família em primeiro lugar, sempre.

Minha mãe ainda parece prestes a cair no choro.

— O papai ficaria horrorizado.

— Com *eles.* — A voz do tio Archer se torna mais calma. — Você não machucou ninguém de propósito. Perdoe a si mesma, Allison. Vinte e cinco anos é muito tempo pra se sentir culpada.

— Estou tentando — diz minha mãe.

Um celular na mesa entre o tio Archer e ela toca.

— Quem é Charlotte? — pergunta minha mãe, olhando para baixo.

— Uma advogada do escritório de Donald Camden — responde tio Archer. — Pedi que ela entrasse em contato se ficasse sabendo de alguma coisa interessante. Discretamente, é claro. Então guardem segredo.

Ele leva um dedo aos lábios enquanto pega o telefone.

— Como você conhece todo mundo? — pergunta minha mãe, pensativa.

— Eu converso com as pessoas. Você devia tentar fazer isso. Oi, Charlotte — diz tio Archer, levantando e seguindo para a praia. — E aí?

O silêncio cai entre nós. Então, para minha surpresa, minha mãe estica a mão e faz carinho no meu cabelo. Não me lembro da última vez que ela fez isso, mas com certeza eu tinha menos de seis anos de idade.

— Foi tão solitário estar grávida naquele verão — diz ela, pensativa. — Eu não tinha coragem de contar pra minha mãe, mas queria que ela descobrisse de algum jeito. Milly, se algum dia você estiver em uma situação parecida, espero que saiba que vou te apoiar em tudo.

Afasto minha tendência natural de dizer "Meu Deus, mãe, por favor, não fale disso", porque *quero* que ela fale. Não só em relação a mim. Mas qualquer coisa que vier agora é lucro.

— Eu sei.

— Sabe? — A risada dela é frágil. — Não sei se fiz um bom trabalho em demonstrar meu apoio com o passar dos anos.

— Bom, você tinha um monte de problemas — digo, sendo diplomática.

— Vou encarar isso como confirmação de que tenho que melhorar meu comportamento como mãe — responde ela, seca.

— Mãe, você... — Eu hesito, mas então decido ser direta. — Você contou ao papai o que aconteceu?

— Não tudo. — Ela prende uma mecha de cabelo atrás da minha orelha antes de afastar a mão. — Seu pai é o homem mais bondoso que já conheci. Ao longo dos anos, ele me ajudou muito a aceitar o que aconteceu com Matt e a gravidez. Mas eu não podia terminar a história. Não podia contar o que Anders fez nem que eu o protegi. — A voz dela fica baixa. Olho seu rosto, mas a luz da lua está fraca demais. — Naquela altura, a verdade estava enterrada tão fundo dentro de mim que não dava mais pra tirar. Ela simplesmente... apodreceu, me deixou com raiva. Seu pai acabou pagando o pato sem nunca saber o motivo.

A tristeza toma meu peito diante do pensamento de como poderia ter sido a vida se minha mãe tivesse desabafado.

— Acho que ele entenderia.

— Também acho — responde ela, baixinho.

Ficamos em silêncio por um minuto, escutando as ondas batendo na praia e o murmúrio inteligível da voz do tio Archer. Então minha mãe pigarreia e continua:

— Milly, fiquei impressionada sobre como você descobriu a verdade. Você tem uma mente afiada. — Espero pelo acompanhamento inevitável. "Se você se dedicasse da mesma maneira aos estudos, tiraria dez quando quisesse." Mas ele não vem. — E um bom coração — diz ela, apenas, e sinto as lágrimas arderem de leve em nos meus olhos.

Ofegante, tio Archer volta segurando o celular. Minha mãe levanta e corre até ele.

— Você está bem? — pergunta ela. — O ombro está doendo? Você faz esforço demais.

— Eu... não. — A voz do tio Archer é tensa. — Era Charlotte no telefone.

— Eu sei — responde minha mãe. — Você disse.

— Certo. O negócio é que... — Ele guarda o celular no bolso e passa uma mão pelo cabelo. — Pedi a ela que avisasse se ficasse sabendo de alguma coisa importante. Os figurões não querem nos contar por enquanto, porque ainda precisam resolver uma papelada, mas... Allison, a Casa da Gatária não tinha seguro. Nem as obras de arte, nem as joias, nem os móveis.

Eu viro para minha mãe, que está piscando, confusa.

— Quê? Por quê? — pergunta ela. — Como pode uma casa daquelas não ter seguro?

— Nada tem — diz tio Archer. — Todas as apólices venceram. As contas não são pagas há mais de um ano. As outras casas da nossa família, incluindo *esta*, estão hipotecadas. As contas de investimento foram zeradas. Donald e Theresa estavam vivendo à base da venda dos quadros. Tudo que os dois não venderam pegou fogo na semana passada.

Minha mãe não diz nada. Tio Archer segura o ombro dela e fala devagar e com paciência, a voz cheia de bondade e preocupação, como um médico que dá um diagnóstico que vai doer à beça, mas não matar?

— Eles gastaram tudo. Cada centavo. O espólio dos Story acabou.

EPÍLOGO

Jonah

Cinco meses depois

Milly dá a primeira tacada, e as bolas disparam pelo feltro verde. Ela está cada vez melhor na sinuca. Da última vez que a visitei em Nova York — quando ela me levou para um "centro de entretenimento" chique em que todas as mesas tinham bordas de luz fluorescente —, cheguei bem perto de perder.

— Alguém vai te dar uma coça, Jonah — grita Enzo de trás do bar.

Ele voltou a trabalhar na Sinuca Império pouco depois do Dia de Ação de Graças, apesar de ainda pegar alguns turnos da Home Depot toda semana. Só para garantir.

— Você anda treinando sem mim, né? — pergunto enquanto Milly observa as últimas bolas entrando em uma caçapa do canto.

— As bolas listradas são minhas — anuncia ela, me fitando com um olhar tímido por baixo dos cílios.

Pronto. Esse é o olhar que sempre acaba comigo. Esqueço onde estamos e a puxo na minha direção, tirando o taco de sua mão para trazê-la mais perto. Seu cabelo sedoso está comprido e solto, e o afasto do seu rosto antes de beijá-la. Ela solta um suspiro baixinho e se derrete, e esqueço completamente as três semanas intermináveis que passamos sem nos ver.

Também me esqueço de Enzo, até ele tossir.

— Mãe no estacionamento — diz ele, e solto Milly alguns segundos antes de minha mãe entrar.

Não que ela fosse reclamar. Minha mãe adora Milly, e foi ela quem a convidou para passar um tempo com a gente depois do Natal. Mas prefiro evitar que o clima fique esquisito, para Milly querer voltar sempre.

De trem, é claro. Ela não estava brincando sobre o ônibus.

— O correio passou — diz minha mãe para Enzo, deixando uma pilha de cartas sobre o bar. — Tem um catálogo novo da Equipamentos para Bar ServMor, se quiser dar uma olhada.

— Eu *quero* — diz ele, tirando-o da pilha com um ar reverente.

Desde sua temporada na Home Depot, Enzo está obcecado por projetos "faça você mesmo" para melhorar a Império. Só vamos abrir daqui a uma hora, mas ele chegou mais cedo para instalar o que alega ser uma barra mais resistente no bar.

Minha mãe se vira para mim e Milly.

— Vou fazer um hambúrguer com batata frita pra mim antes de abrirmos. Vocês dois querem alguma coisa?

— Quero um igual — digo, lançando um olhar questionador para Milly.

— Também — diz ela. — Obrigada, Sra. North.

— De nada! Quer alguma coisa, Enzo?

— Não, estou bem.

— Certo. Volto daqui a uns dez ou quinze minutos, crianças.

— Minha mãe desaparece na cozinha.

Enzo coloca o catálogo e o restante das cartas embaixo do braço.

— Vou passar uns dez minutos lendo no escritório — anuncia ele, se abaixando para sair de trás do bar. — Aproveitem a sala vazia.

Eu me afastei bastante de Milly quando minha mãe entrou, mas, agora, me aproximo de novo com um sorriso.

— Onde a gente estava? — pergunto, segurando sua cintura.

Ela fica na ponta dos pés para me dar um selinho, depois se afasta.

— Nós íamos ligar pra Aubrey, lembra? Prometi que a gente faria um FaceTime às quatro.

— Mas que saco — digo, apesar de estar brincando. Também estou ansioso para falar com Aubrey.

Quando fomos embora de Gull Cove, no final de julho, eu não sabia o que aconteceria. A gente passou pelo mês mais louco e esquisito de nossas vidas, e não dava para saber se o relacionamento intenso que formamos uns com os outros duraria no mundo real. Ainda mais com a questão da herança sendo uma bagunça gigantesca. A situação acabou virando um confronto dos irmãos Story: de um lado, Allison e Archer, tentando entender o que havia sobrado e como dividir tudo igualmente; do outro, Adam e Anders, fugindo de credores e da responsabilidade pelos seus atos, processando todo mundo que já trabalhou para Donald Camden.

No começo, não acreditei que o dinheiro tinha acabado. Mas, no fim das contas, quase tudo foi gasto. Donald, Theresa, Fred Baxter e Paula passaram 24 anos na mordomia, vivendo com o tipo de luxo que não consigo nem imaginar. Eles faziam viagens extravagantes, compravam obras de arte inestimáveis e outros itens de colecionador para os quais não se deram ao trabalho de fazer seguros, e reformaram tanto as propriedades dos Story que nem as diárias caríssimas do hotel conseguiam bancar as contas. O vício no jogo do Dr. Baxter nunca desapareceu, então ele perdia milhões em Las Vegas todos os anos. Donald Camden mal trabalhava; ele mantinha um escritório de fachada e uma equipe minúscula para passar uma impressão respeitável, e, por ano, gastava mais com essas coisas do que ganhava.

Quando a poeira finalmente baixou, o dinheiro que sobrou para Adam, Anders, Allison e Archer dividirem era relativamente minúsculo. "O suficiente para pagar a clínica de reabilitação", gosta de dizer Archer. Pelo menos foi uma clínica de reabilitação *boa*, já que ele está sóbrio há cinco meses.

Archer é o que menos se importa com a falta de dinheiro. Ele voltou para Gull Cove e começou a trabalhar para Rob Valentine, pintando as propriedades que costumavam pertencer à sua família com uma serenidade esquisita.

— A ganância separou nossa família — disse ele para Milly quando o visitamos no feriado do Dia dos Veteranos. Ele parecia bem, com os olhos lúcidos e a barba feita, mesmo que um pouco magro. — E, sinceramente, a esta altura, se tivesse sobrado alguma coisa? É bem provável que a história se repetisse. Não quero passar a vida brigando com Adam e Anders pela fortuna da família, e não quero que o dinheiro vire a cabeça de vocês, como fez com a gente. E com Donald, Theresa e toda aquela galera maluca.

— Pode ser — respondeu Milly, de má vontade. — Mesmo assim, o dinheiro não era deles!

— Não, não era — concordou Archer. — Mas vamos encarar as coisas pelo lado positivo. Eu não queria nada daquilo. De verdade. Estou mais feliz do que nunca com a minha vida tranquila, de volta à minha casa. Allison não precisa do dinheiro. Ela construiu uma carreira fantástica por conta própria. Megan fez a mesma coisa, então Aubrey vai ficar bem. Sem contar todas as bolsas de estudo que ela vai conseguir por causa da natação. E quanto a Adam e Anders... — Ele se permitiu abrir um sorrisinho. — Aqueles dois não merecem nada.

O livro de Adam Story saiu da lista dos mais vendidos após duas semanas. Por um tempo, a gente tinha certeza de que ele escreveria outro, mas a única história que as pessoas querem saber dele é o que aconteceu de verdade. E ninguém consegue convencê-lo a contá-la.

Anders Story e sua família ainda moram em Providence, mas JT e eu não estudamos mais no mesmo lugar. Ele vai terminar o último ano em uma escola charter perto de Newport. Ela é distante, mas tem a vantagem de estar cheia de gente que não o conhece. Tirando o nome. O escândalo dos Story passou meses nas manchetes dos jornais da Costa Leste, então não dá para ele escapar completamente. Anders abriu uma empresa nova, sobre a qual não sei nada além do que ele contou para o *The Providence Journal* na semana passada.

"Tudo que eu aprendi, tudo em que acredito, tudo que tenho será aplicado nessa nova empreitada", prometeu ele.

Depois de ler isso, minha mãe jogou o jornal para longe, bufando com indignação. "Ou seja, nada", disse ela.

A irmã de Theresa, Paula, ainda está foragida. Para mim, ela é a mais interessante de todos — a desconhecida do grupo, sempre nas sombras, que tinha uma vida tão vazia que abriu mão de tudo para se passar por Theresa depois que Mildred Story morreu. Os jornais continuam tentando fazer matérias sobre ela, mas não encontram muitas informações. Há 24 anos, Paula era uma mulher de cinquenta anos que vivia em um subúrbio de New Hampshire e trabalhava para uma empresa de energia elétrica. Então, um dia, ela simplesmente pediu demissão. Largou o empregou, entregou o apartamento, disse que ia se mudar para fora do estado. Ninguém se importou o suficiente para perguntar o motivo.

Uma vez, eu disse para Milly que achava isso triste. Ela ficou indignada.

— Você está falando da mulher que botou fogo na Casa da Gatária — disse ela. — Aubrey e o tio Archer podiam ter morrido! Não ouse sentir pena dela.

— Não sinto — respondi, e é verdade.

Odeio a ideia de Paula estar livre tomando coquetéis em uma praia paradisíaca tanto quanto Milly. É só que... eu me lembro de como é difícil fingir ser outra pessoa, mesmo por pouco tempo. Às vezes, fico me perguntando como ela conseguiu fazer isso por tantos anos. E a resposta sempre é a mesma: porque não havia uma única pessoa no mundo, além da irmã que ela concordou em personificar, que sentiria sua falta.

Certo, talvez eu sinta um pouquinho de pena. Mas com certeza não vou dizer isso para Milly. Porque Milly... meu Deus. O fato de eu poder dizer que ela é minha namorada ainda parece um milagre. A gente se vê sempre que pode e, quando conversamos sobre o que vamos fazer depois que nos formarmos, fazemos planos sobre *como* vamos nos mudar para a mesma cidade. Não *se* isso vai acontecer.

E, quem sabe, talvez nosso trio volte a se unir. Aubrey recebeu uma bolsa de estudos para a Brown, por conta da natação, o que é incrível, mas também para várias outras mais perto de casa. Milly está determinada a convencê-la a vir para a Costa Leste. Começando agora.

Nós nos acomodamos no mesmo banco de uma cabine atrás das mesas de sinuca, e Milly posiciona o celular entre nós. Depois de ligar para o número de Aubrey, ela tira sua jaqueta de couro e revela a camiseta da Universidade Brown que compramos hoje cedo.

Aubrey surge na tela, segurando um bebê minúsculo que se remexe na curva do braço dela.

— Olha, é Aedan — digo, e então fico chocado quando vejo melhor o rosto do bebê. A última vez que o vi por FaceTime, ele era recém-nascido. Agora já tem dois meses e está começando a parecer uma pessoa de verdade. Uma pessoa específica, inclusive. — Puta merda, Aubrey, ele é a sua cara.

Ela sorri.

— Não é? Meu pai fica enlouquecido, porque ele sempre insistiu que só puxei a minha mãe. — Ela faz carinho no tufo de cabelo louro dele com a mão livre. — Acho que existe mais de um jeito de se parecer com um Story.

Eu não devia ter me surpreendido pela forma como Aubrey, sendo Aubrey, se apaixonou imediatamente pelo meio-irmão. Não é como se a confusão toda tivesse sido culpa *dele*. Mesmo assim, é bem legal da parte dela participar tanto da vida do irmão, quando seria tão fácil guardar rancor.

Milly cruza os braços, esquecendo a camisa enquanto encara Aedan com um ar desconfiado. Bebês a deixam nervosa, mesmo quando estão do outro lado da tela.

— Ele vai chorar? — pergunta ela.

— Aedan nunca chora — garante Aubrey. — Ele é o rapazinho mais feliz do mundo.

Milly se recosta no banco, sem parecer convencida, mas disposta a dar uma chance para o bebê.

— E como vão os pais dele? — Ela diz as últimas palavras como se tivessem um gosto ruim.

— Bom... — Aubrey balança Aedan, pensativa. — Todo mundo diz que bebês mudam relacionamentos, né? Digamos que, por mais tranquilo que ele seja, este carinha afetou *bastante* os dois. Ninguém mais fala de casamento. A treinadora Matson conseguiu emprego em uma cidade próxima, mas ela quer mesmo ficar em casa, cuidando do bebê. Meu pai, é claro, se recusa a arrumar um emprego, e já gastou o dinheiro todo da herança e do livro. Acho que a treinadora Matson finalmente está se dando conta da roubada em que se meteu, e *não* está feliz.

Milly se inclina para perto da tela, se esquecendo completamente do seu nervosismo com bebês.

— Vou começar a te chamar de *carma*, amiguinho — cantarola ela.

Aedan abre um sorriso banguela enquanto Aubrey tenta, sem sucesso, abafar uma risada.

— Você é terrível — diz Aubrey, e depois olha para mim. — Como vão os negócios?

Faço um joinha para ela.

— Cada vez melhores.

Ela abre um sorriso radiante.

— Estou louca pra visitar vocês. Desculpa não ter conseguido ir neste fim de semana. Estou atolada com o cronograma das competições. Mas devo conseguir nas férias da primavera. Quero ir a Gull Cove e visitar o tio Archer também.

— Perfeito — diz Milly, empertigando os ombros. — Você já vai ter aceitado a bolsa da Brown até lá e, como pode ver — ela passa a mão sobre a camiseta — já preparei meu look comemorativo.

Alguém cutuca meu ombro, e me viro antes de ver a reação de Aubrey.

— Chegou um cartão-postal pra você — diz Enzo, entregando-o para mim.
— Sério? — pergunto, confuso. Nunca recebo correspondência. — Valeu. — A imagem da frente mostra a silhueta de Nova York, e imediatamente penso em Milly. Puxo uma mecha do cabelo dela e pergunto: — Você mandou um cartão-postal pra mim?
Ela bate na minha mão para me afastar, focada na ligação.
— Espera um pouco. Estou fazendo um recrutamento.
Viro o cartão, lendo meu nome e o endereço da Império. Não é a caligrafia elegante e redonda de Milly. As palavras estão esmagadas, me lembrando da mensagem que recebemos de Mildred assim que chegamos em Gull Cove, informando que ela tinha que ir a Boston. Apesar de ela ter sido escrita por Theresa. Ou Paula.
Cacete. *Paula*. A misteriosa Paula. A mulher de quem ninguém sentiria falta.
Todos os pelos da minha nuca se arrepiam quando olho para Milly. Ela continua focada na conversa com Aubrey, então olho para baixo e leio a mensagem.

Jonah,
Tive notícias de que Milly, Aubrey e você estão bem, e fico feliz. De verdade.
Não desejo mal algum aos três, embora seja tolice da minha parte acreditar que você e suas "primas" possam retribuir o sentimento. De uma impostora para outro, quero dar um conselho: mantenha seus pais longe do novo empreendimento de Anders Story. Tenho a forte suspeita de que ele vai acabar se queimando um dia desses, por assim dizer.
Família em primeiro lugar, sempre.

P.

AGRADECIMENTOS

O mercado editorial sempre muda muito, mas tive a sorte de trabalhar com uma equipe maravilhosa por quatro livros seguidos. Eu me sinto muito grata pelo apoio contínuo e por todos que tornaram a criação de *Os primos* tão prazerosa.

Meu agradecimento eterno a Rosemary Stimola e Allison Remcheck por orientarem minha carreira com tanto cuidado e por sempre me impulsionarem da melhor forma possível. Obrigada também a Pete Ryan, Erica Rand Silverman e Allison Hellegers do Stimola Literary Studio.

Obrigada a Krista Marino, revisora maravilhosa, por sua capacidade fantástica de enxergar o coração de todos os livros que escrevo. Depois de quatro livros com você, sou uma escritora muito melhor, mas que ainda conta com seu olhar afiado, suas observações pertinentes e seu apoio inabalável para me inspirar a ir mais fundo. Tenho muito orgulho do que criamos juntas.

Toda a equipe da Random House Children's Books e Delacorte Press é incrível de verdade, desde a forte liderança ao planejamento cuidadoso do marketing, publicidade, design, produção, vendas e muito mais. Obrigada a Barbara Marcus, Beverly Horowitz e Judith Haut por darem aos meus livros o melhor lar que eu poderia imaginar, e à equipe que deu vida a eles: Monica Jean, Kathy Dunn, Dominique Cimina, Kate Keating, Elizabeth Ward, Jules Kelly, Kelly McGauley, Jenn Inzetta, Adrienne Weintraub, Felicia Frazier, Becky Green, Enid Chaban, Kimberly Langus, Kerry Milliron, Colleen Fellingham, Heather Hughes, Alison Impey, Kenneth Crossland, Martha Rago, Tracy Heydweiller, Linda Palladino e Denise DeGennaro. Obrigada também a Kelly Gildea, da Penguin Random House Audio & Listening Library, pela produção brilhante dos meus audiolivros.

Tenho a sorte de trabalhar com muitas editoras internacionais maravilhosas. A Penguin UK permitiu que eu conhecesse várias pessoas talentosas, incluindo Holly Harris, Francesca Dow, Ruth Knowles, Amanda Punter, Harriet Venn, Simon Armstrong, Gemma Rostill, Ben Hughes e Kat Baker. Este ano consegui visitar mais das minhas editoras internacionais do que nunca, e agradeço a hospitalidade de Christian Bach e Kaya Hoff da Carlsen Puls, na Dinamarca; Nicola Bartels, Susanne Krebs, Birte Hecker, Julia Decker e Verena Otto da Random House, na Alemanha; e Susanne Diependaal, Jessie Kuup e Arienne Huisman da Van Goor, na Holanda.

Sou grata a Jason Dravis, meu incansável agente cinematográfico, e aos agentes que ajudam meus livros a encontrar lares ao redor do mundo: Clementine Gaisman e Alice Natali, da Intercontinental Literary Agency, Bastian Schlueck e Friederike Belder, da Thomas Schlueck Agency, e Charlotte Bodman, da Rights People.

Obrigada a Erin Hahn e Meredith Ireland por seus feedbacks atenciosos e por sua amizade, e à maravilhosa comunidade YA por toda a energia e paixão que oferecem à ficção juvenil. Sou grata a todos vocês, dos autores sensacionais que tive o prazer de conhecer tanto pela Internet quanto em pessoa, aos blogueiros, educadores, bibliotecários, voluntários de festivais e livreiros. E especialmente aos leitores, que tornam tudo possível.

A ambientação de *Os primos* foi inspirada nas ilhas Martha's Vineyard e Nantucket, que visitei muitas vezes quando criança e adulta. Sou grata à hospitalidade que sempre me foi oferecida lá, e espero que os residentes não se importem de eu ter criado uma irmã fictícia para seus belos lares.

Finalmente, obrigada à minha família, tanto os Medailleu quanto os McManus, por todo o seu apoio. Muito amor ao meu filho, Jack, e, seguindo o tema deste livro, a todos os meus primos: James, Cassie, Mary, Nick, Michael, Max, Bri, Kelsey, Ian, Drew, Zachary, Aiden, Shalyn, Gabriela, Carolina e Erik. Prometo nunca deserdar nenhum de vocês.

Este livro foi composto na tipografia Minion Pro,
em corpo 11/16, e impresso em
papel off-white no Sistema Cameron da
Divisão Gráfica da Distribuidora Record.